Oswald Heim, u. a.

Bibliothek der Unterhaltung und des Wissens

Jahrgang 1884

Oswald Heim, u. a.

Bibliothek der Unterhaltung und des Wissens
Jahrgang 1884

ISBN/EAN: 9783741130045

Hergestellt in Europa, USA, Kanada, Australien, Japan

Cover: Foto ©Andreas Hilbeck / pixelio.de

Manufactured and distributed by brebook publishing software
(www.brebook.com)

Oswald Heim, u. a.

Bibliothek der Unterhaltung und des Wissens

Bibliothek

der

Unterhaltung

und des

Wissens.

Mit Original-Beiträgen

der

hervorragendsten Schriftsteller und Gelehrten.

Jahrgang 1884.

Fünfter Band.

Stuttgart.

Verlag von Hermann Schönlein.

Inhalts-Verzeichniß des fünften Bandes.

Klippen des Glücks.

Roman

von

Adolph Streckfuß.

(Fortsetzung.)

Egon fühlte sich nach der Unterredung mit seinem Vater so müde, so körperlich und geistig matt, daß es ihm ganz unmöglich war, auch nur einen bestimmten Gedanken zu fassen. Er sank auf das Sopha, den Kopf vergrub er in die Kissen, er mochte nichts sehen, nichts hören, nichts denken; so versank er in einen Zustand halber Bewußtlosigkeit, in einen Zustand des halben Wachens, halben Träumens. Bilder aus seinem vergangenen Leben zogen nicht klar und bestimmt, sondern nebelhaft verschwommen an seinem Geiste vorüber. Er sah sich als Kind in trostloser Einsamkeit in dem reichgeschmückten Kinderzimmer, es war ihm, als fühlte er noch einmal die brennende Sehnsucht nach Liebe, die den unglücklichen Knaben erfüllt hatte, den Neid, den dieser gefaßt hatte gegen andere Kinder, denen es vergönnt war, die Mutter oder den Vater zärtlich küssen zu dürfen; dann sah er sich wieder als Jüngling unter der wüsten Stubentenschaar, die er um sich gesammelt hatte, unter den jammervollen Schmeichlern, die sich seine Freunde nannten, so lange er mit vollen Händen das Geld für ihre nichtswürdigen Lustbarkeiten vergeuden konnte; er sah sich in der Gesellschaft, im Kreise schöner Damen, der gefeierte Held des Abends, auf den die Mütter und die Töchter Jagd machten mit liebenswürdigen Worten, mit reizendem Lächeln, den sie zu fesseln suchten und der sie Alle, Alle von ganzem Herzen verachtete. Er sah sich am Seeufer, wie er dem Bekenntniß Pechmayer's lauschte, es war ihm, als ergreife ihn abermals jene bittere Laune, die Lust zu dem tollen Abenteuer; alle diese Bilder waren verschwommen, nebelhaft, dann aber entwickelte sich plötzlich vor seinem Geiste mit wunderbarer Klarheit das Bild Lieschens. Er sah sie, wie er sie an jenem Nachmittag gesehen hatte, als sie von ihm seinen Rath eingeholt, als sie voll Vertrauen sich an ihn gewendet hatte. So treu und wahr, so innig, ja liebevoll hatte sie damals zu ihm aufgeschaut, der Blick war ihm tief in's Herz gedrungen. Wie hatte er ihn nur jemals vergessen können!

Und wie damals die Wirklichkeit, so übte heute die Erinnerung einen zauberhaften Einfluß auf ihn aus; er fühlte sich plötzlich gekräftigt, gestärkt zum ferneren Kampfe gegen das Leben, die dumpfe Verzweiflung, die ihn ergriffen hatte, als alle seine Zukunftspläne morsch zusammenbrachen, verflog, er fühlte, daß es unwürdig sei, sich niederbeugen zu lassen durch einen Schicksalschlag.

Er schämte sich, daß er stundenlang verzagt und thatenlos verträumt, daß ihm wieder, wie so oft früher, die

Selbstbeherrschung gefehlt, daß er sich willenlos dem Einfluß des Augenblickes hingegeben hatte.

„Die Erinnerung an Dich soll mir der Leitstern für
mein Leben sein!" sagte er sich.

Er richtete sich auf, zur rechten Zeit, denn draußen auf
dem Korridor ertönten nahende Männerschritte, die Flügelthüre wurde weit geöffnet, und in derselben erschien ein
noch immer, trotz seiner Jahre, schöner, stattlicher Herr,
welchem der Geheimrath v. Ernau auf dem Fuße folgte.
Egon erkannte den Eintretenden augenblicklich, obgleich er
ihn nie zuvor gesehen hatte, war ihm doch das reizend-
jugendliche Ebenbild des älteren Mannes nur zu wohl
bekannt, waren ihm doch diese Züge nur zu vertraut.

„Mein Sohn Egon, Herr v. Massenburg." sagte der
Geheimrath vorstellend. Werner v. Massenburg aber entzog sich dieser Vorstellung, er bot Egon formlos die Hand
und sagte, die größte Freundlichkeit und Zuvorkommenheit
in seinen Ton legend:

„Sie müssen mir schon verzeihen, Herr v. Ernau, daß
ich, jede Förmlichkeit bei Seite setzend, zu Ihnen einge-
drungen bin, ohne zu fragen, ob Sie mir diesen Besuch
gestatten, ja, ohne mich nur melden zu lassen; ich habe dafür nur die Entschuldigung der übergroßen Freude, welche
ich empfand, als mein verehrter Freund, Ihr Herr Vater,
mir mittheilte, daß unsere Trauer um Sie beendet ist,
daß Sie dem Leben wiedergegeben sind. Ich mußte Sie
sofort recht von Herzen begrüßen, Herr v. Ernau, ich
konnte nicht anders, meine Freude war zu groß."

Wodurch fühlte sich Egon bei dieser herzlichen Anrede

verletzt? Er vermochte es nicht zu sagen. Erschien ihm doch die Aehnlichkeit zwischen Vater und Tochter, während Herr v. Massenburg sprach, fast noch größer als zuvor; der Vater hätte ihm daher sympathisch erscheinen müssen, aber er fühlte sich durch denselben zurückgestoßen, jedes der freundlichen Worte erschien ihm wie eine bewußte Lüge, er vermochte nur einige höfliche, frostige Worte auf den herzlichen Gruß zu erwiedern.

Werner v. Massenburg ließ sich durch diesen kühlen Empfang nicht zurückschrecken, er zeigte eine unveränderte herzliche Freundlichkeit, er drückte, nachdem er auf Einladung des Geheimraths auf dem Sopha Platz genommen hatte, dem auf einem Lehnsessel gegenüber sitzenden Egon noch einmal kräftig die Hand und sprach noch einmal in warmen Worten seine große Freude darüber aus, daß der Todtgesagte sich unter den Lebenden wieder eingefunden habe, und daß es noch Zeit sei, alles das Unheil wieder gut zu machen, welches leicht aus einer längeren Fortdauer des Glaubens, Egon sei aus dem Leben geschieden, hätte entstehen können.

„Ihr Herr Vater weiß,“ sagte er, „wie tief schmerzlich es mir war, daß alle die schönen Pläne, welche wir Beide für eine innige Verbindung unserer Familien entworfen hatten, vernichtet sein sollten, um so glücklicher bin ich, daß mir jetzt diese schöne Hoffnung von Neuem erblüht.“

„Wenn ich nicht irre, ist Fräulein v. Massenburg mit einem Herrn v. Wangen verlobt?“ fragte Egon mit scharfem Tone.

„Allerdings," erwiederte Maſſenburg ohne alle Verlegenheit. „Bei der traurigen Lage, in welcher meine
Tochter ſich befand, mußte ich daran denken, ein Mittel
zur Wiederherſtellung ihres gefährdeten Rufes zu finden.
Ein ſehr wohlhabender junger Gutsbeſitzer, ein redlicher,
aber ſehr unbedeutender junger Mann, bat mich um die Hand
meiner Tochter; es wurde mir ſchwer, meine Einwilligung
zu geben, noch ſchwerer iſt es meiner Tochter geworden,
die ſo viel Liebes und Gutes von Ihnen gehört hat, daß
ſie ſich ſehr glücklich bei dem Gedanken fühlte, die Gemahlin
eines ſo hervorragenden jungen Mannes zu werden. Sie
weigerte ſich zuerſt entſchieden, Herrn v. Wangen ihr Jawort zu geben; ſie betrachte ſich, ſo ſchrieb ſie mir, als die
trauernde Wittwe des ihr und dem Leben ſo früh Ent-
riſſenen, erſt auf meinen ausdrücklichen Befehl hat ſie ſich
als gehorſame Tochter gefügt. Die Vorausſetzung, unter
welcher ſowohl ich als Bertha, wie Herr v. Wangen ſehr
wohl weiß, unſere Zuſtimmung zur Verlobung gegeben
haben, iſt jetzt durch Ihre Wiederkehr hinfällig geworden,
dieſe Verlobung iſt daher an ſich nichtig, ich habe mich
freudig bereit erklärt, ſie ſofort zu löſen, als mir ſoeben
Ihr Herr Vater Ihre Bereitwilligkeit, auf unſere alten
Verabredungen zurückzugehen, mitgetheilt hat."

„Aber Fräulein v. Maſſenburg und Herr v. Wangen?"
fragte Egon.

„Bertha wird glücklich darüber ſein, daß ſie befreit
wird von einem verhaßten Ehebund, und Herr v. Wangen
wird ſich in das Unabänderliche fügen müſſen. Noch heute
werde ich ihm und Bertha dies ſchreiben, und mit wahrer

Herzensfreude begrüße ich Sie, mein theurer Herr v. Ernau, als meinen lieben künftigen Schwiegersohn."

Er wollte wieder die Hand Egon's ergreifen, dieser
aber zog sie zurück. Er war empört über die Lüge,
welche Herr v. Massenburg mit geläufiger Zunge aussprach; er hatte es ja aus Bertha's eigenem Munde gehört, wie sie über ihre Verbindung mit Herrn Egon
v. Ernau und über diesen dachte.

„Ich bedaure, Herr v. Massenburg," sagte Egon ruhig
aber sehr entschieden, „daß ich auf die Bezeichnung, mit
welcher Sie mich beehren, keinen Anspruch machen darf.
Es widerspricht meinem Begriff von Ehre, die Veranlassung zu sein, daß eine schon veröffentlichte Verlobung
gelöst wird."

„Welche neue Marotte!" rief der Geheimrath erzürnt.
„Weshalb hast Du mich denn zu Herrn v. Massenburg geschickt?"

„Ich habe Dich nicht geschickt, Papa."

„Aber Du hast geschwiegen, als ich Dir sagte, daß ich
die Auflösung der Verlobung bewirken wolle."

„Ich erinnere mich nicht, ein Wort davon gehört zu
haben."

„Das begreife, wer da kann!" sagte der Geheimrath sehr
entrüstet. „Du treibst die Rücksichtslosigkeit zu weit. Ich
habe jetzt wohl als Vater das Recht, zu fordern, daß Du mein
Wort einlösest. Ich habe es Dir ausdrücklich gesagt, daß
ich die Auflösung der Dir so unangenehmen Verlobung
bewirken wolle. Um Deinetwegen, um Deinen Wunsch
zu erfüllen, bin ich sofort nach Tisch zu Herrn v. Massen-

burg gefahren, sogar mein Mittagsschläfchen habe ich um
Deinetwegen aufgegeben, und nun willst Du mich im Stich
lassen, weil Dir wieder eine tolle Idee durch den Kopf
fliegt. Das dulde ich nicht!"

„In der That, Herr v. Ernau," so nahm jetzt auch
Herr v. Massenburg das Wort, „Ihr Herr Vater hat
wohl ein Recht, zu zürnen, wenn wirklich Ihre Worte ernst
gemeint sind, aber ich glaube es nicht. Ich achte das
Zartgefühl, welches Sie bedenklich macht, der Urheber der
Auflösung einer geschlossenen Verlobung zu sein, aber ich
bin überzeugt, Sie werden Ihr an sich gerechtfertigtes
Bedenken fallen lassen, wenn Sie ruhig überlegen. Die
Verlobung mit Herrn v. Wangen ist für meine Tochter
nur ein überaus trauriges Mittel gewesen, um sich einem
Skandal zu entziehen, den Sie, Herr v. Ernau, Sie dürfen
mir wegen dieser Offenheit nicht zürnen, veranlaßt haben.
Ein überaus trauriges Mittel, sagte ich, denn meine Tochter
weiß, daß sie auf ihr Lebensglück verzichtet, indem sie
einem ungeliebten, unbedeutenden, geistig tief unter ihr
stehenden Manne ihre Hand reicht. Ist es nicht Ihre
Pflicht, Herr v. Ernau, das, was Sie verschuldet, wenn
es noch möglich ist, wieder gut zu machen? Sie können
meine Tochter bewahren vor einem unglücklichen Leben,
wollen Sie jetzt zögern, dies zu thun, weil — eine leere
Form verletzt werden muß, ja, eine leere Form, denn
nichts Anderes ist diese Verlobung, die ihren Ursprung
nur dem Zwange verdankt, den mein Wille auf meine
Tochter ausgeübt hat."

Herr v. Massenburg sprach die Wahrheit, Egon wußte

es nur zu wohl, Bertha liebte ihren jetzigen Verlobten
nicht, vielleicht war sie wirklich nur einem Zwange ge=
wichen, als sie ihr Jawort gegeben hatte, er wußte auch,
daß sie freudig ihre Verlobung lösen werde, wenn sie er=
fuhr, wer wirklich der Herr v. Ernau sei. Dem unbe=
deutenden, niedrig geborenen Kandidaten Gottlieb Pech=
mayer schlug ihr Herz entgegen, das hatte ihm manch'
feuriger Blick aus dem schönen dunklen Auge gesagt,
mancher Blick, der ihm die Ruhe seiner Nächte geraubt
hatte. Noch war Bertha ihm nicht verloren, durch ein
einziges Wort der Zustimmung konnte er sich ihren Besitz
erringen, sie wurde sein Weib, wenn er ja sagte, ein
Ja, ein einfaches Ja.

Eine brennende Lust, dies Ja zu sagen, erwachte in
ihm.

„Die Erinnerung an Dich soll mir der Leitstern für
mein künftiges Leben sein!" Das Wort, welches er vor
wenigen Minuten halblaut gesprochen, tönte in ihm wieder,
er sah Lieschen vor sich, sie schaute ihn an mit einem tief
traurigen Blick. Ja, sie trauerte darüber, daß er noch
schwanken konnte, wo das Gebot der Pflicht so klar war,
daß er wieder im Begriffe stand, der Lockung des Augen=
blickes zu folgen, daß er nicht vermochte, sich selbst, seine
eigenen glühenden Wünsche zu beherrschen.

„Die Erinnerung an Dich soll mein Leitstern sein!"
Ein Lächeln flog über sein Gesicht, er schwankte nicht
mehr.

„Ich bedaure es tief," sagte er ernst und entschieden,
„wenn ich die Veranlassung bin, daß Fräulein v. Maſſen=

burg eine Verbindung schließt, zu welcher sie nur der
Wille ihres Vaters zwingt, trotzdem aber werde ich mich
niemals dazu herbeilaſſen, in das Recht des Herrn v. Wan=
gen einzugreifen. Für mich ist eine Verlobung keine leere
Form, und ich will hoffen, auch nicht für Fräulein v.
Maſſenburg. Wäre die junge Dame wirklich im Stande,
ein Gelöbniß, welches sie soeben erst, wenn auch durch
traurige Verhältniſſe dazu veranlaßt, abgelegt hat, frevent=
lich zu brechen, um eine andere Verlobung einzugehen,
dann würden unsere Anschauungen über Ehre und Recht
zu weit auseinander gehen, als daß es mir möglich wäre,
an ein Gelöbniß der Treue gegen mich zu glauben. Es
würde schon eine Beleidigung für Fräulein v. Maſſenburg
sein, ihr eine Auflösung ihrer Verlobung zuzumuthen.
Ich werde dazu keinenfalls Veranlaſſung geben, und bitte
Sie, Herr v. Maſſenburg, dies als meinen unwiderruf=
lichen Beschluß zu betrachten!“

„Der Mensch ist unberechenbar in seinen Schrullen,“
rief der Geheimrath empört aus. „Er weiß nicht, was
er redet. Kümmern Sie sich nicht um ihn, Freund Maſſen=
burg, morgen wird er wieder anders denken. Ist nur
erst die Verlobung gelöst, dann —“

„Du irrst, Vater. Mein Entschluß ist unerschütterlich.
Ich gebe Dir und Herrn v. Maſſenburg hiedurch mein
Ehrenwort, daß, auch wenn die Verlobung der jungen Dame
mit Herrn v. Wangen gelöst wird, ich niemals meine
Einwilligung zu einer Verbindung mit ihr geben werde.“

Herr v. Maſſenburg warf Egon einen wüthenden Blick
zu. „Nach dieser bündigen Erklärung,“ sagte er aufstehend,

„habe ich keine Veranlaſſung, über dieſen Gegenſtand noch
ein Wort zu verlieren, und bedaure nur, daß ich mich
habe verleiten laſſen, Ihrer Aufforderung zu folgen, Herr
Geheimrath!"

In ſehr kalter, förmlicher Weiſe verabſchiedete er ſich
von Egon. Der Geheimrath folgte ihm, ohne dem Sohne,
über deſſen Verhalten er auf's Tiefſte empört war, nur
einen Abſchiedsgruß zu gönnen.

Als Egon ſich allein ſah, athmete er recht aus tiefſter
Bruſt frei auf. Er fühlte ſich durchdrungen von einem
Gefühl innerer Befriedigung. Zum erſten Male in ſeinem
Leben war es ihm gelungen, ſeine eigene Luſt und Leidenſchaft der Pflicht unterzuordnen, ſich ſelbſt zu bezwingen,
er fühlte, daß mit dieſem Moment ein neues Leben für
ihn beginne.

20.

Das Herrenhaus von Linau, ſo war der frühere polniſche
Name des Rittergutes Linowo germaniſirt worden, machte
durchaus keinen beſonderen Eindruck; manches ſächſiſche
Bauernhaus ſieht ſtattlicher aus, als das einſtöckige Wohnhaus des großen Rittergutes, welches Hugo v. Wangen
von ſeinem Vater geerbt hatte und in welchem er mit ſeiner
jungen ſchönen Frau reſidirte, ſeit er der ſelbſtſtändige Herr
der Güter geworden war. Vor dem Tode des Vaters
hatte er auf einem Vorwerke in einem noch weniger com-
fortablen Hauſe ſein erſtes Heim aufſchlagen müſſen, denn
Herr v. Wangen's Vater meinte, ein junges Ehepaar
müſſe ſich glücklich fühlen auch in kleinen Räumen. Große

Gesellschaften brauchten junge Leute nicht bei sich zu sehen, sie müßten sich selbst genug sein; es sei gar nicht gut, wenn ein Gutsbesitzer gleich beim ersten Beginn seiner Etablirung aus dem Vollen wirthschaften könne, im Anfang müsse er sich einschränken lernen, das Geld ausgeben lerne er später immer noch frühzeitig genug.

Nach diesem Grundsatze hatte Wangen's Vater das einfache kleine Wohnhaus auf dem Vorwerke für seinen einzigen Sohn eingerichtet, als dieser sich verheirathete, und Hugo v. Wangen würde zum Leidwesen seiner schönen lebenslustigen jungen Frau wohl noch manches Jahr unter den beschränktesten Verhältnissen haben wirthschaften müssen, wenn sein Vater nicht schon zwei Jahre nach seiner Verheirathung gestorben wäre und ihm seinen ganzen großen Grundbesitz hinterlassen hätte.

Der alte Herr hinterließ nur zwei Kinder, einen Sohn und eine Tochter, ein Kind von zwölf Jahren. Er hatte in seinem Testament bestimmt, daß sein Sohn Hugo die sämmtlichen Güter erben, dafür aber die Verpflichtung übernehmen solle, seine Schwester, deren Erbtheil hypothekarisch auf die Güter eingetragen werden müßte, in seinem Hause zu erziehen.

Mit Freuden erfüllte Hugo v. Wangen die ihm durch das väterliche Testament auferlegte Verpflichtung; er hatte seine kleine Schwester recht von Herzen lieb, und auch ohne das Testament des Vaters würde er sie sicherlich nicht von sich gelassen haben, hatte er doch seiner Mutter, die kurz nach der Geburt des Töchterchens gestorben war, auf dem Sterbebette kurz vor ihrem Tode das heilige Ver-

sprechen gegeben, daß er dem kleinen Klärchen ein treuer
Bruder sein wolle. —

Seit dem Tode des Vaters bewohnte Hugo v. Wangen
mit seiner Frau und seiner Schwester Klara das Herrenhaus
von Linau. Für ihn war es groß genug, wie es auch für
seinen Vater viele Jahre lang vollständig ausreichend gewesen
war; enthielt es doch zu jeder Seite des quer durch das
ganze Haus gehenden Flures oder Vorsaales, der auch als
Speisesaal benützt werden konnte, vier große Zimmer und
außerdem vier hübsche Mansardenzimmer; die große Küche
lag im Keller und stand durch eine Treppe direkt mit dem
Vorsaal in Verbindung. Von den vier Zimmern zur
rechten Seite des Flures, wenn man vom Hof aus in
den Vorsaal trat, waren zwei, welche vom Hof aus
ihren eigenen Eingang hatten, für den Verwalter als
Wohn- und Schlafzimmer, zwei für die männliche und
weibliche Hausdienerschaft, den Kutscher, den Bedienten,
die Köchin, das Stubenmädchen und die Kammerjungfer
der gnädigen Frau eingerichtet, da blieben dann für die
Herrschaft noch zur linken Seite des Flures vier große
Zimmer und außerdem drei Mansardenzimmer, denn eines
der letzteren war der Wirthschafterin angewiesen.

In diesen Räumen hatte der alte Herr v. Wangen
viele Jahre glücklich mit seiner Familie gelebt und sogar
ein gastfreies Haus geführt. Zwei Mansardenzimmer
waren als Fremdenstuben eingerichtet und wurden selten
leer von Gästen, im dritten wohnten die Kinder mit der
alten Kinderfrau, von den vier Zimmern unten war eines,
das, von welchem eine kleine Treppe hinauf nach der Kinder-

stube führte, das Schlafzimmer, und die übrigen drei
waren zugleich Wohn= und Gesellschaftszimmer; große
eigene Gesellschaftsräume brauchte der alte Herr nicht,
denn die guten Nachbarn und die Freunde und Verwandten,
welche sich häufig in seinem gastlichen Hause vereinten,
fühlten sich am wohlsten in den gemüthlich eingerichteten
Wohnzimmern. Sie machten keinen Anspruch auf ein
prächtiges, der neuesten Mode genügendes Mobiliar, wie
es in manchem anderen Schloß nahe wohnender Edelleute
zu schauen war, ihnen gefielen die altmodischen, aber sehr
bequemen Möbel des Herrn v. Wangen viel besser.

In die allerdings den Ansprüchen, welche in neuerer
Zeit an ein vornehmes Haus gemacht werden, keineswegs
genügende Elternwohnung war Hugo v. Wangen mit
seiner jungen Frau gezogen. Ihm genügte sie, er fühlte
sich in ihr heimisch, ihm waren alle die alten Möbel, an
welche sich seine schönsten Kindheitserinnerungen knüpften,
eng an's Herz gewachsen, Bertha aber fand sie abscheulich.
Sie sprach energisch den Wunsch aus, der ganze alte Plunder
solle durch ein neues, eines Herrn v. Wangen würdiges
Mobiliar ersetzt werden. Hiezu war indessen Wangen nicht
zu bewegen. Mit schwerem Herzen gab er es zu, daß das
schönste der Zimmer, das, aus welchem eine Flügelthüre
hinaus nach einem in den Garten hinein gebauten Altan
führte, als Bertha's Wohnzimmer ganz ihrem Geschmack
gemäß prachtvoll eingerichtet wurde, aber in den übrigen
Räumen blieben die alten, unmodernen Möbel, von denen
er sich nicht trennen konnte und die nun seltsam genug
mit den modernen Prunkmöbeln im Gartensalon kon=

traſtirten. Die altmodiſchen, häßlichen Zimmer vermied
deshalb Bertha ſoviel ſie es irgend konnte, ſie hielt ſich ſtets
nur in ihrem Gartenſalon, und wenn das Wetter es irgend
erlaubte, auf dem mit einem leichten Zinkdach überſpannten,
elegant gebauten Altan auf; hier wohnte ſie, hier empfing
ſie auch die Beſuche, welche nach alter Gewohnheit in Linau
ſelten fehlten.

Ju der Ausſchmückung des Altans hatte Bertha ganz
ihrer Luſt folgen können, er glich einem mit dem höchſten
Comfort, aber zugleich höchſt geſchmackvoll eingerichteten
Wohnzimmer, deſſen Glaswände, je nachdem die Witterung
es erforderte, durch eine kunſtvolle Maſchinerie ſich ver-
ſenkten oder erhoben, ſo daß der Altan ſelbſt im Winter
geheizt und benutzt werden konnte, während an heißen
Sommertagen die Glaswände ganz oder theilweiſe verſenkt
wurden, je nachdem ein friſcher Luftzug erwünſcht oder
nicht angenehm war.

An dem glühend heißen Auguſtnachmittag, an welchem
wir Bertha im Herrenhaus von Linau wiederfinden, waren
die Glaswände vollſtändig verſenkt, nicht das leiſeſte Lüftchen hatte ſich die nachläſſig auf dem Schaukelſtuhl ſich
Wiegende entgehen laſſen mögen; ſie fächelte ſich mit einem
prachtvollen Spitzenfächer, aber die drückend ſchwere Luft
erſchien ihr dadurch nur noch unerträglicher.

Kein Lüftchen wehte, eine vollſtändige Windſtille
herrſchte, und doch ſtiegen von Südweſten her feſt zu-
ſammengeballte ſchwarze Wolkenmaſſen langſam am Himmel empor; ſchon hatte die Abendſonne ſich hinter ihnen
verſteckt, ſchon erhoben ſie ſich über das hohe Gebüſch,

welches den breiten, vor dem Altan liegenden Rasenplatz
im Garten begrenzte.

„Es ist unerträglich schwül und heiß!" seufzte Bertha,
den Roman, in welchem sie gelesen hatte, bei Seite legend,
denn selbst für die leichte Beschäftigung nahm ihr die
drückende Schwüle Lust und Kraft. „Man vergeht in
diesem entsetzlichen Klima entweder vor Hitze oder vor
Kälte. Man friert oder man siedet, einen schönen, milden,
lauen Sommerabend gibt es in diesem abscheulichen Westpreußen nicht."

Sprach sie die Worte zu sich selbst oder richtete sie
dieselben an die junge Dame, welche etwas entfernt von
ihr an dem in der Mitte des geräumigen Altans stehenden runden Tisch saß und eben eifrig beschäftigt war, der
kleinen Klara eine Zeichnung zu korrigiren, welche diese
nach einem auf dem Tisch vor ihr stehenden Arbeitskästchen
etwas fehlerhaft in der Perspektive gemacht hatte. Es
war schwer zu bestimmen, denn Bertha schaute, während
sie sprach, die junge Dame nicht an, sie blickte hinaus nach
dem Garten und wehte sich mit dem Fächer frische Luft
zu. Sie hatte trotzdem eine Antwort erwartet, und als
sie eine solche nicht erhielt, richtete sich ihr Blick schnell
der jungen Dame zu; die zuerst langsame Bewegung ihres
Fächers wurde schneller und ein eigenthümlich scharfer
Zug legte sich um den feingeschnittenen Mund.

„Elise!"

Der Ruf des Namens erklang so schneidend befehlend,
daß die Angerufene, welche sich eben zu der Zeichnung
niederbeugte, erschreckt jäh empor fuhr. Eine dunkle Purpur-

röthe flog über ihr reizendes Gesicht, ihre Lippen öffneten sich leicht zu einer Entgegnung, aber noch im rechten Moment besann sie sich, sie preßte die Lippen fest zusammen, kein Wort ließ sie laut werden, so sehr auch der scharfe Ruf eine Frage nach seiner Ursache gerechtfertigt hätte. Sie verließ ihren Platz und trat zu Bertha, dem an sie ergangenen Rufe folgend.

„Kannst Du keine Antwort geben, wenn ich zu Dir spreche?" fragte Bertha mit scharfem Tone.

„Verzeih', ich hatte nicht geglaubt, daß die Bemerkung an mich gerichtet sei," entgegnete die so unfreundlich Angeredete.

„Wirklich eine eigenthümliche Entschuldigung! Zu wem sollte ich wohl sprechen, als zu Dir? Oder meinst Du, ich sei albern genug, hier Monologe zu halten? Ich muß Dich schon bitten, künftig meinen Worten eine etwas größere Aufmerksamkeit zu schenken; ich liebe es nicht, in den Wind zu sprechen."

Jedes Wort wurde von Bertha scharf betont und mit der Absicht zu kränken gesprochen; es erreichte auch seinen Zweck, wieder färbte sich für einen Augenblick das Gesicht der jungen Dame mit einer fliegenden Röthe, aber wieder unterdrückte sie eine ihr auf der Zunge schwebende Entgegnung, sie antwortete nicht, aber ihre Schülerin trat für sie ein.

Auf Klara schienen die gegen ihre Lehrerin gerichteten unfreundlichen Worte einen viel tieferen Eindruck zu machen, als auf die Beleidigte selbst; sie legte den Bleistift nieder, sprang auf und stellte sich, die zarte kleine

Gestalt so hoch aufrichtend, wie nur irgend möglich, vor ihre Schwägerin, mit blitzenden Augen betrachtete sie diese, und daß sie bereit war, mit ihr den Streit aufzunehmen, das erklang aus dem trotzigen Tone, mit welchem sie sagte:

„Was fällt Dir ein, Bertha? Was hat Elise gethan, daß Du sie so anfährst? Daß sie Deine alberne Be- merkung über unser Westpreußen nicht beantwortet hat? Die konnte auch an mich gerichtet sein, und ich würde Dir schon gebührend geantwortet haben, wenn ich nicht mit meiner schlechten Zeichnung so eifrig beschäftigt ge- wesen wäre."

Die Kleine war reizend, als sie so trotzig und heraus- fordernd vor Bertha stand, sie hatte Elisens Hand er- griffen und hielt diese fest.

„Das ist ja allerliebst!" entgegnete Bertha, ihre kleine Schwägerin mit einem verächtlichen Blick musternd und sich dann wieder zu der Lehrerin wendend. „Deine Er- ziehungsmethode scheint vortreffliche Früchte zu tragen, beste Elise! Kaum vierzehn Tage hast Du sie angewendet und schon hast Du es dahin gebracht, daß dieses unartige Kind die Achtung gegen die Frau des Bruders und Vormundes in so unziemlicher Weise verletzt. Ich gratulire Dir zu solchen Resultaten, welche mich zwingen werden, von Hugo zu fordern, daß er Klara zu einer strengeren Erziehung in irgend ein Institut schickt."

„Versuch' es doch!" erwiederte Klara höhnisch. „So große Macht Du auch über meinen lieben Hugo leider hast, das wird Dir doch nicht gelingen, Du müßtest denn das Testament meines guten alten Papa umwerfen können."

„Schweig', ich spreche nicht mehr mit Dir!"

„Ich aber spreche mit Dir und werde immer so mit Dir sprechen, wenn Du mit Deinen giftigen Worten recht absichtlich die gute Elise zu beleidigen und zu kränken suchst. Ich leide das nicht! Ich bin kein kleines Kind mehr und ich weiß ganz genau, welche Rechte ich hier im Hause habe."

„Klärchen, ich bitte Dich — "

„Laß mich nur reden, Elise!" fuhr Klara fort, die sanfte Mahnung Elisens unterbrechend, „einmal muß es doch geschehen. Ich habe es mir oft genug vorgenommen in den vierzehn Tagen, seit Du bei uns bist, wenn ich hörte, wie Bertha Dich bei jeder nur denkbaren Gelegen= heit zu kränken suchte durch ihre spitzen Bemerkungen. Bis jetzt habe ich geschwiegen, nun aber schweige ich nicht mehr!"

„Thue es mir zu liebe, Klärchen!" sagte Elise bittend. „Ich bitte Dich recht sehr darum. Du hast gehört, welche Vorwürfe mir Bertha gemacht hat, und vielleicht mit Recht, weil ich die Veranlassung gewesen bin, daß Du scharf und heftig zu ihr gesprochen hast. Wenn Du mich lieb hast, Klärchen, dann bitte Bertha um Verzeihung für Deine harten Worte!"

„Die?! Nimmermehr. Ich habe Dich so recht von Herzen lieb, so lieb, ich kann es gar nicht sagen wie; aber das kann ich nicht thun! Sie hat viel, viel mehr verdient für ihre Bosheit und ihre Undankbarkeit gegen Dich als das, was ich ihr gesagt habe."

„Solche Frechheit ist nicht zu ertragen!" rief Bertha

tief empört. „Glücklicherweise kommt dort Hugo, er wird wohl wissen, was er sich selbst und seiner Frau schuldig ist."

Hugo v. Wangen kehrte von einer kleinen Reise zurück, welche er nach G. gemacht hatte. Er war am frühen Morgen fortgefahren, hatte die Geschäfte besorgt, die ihn nach der Stadt gerufen hatten, und war dann eiligst nach Linau zurückgekehrt, um vor dem Ausbruch des im Westen drohenden Wetters zu Haus zu sein. Er war im Hofe vorgefahren und kam jetzt sehr heiter und vergnügt durch die Gartenstube nach dem Altan.

Mit Hugo v. Wangen war in vier Jahren eine große Veränderung vorgegangen; aus dem schmächtigen, schüchternen Jüngling war ein vollkräftiger, tüchtiger Mann geworden. Nur der gutmüthige Ausdruck seines freundlichen Gesichtes war unverändert geblieben, ja, er hatte sich in den vier Jahren noch vertieft. Hugo v. Wangen war kein schöner Mann, aber er hatte ein gewinnendes, angenehmes Aeußere.

Er war, als er auf den Altan trat, über seine unverhofft frühzeitige Rückkehr aus der Stadt und die schnelle Beendigung seiner Geschäfte so vergnügt, daß er die finstere, auf der sonst so glatten Stirne seiner Frau ruhende Wolke gar nicht bemerkte.

„Glücklich daheim noch vor dem Unwetter!" rief er heiter. „Guten Tag, Frauchen!" Dabei beugte er sich zu der im Schaukelstuhl Sitzenden nieder, gab ihr einen tüchtigen Kuß, dann nahm er Klara beim Kopf und küßte sie, um endlich die Lehrerin mit einer leichten Ver-

beugung und einem herzlichen „Guten Tag, Fräulein
Lieschen!" zu begrüßen.

„Wie oft soll ich Dich bitten, diese vertrauliche und
für eine junge Dame von einundzwanzig Jahren gänzlich
unpassende Anrede zu unterlassen!" herrschte ihn Bertha
mit scharfer Stimme an.

„Nun ja, Frauchen, Du hast Recht," erwiederte er
gutmüthig, „ich hatte mich wieder vergessen! Das Fräulein Lieschen liegt mir noch von alter Zeit her auf der
Zunge, und ich denke, Fräulein Lieschen nimmt es mir
nicht übel, wenn es mir hie und da wieder entschlüpft;
aber ich will mich schon bessern, also guten Tag, mein
gnädiges Fräulein v. Osternau."

„Das gnädige Fräulein wirst Du wohl thun, bei der
Stellung, welche Elise in unserem Hause einnimmt, fort-
zulassen!"

„Wie Du willst, Frauchen, sagen wir also, guten
Tag, Fräulein v. Osternau; wir wollen uns über solche
Förmlichkeiten den Kopf nicht weiter zerbrechen, jede An-
rede ist ja wohl recht, wenn sie nur gut gemeint ist.
Mach' kein so grimmiges Gesicht, Frauchen, ich thue ja,
was Du willst. Verdirb' mir wenigstens heute den ver-
gnügten Abend nicht. Denk' Dir nur, ich habe heute
eine große Freude gehabt, ich habe einen alten lieben
Bekannten, ja ich kann sagen, einen alten lieben Freund
ganz unvermuthet in G. wieder gesehen. Rathe einmal,
Frauchen, Du kennst ihn auch, und auch Sie, Fräulein
Lieschen, wollte ich sagen, Fräulein v. Osternau!"

Bertha hatte keine Lust, zu rathen, sie wartete nur

auf eine günstige Gelegenheit, um ihre Klagen gegen
Elise und Klara zu erheben, und kümmerte sich wenig
um den wiedergefundenen, ihr jedenfalls höchst gleich=
giltigen Freund ihres Mannes; aber ihr Interesse wurde
doch erregt, als Wangen eifrig fortfuhr:

„Nein, Ihr könnt es nicht errathen! Denkt Euch,
als ich eben von G. fortfahren wollte, ich saß schon im
Wagen, wer kommt da im Sturmschritt die Straße her=
unter, ebenfalls in höchster Eile? Storting, mein alter
lieber Freund Storting! Ich sprang aus dem Wagen
heraus, wir haben uns umarmt und wahrhaftig auf
offener Straße einen Kuß gegeben, so erfreut waren wir
Beide! Wie gern hätte ich ein Stündchen mit ihm ge=
plaudert, aber es ging nicht, das recht bedenklich drohende
Wetter am Himmel litt es nicht, ich mußte fort und
auch er hatte die höchste Eile, wenn er vor Ausbruch des
Wetters nach Plagnitz kommen wollte, da er noch einige
Geschäfte in G. zu besorgen hatte.“

„Plagnitz?“ fragte Bertha erstaunt. „Ist das nicht
das Gut des Herrn v. Ernau?“

„Ganz richtig, und das ist gerade das Merkwürdigste
bei der ganzen Geschichte, Storting ist jetzt Oberinspektor
beim Herrn v. Ernau.“

Als der Name Ernau ausgesprochen wurde, horchte
Elise hoch auf.

„Herr v. Ernau!“ sagte sie. „Verzeihung, Herr v. Wan=
gen, ist dies derselbe Herr v. Ernau —“ sie unterbrach
sich plötzlich, ihr Blick fiel auf Bertha, — „ich meine,“
fuhr sie verlegen fort, „der Herr Doktor v. Ernau, der —“

„Sie brauchen nicht so verlegen zu werden, Fräulein
v. Osternau," fiel Wangen lachend ein, „Sie können
ruhig fragen, ist dies derselbe Herr v. Ernau, der vor
vier Jahren so grenzenlos thöricht war, sich vor der
Verlobung mit der reizendsten Braut zu flüchten, der
damals todt gesagt wurde, wieder auferstanden und dann
wieder in alle Welt gegangen ist? Ich bin ihm für
seine tollen Streiche viel zu dankbar, und ich denke, mein
Franchen auch, als daß uns eine Erinnerung an ihn
unangenehm sein könnte, ich bin sogar ganz ordentlich
neugierig darauf, ihn kennen zu lernen."

„Er wohnt hier in der Nachbarschaft?" fragte Elise,
welche die tiefe Erregung, mit welcher sie auf eine Antwort wartete, kaum zu verbergen vermochte.

„Sein Hauptgut Plagnitz liegt kaum zwei Meilen von
Linau, bis jetzt aber wohnt er noch nicht dort. Wo er
sich aufhält, weiß kein Mensch. Alle Rechenschaftsberichte,
Gelder und Briefe von Plagnitz werden nach Berlin an
das Comptoir des Geheimraths v. Ernau, seines Vaters,
geschickt. Herr v. Ernau selbst hat sich bis jetzt um die
Bewirthschaftung seiner Güter nur wenig bekümmert,
wenn nicht auf seine Veranlassung von dem Comptoir in
Berlin die vor einigen Jahren gestellte Forderung sehr
eingehender und ausführlicher Rechenschaftsberichte erfolgt
ist. Nur zweimal ist er, wie mir der alte Administrator
Sieveking erzählt hat, überhaupt in Plagnitz gewesen, das
letzte Mal vor etwa vier Jahren. Damals hat er das
ganze Gut und sämmtliche Vorwerke genau besichtigt, sich
nach allen Kleinigkeiten der Bewirthschaftung erkundigt,

sich viele Notizen in seine Brieftasche geschrieben, dabei
aber hat er es belassen, nicht einen einzigen Befehl hat
er ertheilt, ja nicht einmal einen Wunsch hat er aus=
gesprochen. Nach einem etwa vierzehntägigen Aufenthalt
hat er dem Administrator gesagt, er trete jetzt eine größere
landwirthschaftliche Reise an, er beabsichtige in Zukunft
die Bewirthschaftung seiner Güter selbstständig zu führen,
ehe er dies aber unternehme, müsse er sich eine gründliche
Kenntniß der Landwirthschaft verschaffen. Er ist dann
abgereist und hat seitdem nichts wieder von sich hören
lassen. Er muß ein ganz sonderbarer Kauz sein, ich bin
wirklich neugierig, ihn kennen zu lernen, endlich ein=
mal wird er doch wohl zurückkehren. Was meinst Du,
Frauchen, Dir würde es doch gewiß ebenfalls Vergnügen
machen, dies Wunderthier einmal von Angesicht zu An=
gesicht zu sehen."

„Er ist mir gänzlich gleichgiltig!" erwiederte Bertha,
verächtlich mit den Schultern zuckend.

„Mir nicht. Ich bin nur neugierig, wie Storting
sich mit dem abenteuerlichen Menschen stellen wird, er
hat ihn auch noch nicht gesehen, ja er hat nicht einmal
im Briefwechsel mit ihm gestanden. Vor fünf Wochen
las er in einer landwirthschaftlichen Zeitung, daß auf dem
Rittergute Plagnitz die Stellung eines Oberinspektors be=
setzt werden solle, nähere Auskunft werde im Comptoir
des Bankhauses A. C. Ernau & Comp. in Berlin ertheilt.
Er richtete eine einfache briefliche Anfrage an das Comptoir
über die Bedingungen, unter welchen die Stelle vergeben
werden solle, er fügte hinzu, daß er gern eine Oberinspektor=

stelle auf einem größeren Gute annehmen würde, und daß
er bereit sei, die Zeugnisse, aus denen seine Befähigung
zur Leitung einer größeren Wirthschaft hervorgehe, einzu-
senden. Erst vierzehn Tage nach Absendung seines Briefes
erhielt er die ihn höchlichst überraschende Antwort: jede
Bedingung, welche er selbst stellen möge, werde von vorn=
herein acceptirt, er möge die Höhe des Gehaltes bestimmen,
welches er beanspruche, eine Einsendung seiner Zeugnisse
sei unnöthig. Gewünscht werde nur, daß er die Stelle
bald antrete, er möge so schnell wie möglich nach Plagnitz
reisen und sich dem Administrator Herrn Sieveking vor=
stellen, der angewiesen sei, auf jede von ihm gewünschte
Bedingung hin den Engagementsvertrag mit ihm abzu=
schließen. Dreihundert Mark Reisegeld waren dem Briefe
beigelegt. Natürlich reiste Storting auf diesen Brief hin
sofort nach Plagnitz; der alte Sieveking, der seit längerer
Zeit krank und einer kräftigen Unterstützung bringend be=
dürftig ist, empfing ihn mit außerordentlicher Zuvorkommenheit, er hatte in der That von dem Comptoir die
Anweisung erhalten, Herrn Storting auf jede von diesem
gestellte Bedingung hin als Oberinspektor zu engagiren,
und so ist denn Herr Storting seit etwa vierzehn Tagen als
Oberinspektor in Plagnitz angestellt worden, ohne daß der
Administrator verlangt hätte, seine Zeugnisse nur anzusehen."

„Er verdient solches Vertrauen!" sagte Elise ernst.
„Er ist ein redlicher, vortrefflicher Mensch! Einsichtsvoll,
unermüdlich thätig, ein tüchtiger Landwirth, und dabei
stets bescheiden und anspruchslos. Mein guter Vater
schenkte ihm auch das vollste Vertrauen."

„Gewiß verdient er es, das weiß ich ja am besten,“ bestätigte Wangen, „hätte ich gewußt, daß er frei sei, dann hätte ich ihn mir sicher um jeden Preis engagirt; aber woher kennen die Herren im Ernau'schen Comptoir seine vortrefflichen Eigenschaften? Es ist unerhört, einen Oberinspektor zu engagiren, dessen Zeugnisse man nicht einmal gesehen hat.“

Elise antwortete nicht; aber ihr Lächeln zeigte, daß sie wohl eigene Gedanken über den Zusammenhang dieses seltsamen Engagements habe, welches für Wangen so unbegreiflich war, daß er gar nicht darüber fortkommen konnte. Er kam, während er weiter von seiner kurzen Begegnung mit Storting erzählte, immer wieder darauf zurück, wie unverständlich es auch diesem sei, daß er ein so unbedingtes Vertrauen gefunden habe. Leider habe ihm Storting in kurzen fünf Minuten, länger habe er ja nicht Zeit zum Plaudern gehabt, nichts Weiteres über sein Leben in Plagnitz erzählen können, er werde dies aber hoffentlich bald nachholen, denn in den nächsten Tagen werde er, Wangen, nach Plagnitz hinüberreiten, um recht eingehend mit dem alten Freunde sich über die alten schönen Zeiten zu unterhalten.

Fräulein Elise seufzte leise bei der Erwähnung der schönen alten Zeit, dafür warf ihr Bertha einen bitterbösen Blick zu; auch sie erinnerte sich in diesem Augenblick der alten Zeit, welche für sie gar nicht schön gewesen war, und mit dieser Erinnerung wurde zugleich die an die eben erlebte häßliche Scene, an ihren Streit mit Klara wieder erweckt.

„Wir haben uns nun wohl lange genug mit Deinem Herrn Storting beschäftigt," sagte sie unfreundlich. „Du hast durch die Erzählung von Deinem Zusammentreffen mit ihm mich unterbrochen; ich war, als ich Dich kommen sah, eben im Begriff, Dich aufzufordern, ein ernstes Wort mit Deiner Schwester und auch mit Elise zu sprechen. Ich hoffe, Du wirst Deine Frau gegen eine Behandlung in Schutz nehmen, die ganz unerträglich ist."

„Ich soll Dich in Schutz nehmen, Frauchen!" fragte Wangen, bald Bertha, bald Elise, bald Klärchen fragend anschauend. „Was in aller Welt ist denn hier vorgegangen?"

„Klara hat sich in einer wahrhaft empörenden Weise gegen mich betragen, und da sie dabei durch Elise unterstützt wird —"

„Das ist eine Lüge!" fiel Klara keck ein.

„Schweig', ich spreche jetzt mit Deinem Bruder und Vormund!"

„Nein, ich schweige nicht, wenn Du lügst! Elise hat auf alle Deine Nichtswürdigkeiten nicht ein Wort erwiedert, sie hat mich sogar aufgefordert, Dich um Verzeihung zu bitten. Du selbst hast den Streit mit mir angefangen, Du hast mir gedroht, Du würdest von Hugo fordern, daß er mich aus dem Hause fort in eine strenge Erziehungsanstalt schicke —"

„Das fordere ich allerdings von ihm!" rief jetzt Bertha mit schriller, kreischender Stimme im höchsten Zorn. „Du hörst es jetzt selbst, Hugo, wie dies abscheuliche kleine Geschöpf sich gegen mich, Deine Frau, auflehnt! Ihr

Trotz muß durch Strenge gebändigt werden. Sie muß fort aus dem Hause, ich kann nicht mit ihr zusammen leben!"

„Frauchen, ich bitte Dich, beruhige Dich," sagte Wangen, gutmüthig Bertha's Hand ergreifend, aber sie riß sich zornig von ihm los.

„Ich verlange von Dir einen männlichen Entschluß zum Schutze Deiner Frau," fuhr sie fort. „Klara muß aus dem Hause, sie oder ich!"

So heftig hatte Hugo v. Wangen seine Frau noch gar nicht gesehen, aber der Zorn stand ihr gut. Sie erschien ihm wunderschön mit ihren blitzenden schwarzen Augen, ihren glühenden Wangen, ihrem trotzig aufgeworfenen Munde. Jähzornige Menschen waren ihm eigentlich zuwider, er war selbst so gutmüthig und ruhig, daß er gar nicht recht begreifen konnte, wie sich die Menschen wegen Kleinigkeiten ärgern und in Zorn gerathen konnten, aber bei seiner reizenden Frau fand er selbst den Zorn liebenswürdig. Lächelnd sagte er:

„Frauchen, Frauchen! Dein Eifer reißt Dich fort, wenn Du wieder ruhig bist, wirst Du anders denken. Fräulein v. Osternau, wollen Sie die Güte haben, mich mit meiner Frau ein Viertelstündchen allein zu lassen?"

Elise verbeugte sich zustimmend, sie nahm Klara bei der Hand und führte sie mit sich fort. Die Kleine folgte ihr gern, in der Thüre der Gartenstube aber drehte sie sich noch einmal um und schaute Bertha mit einem keck herausfordernden Blick spöttisch lachend an.

„Sieh' nur das abscheuliche Geschöpf an, es wagt

noch, mich auszulachen!" sagte Bertha in voller Wuth.
„Ich erkläre Dir, ich kann nicht mit ihm zusammen in
einem Hause leben. Klara muß fort, ich dulde sie nicht
mehr im Hause!"

„Du wirst Vernunft annehmen, Frauchen," erwiederte
Wangen mit unverändert gemüthlicher Ruhe, „wenn Du
Dich ein wenig beruhigt hast. Du weißt, daß ich gern
jeden Deiner Wünsche erfülle, wenn ich es irgend kann,
aber Du mußt von mir auch nicht das Unmögliche verlangen. Klara ist meine einzige Schwester, ich habe meiner
sterbenden Mutter versprochen, ihr einst den Vater zu
ersetzen, dem Vater, sie nicht von mir zu lassen, bis sie
die Frau eines tüchtigen Mannes wird. Solche Versprechen
kann ich nicht brechen!"

„Dann behalte Deine Schwester bei Dir; ich bleibe
mit dem Geschöpf nicht in einem Hause!"

„Aber Bertha, ich bitte Dich, sei doch vernünftig. Klara
ist ein so liebevolles, gutes Kind! Ein bischen keck und
naseweis wohl, aber herzensgut! Wenn Du sie nur ein
wenig freundlicher behandeln wolltest, würde sie Dir mit
der größten Freudigkeit gehorchen! Du siehst ja, wie
schnell und innig sie sich an Lieschen angeschlossen hat."

„Das ist es eben! Beide sind gegen mich verbündet.
Elise haßt mich! Schon als sie noch ein halbes Kind
war, damals in Schloß Osternau, hat sie eine unüber-
windliche Abneigung gegen mich gehabt und sie offen gezeigt. Ich werde es ihr nie vergessen, daß ich damals
gezwungen war, ihr Liebe und Freundschaft zu heucheln,
und daß sie mich mit giftigem Spott zurückgewiesen und

keine Gelegenheit versäumt hat, mich zu ärgern und zu
kränken! Das gedenke ich ihr! Damals war ich ab-
hängig von ihr, heute ist sie es von mir! Heute muß
sie Demuth und Freundlichkeit heucheln, wenn ihr auch
das stolze Herz bei jeder Demüthigung vor Wuth bersten
möchte!"

„Frauchen, was sprichst Du da? Wüßte ich nicht,
wie gut und liebenswerth Du bist, dann könnte ich wirklich an Deinem Herzen zweifeln. Aber ich kenne Dich
ja besser! Von Dir ist ja der Vorschlag ausgegangen,
Lieschen als Erzieherin für Klara in unser Haus zu rufen
und ihr ein so hohes Gehalt zu bieten, daß sie ihre arme
Mutter reichlich unterstützen kann. Du hast für Dein
gutes Herz das beste Zeugniß abgelegt, indem Du nicht
dulden wolltest, daß das unglückliche Mädchen sich bei
Fremden eine Stelle suche!"

Ein eigenthümliches, häßliches Lächeln spielte um
Bertha's feinen Mund, als Wangen so sprach.

„Lassen wir Elise," sagte sie, „mit ihr will ich schon
fertig werden, sie kann ja in unserem Hause als meine
Gesellschafterin bleiben, auch wenn Klara fort ist; aber
Klara muß aus dem Hause!"

„Ich sagte Dir, daß ich mein Versprechen nicht brechen
kann; selbst wenn ich wollte, so könnte ich es nicht, dafür
hat der Vater in seinem Testament gesorgt. Ich wollte
Dich nicht gern kränken und habe deshalb bis jetzt Anstand
genommen, Dich über die Einzelheiten des Testamentes
zu unterrichten, aber es kann nichts helfen, Du mußt es
endlich doch erfahren, daß wir Klara gar nicht aus dem

Hauſe ſchiden können, wenn wir uns den Beſitz der Güter erhalten wollen."

„Erkläre Dich deutlicher! Ich will und muß enblich wiſſen, was in dieſem Teſtament ſteht!"

„Es wäre mir lieber, ich brauchte es Dir nicht zu ſagen, aber Du ſollſt es erfahren. Ich darf es Dir nicht verhehlen, mein Vater hatte in den letzten Jahren ſeines Lebens gegen Dich ein gewiſſes Mißtrauen gefaßt, welches ich nicht zu beſeitigen vermochte. Er glaubte, Du werdeſt Deinen Einfluß auf mich aufbieten, damit ich nach ſeinem Tode mit Dir nach Berlin überſiedele; Du ſeieſt ver- gnügungsſüchtig und herzlos, ſagte er mir, Klara werde Dir für Deine Pläne im Wege ſtehen, Du werdeſt mich gegen ſie einzunehmen, die kleine Schweſter aus meinem Herzen zu verdrängen ſuchen. Ich habe vergeblich mich bemüht, ſein Mißtrauen zu beſiegen; ich ſei zu ſchwach gegen Dich, meinte er, ich ſei weiches Wachs in Deiner Hand, Du könnteſt mich zu Allem bewegen!"

„Ein liebenswürdiger Schwiegerpapa!" murmelte Bertha. „Ich weiß es, er haßte mich, wie ich —" ſie vollendete den Satz nicht. „Fahre fort!"

„Sein Mißtrauen war leider unbeſieglich, er hat ihm Ausdruck in ſeinem Teſtament gegeben. Noch bin ich nicht der Beſitzer der Güter, nur ihre Erträgniſſe gehören mir, ſo lange Klara in meinem Hauſe erzogen wird. Erſt mit dem Tage, an welchem Klara ſich verheirathet oder mündig wird, werden die Güter mein freies Eigenthum, wenn Klara ſo lange in meinem Hauſe gelebt hat. Der Vater, der die großen Erziehungsinſtitute haßte und oft geſagt

hat, die jungen Mädchen würden in denselben nur ver=
dorben und zu frivolen Balldamen erzogen, hat in dem
Testamente ausdrücklich verboten, daß ich Klara zur Er=
ziehung in ein solches Institut schicke. Verletze ich diese
Bestimmungen des Testamentes, dann wird Klara die
Universalerbin, die Güter werden gerichtlich taxirt und ich
erhalte nur den gesetzlich mir zukommenden Pflichttheil von
der Erbschaft. Derselbe Fall tritt ein, wenn Klara durch
unfreundliche Behandlung von mir oder meiner Frau —
das Testament bestimmt dies ausdrücklich — gezwungen
wird, vor ihrer Verheirathung oder ihrer Mündigkeit
mein Haus zu verlassen; ob Klara hiezu wirklich durch
meine oder meiner Frau Schuld berechtigt ist, hat ein
Schiedsgericht zu entscheiden. Der Vater hat alle in˙einem
solchen Falle nur denkbaren Möglichkeiten vorausgesehen,
das Testament ist unter Beihilfe eines vortrefflichen
Juristen, des Justizrath Herder, abgefaßt, es zeigt keine
Lücke und ist unumstößlich, ich würde nichts dagegen thun
können, auch wenn ich so pietätlos wäre, den letzten Willen
meines Vaters mißachten zu wollen.“

„Kennt Klara die Bestimmungen des Testaments?“

„Ich glaube wohl, daß ihr der Justizrath die Haupt-
bestimmungen mitgetheilt hat. Er ist ihr Taufpathe, und
sie ist sein Liebling. Gegen Dich, ich kann es Dir nicht
verhehlen, hat er stets ein Vorurtheil gehabt; ich glaube,
Du hast ihn, den alten Freund des Vaters, etwas von
oben herab behandelt und ihn hiedurch schwer beleidigt.
Ich denke, Frauchen, Du wirst nun wohl einsehen, daß
ich Klara nicht in ein Institut bringen könnte, auch wenn

ich es wollte; aber ich gestehe Dir offen, ich vermöchte es
auch nicht über das Herz zu bringen, wenn ich es dürfte.
Klara ist ein so herziges Kind, versuch' es nur einmal,
ihr Herz zu gewinnen, glaube mir, es wird Dir leicht
werden und Du wirst dann selbst Deine Freude daran
haben, daß sie in unserem Hause lebt."

„Ich soll wohl die Hand noch küssen, die mich schlägt?"
erwiederte Bertha bitter. „Ich hasse dieses abscheuliche
Geschöpf, und jetzt um so tiefer, da ich weiß, daß ich gezwungen bin, es zu dulden! Aber sei ohne Sorgen, ich
werde Deiner Schwester keine Gelegenheit geben, die Macht,
welche sie besitzt, zu gebrauchen. Ich werde so freundlich
und liebenswürdig gegen sie sein, daß kein Schiedsrichter
auf der Welt es wagen soll, ihr das Recht zu ertheilen,
unser Haus zu verlassen und Dich dadurch um Dein Erbtheil zu betrügen. Das ist ihre Absicht, ich durchschaue
sie, deshalb lehnt sie sich auf gegen mich. Die schlaue
kleine Schlange kennt ihre Rechte und will sie gebrauchen;
aber es soll ihr nicht gelingen!"

Wangen fühlte sich tief verletzt durch die lieblosen
Worte seiner Frau; es war nicht das erste Mal, daß ihn
ein banger Zweifel an ihrer Herzensgüte überkam; er
hatte denselben stets unterdrückt und sich gutmüthig selbst
darüber Vorwürfe gemacht, wenn ein einziges freundliches
Wort ihn leicht wieder versöhnt hatte, heute aber vermochte er so leicht sich nicht zu beruhigen; es kränkte
ihn zu sehr, daß Bertha offen ihren Haß gegen Klara,
seinen Herzensliebling, aussprach.

21.

Der Regen praſſelte gegen die hinaufgeſchraubten Glaswände des Altans, Blitz auf Blitz zuckte durch das Dunkel
der Nacht, die gewaltigen Donnerſchläge ließen das alte
Herrenhaus von Linau in ſeinen Grundfeſten erzittern.

Hugo v. Wangen ging unruhig in dem weiten Raum
auf und nieder. Schon ſeit mehr als zwei Stunden
wüthete das Unwetter, der Regen floß in Strömen, man
hörte im Altan das dumpfe Rauſchen eines vom Gutshof nach dem tiefer liegenden Garten ſich ergießenden wilden Baches, der ſich aus den abfließenden Waſſermaſſen
gebildet hatte.

Wangen war ernſtlich beſorgt. Er erwartete ſeinen
Inſpektor, den er mit drei Geſpannen nach der Station
R. geſchickt hatte, um dort auf dem Bahnhof Getreide
abzuliefern und einige Frachtgüter zurückzubringen; die
Wagen hätten ſchon ſeit mindeſtens einer Stunde in Linau
zurück ſein müſſen, aber ſie kamen nicht und kamen nicht.
Er hatte Befehl gegeben, daß ihm die Rückkunft ſofort
gemeldet werde, aber keine Meldung erfolgte.

„Das Wetter wird immer fürchterlicher," ſagte Wangen,
und ein Blitzſtrahl, der blendend niederzuckte und dem faſt
unmittelbar ein krachender, das ganze Haus erſchütternder
Donnerſchlag folgte, beſtätigte ſeine Worte. Die Scheiben
der Glaswand klirrten ſo laut, als ſollten ſie zerbrechen,
und zugleich heulte der Sturm ſo gewaltig, daß er die
laut geſprochenen Worte faſt übertönte.

„Du machſt mich nervös, wenn Du ſo ruhelos wie ein

wildes Thier im Käsig umherläufst," erwiederte Bertha unmuthig. „Setz' Dich doch nur endlich zu uns; durch Deine Unruhe besserst Du nichts."

Wangen hörte sie nicht, mit immer größeren Schritten ging er auf und nieder, seine Unruhe wuchs mit jeder Minute.

„Wenn den Leuten nur kein Unglück passirt ist!" sagte er angstvoll. „Der Dombrowker Damm ist ohnehin unsicher und sogar gefährlich, wenn er von einem so entsetzlichen Regen durchweicht wird."

„Aengstige Dich doch nicht, Hugo," erwiederte Klara, die seine Stickerei, mit welcher sie beschäftigt war, niederlegend und ihren Platz am runden Tisch verlassend. Sie hing sich an des Bruders Arm und schaute liebevoll zu ihm auf, indem sie ihm bei seiner ruhelosen Wanderung folgte. „Herr Kämpf ist ja bei den Leuten, er ist so umsichtig, er sorgt gewiß dafür, daß ihnen nichts zustößt. Wahrscheinlich ist er gar nicht unterwegs, sondern wartet das Wetter auf der Station ab."

„Unser Klärchen hat Recht," erwiederte Bertha freundlich Klara zunickend. Sie war, seit ihre kleine Schwägerin zum Abendessen mit Elise wieder nach dem Altan gekommen war, voll Liebenswürdigkeit; die harten Worte, welche sie erst vor so kurzer Zeit mit Klara gewechselt hatte, schien sie ganz vergessen zu haben, und auch Elise erhielt einen Antheil von der Freundlichkeit, mit welcher Bertha jede Gelegenheit benützte, um den häßlichen letzten Streit vergessen zu machen. „Herr Kämpf wartet gewiß auf der Station; er hat das Wetter heraufziehen sehen; es stand ja während des ganzen Nachmittags am Himmel!"

„Eben deshalb wird er gefahren sein! Es zog anfangs so langsam und dann plötzlich mit fürchterlicher Schnelligkeit herauf. Es hat ihn sicherlich unterwegs getroffen und —"

Er unterbrach sich hoch aufhorchend; der Regen hatte augenblicklich etwas nachgelassen, er prasselte nicht mehr so heftig und dröhnend gegen die Scheiben der Glaswand. Wangen hörte jetzt laut und deutlich das Rollen eines schnell über das Pflaster des Hofes fahrenden Wagens.

Der Wagen hielt, im nächsten Moment wurde die Thüre des Gartensalons geöffnet und mit eiligen Schritten kam durch denselben der Inspektor Kämpf nach dem Altan. Das Wasser lief in Strömen nieder von seinem vollständig durchnäßten und beschmutzten Ueberrock, es bildete große Pfützen auf dem Fußboden überall da, wo er den Fuß niedergesetzt hatte, die schwarzen Haare hingen ihm in nassen Strähnen über die gebräunte Stirne.

„Gott sei Dank, Sie sind glücklich zurück," rief Wangen, dem Inspektor entgegeneilend, dann aber, als er dem jungen Manne in's Gesicht schaute und bemerkte, wie tief verstört derselbe bald ihn, bald die Damen anschaute, hielt er seinen Schritt an.

„Wir sind zurück, Herr v. Wangen," erwiederte der Inspektor sehr ernst. „Die Gespanne folgen mir auf dem Fuße, der erste Wagen hält schon vor der Thür; w i r haben kein Unglück genommen, aber — ich fürchte die gnädige Frau und die gnädigen Fräulein zu erschrecken,

aber — es ist doch ein großes Unglück geschehen. Ein
Fremder, der kurze Zeit vor uns von der Station in einem
Einspänner abgefahren, ist mit dem Wagen vom Dom=
browler Damm abgestürzt. Der Kutscher ist todt, und auch
der fremde Herr gibt kaum noch ein Lebenszeichen von
sich. Er ist wohl während des Herabfallens aus dem
Wagen mit dem Kopf auf einen Stein gestürzt; auf der
Stirne hat er eine tiefe Wunde. Neben ihm lag unten
am Damm sein kleiner Reisekoffer. Wir haben ihn auf
den ersten Wagen gehoben und auf das Stroh gebettet,
den unglücklichen Kutscher haben wir auf den zweiten
Wagen gelegt, ihm ist nicht mehr zu helfen. Pferd und
Wagen mußten wir im Stiche lassen. Wir konnten bei
dem fürchterlichen Wetter uns nicht zu lange aufhalten.
So haben wir denn nur noch den Reisekoffer des Fremden
mitgenommen und dann sind wir langsam hierher ge=
fahren. Vielleicht ist der fremde Herr noch zu retten;
aber ich fürchte — doch da bringen ihn die Leute eben
in den Vorsaal."

Draußen in dem Vorsaal ließ sich ein wirres Ge=
räusch von Männertritten und durcheinander tönenden
Stimmen hören. Wangen wartete eine weitere Erklärung
nicht ab, er eilte nach dem Vorsaal, der Inspektor, Elise
und Klara folgten ihm, zuletzt auch Bertha, welche sich
erst aus ihrem Schaukelstuhl erhob, als sie allein auf dem
Altan zurückblieb.

In dem großen Vorsaal hatte sich die gesammte Diener=
schaft des Hauses und das Hofgesinde, die Knechte und
Mägde versammelt, mit wunderbarer Schnelligkeit war

durch Haus und Hof die Schreckensnachricht von dem
Unglücksfall gedrungen. Die mit den Wagen von der
Station zurückkehrenden Knechte hatten den fremden Herrn,
der kaum noch ein wahrnehmbares Zeichen des Lebens
gab, von dem ersten Wagen heruntergehoben und vorsich=
tig in's Haus getragen, hier hatten sie ihn auf ein schnell
aus dem von dem Wagen mitgebrachten Stroh bereitetes
Lager gebettet. Die Knechte und Mägde standen rings um
das dürftige Lager und schauten halb neugierig, halb angst=
voll nieder auf den leblosen Fremden. Sie flüsterten
miteinander, ein lautes Wort wagte selbst die vorlaute
Kammerjungfer nicht zu sprechen.

Wer mochte der Unglückliche wohl sein, der so starr
und leblos auf dem Strohbund lag, als sei auch er schon
entschlummert zum langen Schlaf, wie der arme Knecht,
dessen Leiche noch draußen auf dem zweiten Wagen sich
befand.

Niemand kannte ihn, selbst nicht der zweite Inspektor,
Herr Bernbal, der doch seit Jahren in der Gegend lebte
und auf viele Meilen im Umkreise mit allen Herren
sowohl, als mit den Kaufleuten in den Städten des
Kreises bekannt war. Einer der Knechte erzählte, er habe
den Herrn gesehen, als dieser mit dem Zug auf der
Station angekommen und aus einem Coupé erster Klasse
gestiegen sei. Er müsse wohl ein reicher Herr sein, er
habe sehr stattlich und vornehm ausgesehen, und der
Stationsinspektor, mit dem er gesprochen, habe sich sehr
tief vor ihm verbeugt und selbst dem Stationsdiener den
Befehl gegeben, dem Herrn schnell einen Wagen zu besorgen.

Jetzt sah man es dem auf dem Strohlager Liegenden freilich nicht mehr an, daß er schön, vornehm und statt- lich noch vor wenigen Stunden ausgesehen habe. Sein ganzer Anzug war mit einer Lehmschicht überzogen und an mehreren Stellen zerrissen, das Wasser tropfte nieder aus den vom Regen vollständig durchnäßten Kleidern. Auch das Gesicht des Leblosen war beschmutzt durch Lehm und geronnenes Blut; die schwarzen Haare hingen wirr über die Stirn, sie fielen nieder über eine Wunde, die er sich wohl beim Fall auf einen Stein geschlagen hatte und aus der noch immer einzelne Blutstropfen sickerten, die langsam über die Schläfe niederfanken und sich dann in dem vollen Haar verloren. Die Gesichtszüge des Fremden waren schwer erkennbar bei dem unsicheren Lichte der zwei von Knechten gehaltenen Stalllaternen und einer Stearinkerze, welche die Kammerjungfer hielt; diese aber sagte doch flüsternd, der arme Mensch müsse ein hübscher junger Mann sein, wohl kaum über dreißig Jahre alt; wenn das bleiche Gesicht belebt wäre, würde es gewiß schön sein.

Das Flüstern der um das Strohlager Stehenden ver- stummte plötzlich, als Herr v. Wangen mit Fräulein Elise und Klärchen, denen Frau v. Wangen langsam folgte, aus dem Gartensalon in den Vorsaal kam; ehrerbietig wurde der Herrschaft Platz gemacht.

Wangen trat an das kunstlose Lager, mitleidig schaute er nieder zu dem Unglücklichen, neben ihm standen Elise und Klärchen. Frau v. Wangen warf nur einen scheuen Blick auf die regungslose Gestalt, auf das blutbefleckte bleiche

Gesicht, dann trat sie, kaum ihren Abscheu gegen den häßlichen Anblick verbergend, sich abwendend zurück, Elise
dagegen beugte sich theilnahmevoll nieder, mit sanfter Hand
strich sie die nassen Locken von der hohen weißen Stirn
und mit angstvoller Aufmerksamkeit lauschte sie, ob sie
wohl einen Athemzug aus dem festgeschlossenen Munde
höre.

„Er lebt!" sagte sie leise, freudig überrascht, „noch ist
nicht jede Hoffnung verloren," dann aber, als einer der
Knechte die Laterne etwas senkte, so daß ihr Licht heller
auf das Gesicht des Leblosen fiel, schaute sie plötzlich diesen
mit starrem Blicke an, tiefer beugte sie sich zu ihm nieder,
dann richtete sie sich jäh auf und die Hand auf ihr Herz
pressend rief sie im Tone des tiefsten Entsetzens: „Großer
Gott! Er ist es!"

Sie wankte, sie war einer Ohnmacht nahe; aber im
nächsten Moment gelang es ihr mit Aufgebot ihrer ganzen
Willenskraft, sich zu fassen.

„Er ist es, es ist entsetzlich!" flüsterte sie noch einmal.

Der plötzliche Ausruf Elisens erregte Bertha's Aufmerksamkeit, ihre Neugier war jetzt größer als ihr Wider-
wille gegen den unangenehmen Anblick, sie trat wieder
zu dem Strohlager, zu dem eben Wangen, nicht weniger
als seine Frau überrascht, sich niederbeugte.

„Sie kennen den Unglücklichen?" fragte er, dann aber
fügte er schnell hinzu: „Wahrhaftig ja, auch mir ist er
bekannt. Ich habe dies Gesicht schon gesehen; aber wo?
Richtig, jetzt erinnere ich mich, in Schloß Osternau! Jetzt
erkenne ich ihn, er ist der Kandidat, der so plötzlich auf

Nimmerwiederfehen verfchwand, ber Informator mit dem
fonberbaren Namen, ach, ich erinnere mich, Pechmaher
war ber Name."

Der Name hatte einen fo komifchen Klang, baß er
felbft in biefem ernften Augenblick ein Lächeln auf bie
Lippen ber umftehenben Dienerfchaft rief, aber baffelbe
verfchwanb fofort wieber, ba Wangen erfreut ausrief:

„Er lebt! Ich habe foeben beutlich gefehen, baß feine
Lippen zuckten. Wir müffen ihm fofort ein befferes Lager
bereiten. In ber blauen Manfarbenftube fteht bas Frem=
benbett bereit. Faßt an, Leute, borthin wollen wir ihn
bringen; aber vorfichtig!"

Er ging felbft feinen Leuten, bie fich freubig zur Hilfe
bereit um ihn brängten, mit gutem Beifpiel voran, indem
er vorfichtig ben Oberkörper bes Liegenben, ihn mit bem
Arm unterftützenb, hob, Elife half ihm dabei, aber fie
machte bereitwillig ben beiben kräftigeren Infpektoren
Platz, bie mit Herrn v. Wangen's Hilfe ben ftarren Kör=
per erhoben unb ihn langfamen Schrittes, jebe Erfchütte=
rung vermeibenb, über ben Vorfaal, bie fteilen Treppen
hinauf nach ber Manfarbenftube trugen. Elife ging neben
ben Trägern her, mit fanfter Hand unterftützte fie ben Kopf
bes Verwunbeten, fie achtete nicht barauf, baß bas wieber
etwas reichlicher fließenbe Blut aus ber Stirnwunbe ihre
Hanb unb ihr Kleib befleckte, fie fah es nicht einmal.

„Wir müffen auf bas Schleunigfte ärztliche Hilfe herbei=
holen," fagte Wangen, als ber Verwunbete glücklich auf
bem weichen Frembenbett gelagert war. „Jebe Minute ift
koftbar."

Ein Blitz und ein diesem unmittelbar folgender krachender, fürchterlicher Donnerschlag antwortete auf Wangen's
Worte, zugleich wurde der Regen von dem sich erhebenden
sturmartigen Wind in Strömen gegen die klirrenden Fenster geschleudert.

„Kein Knecht wird es wagen, in solcher Nacht nach
Ostrowlo zu fahren," bemerkte der Inspektor Bernbal bedenklich. „Der Weg ist bei der tiefen Dunkelheit gefährlich. Wir werden warten müssen, bis wenigstens das
Wetter vorüber ist."

„Ich fürchte, es wird in der That nicht anders gehen,"
erklärte auch Wangen, der an das Fenster getreten war
und in die dunkle Nacht hinausschaute. Seine Worte
schienen eine Bestätigung zu finden durch den immer wilder
brausenden Sturmwind, durch einen in der nächsten Umgebung des Hauses niederzuckenden blendenden Blitzstrahl
und einen Donnerschlag, der an fürchterlicher Gewalt die
früheren noch weit überbot.

„Es ist unmöglich, in diesem Wetter wagt Niemand
nach Ostrowlo zu fahren!" sagte, als nach dem langrollen-
den Donner ein menschliches Wort wieder hörbar wurde,
noch einmal der Inspektor Bernbal.

Elise hatte sich bisher sorgsam mit dem Verwundeten
beschäftigt, sie hatte die Kissen des Bettes geordnet und
war bemüht gewesen, dem leblosen Körper eine bequeme
Lage zu geben, diese Beschäftigung schien sie so ganz zu
erfüllen, daß sie kaum auf die neben ihr gesprochenen
Worte hörte; jetzt aber richtete sie sich plötzlich auf und
sich an Herrn v. Wangen wendend sagte sie ruhig:

„Ich bin schon zweimal in Ostrowko gewesen und
kenne den Weg genau. Ich werde dorthin fahren und den
Arzt holen, wenn Sie nur befehlen wollen, daß sofort ein
Wagen für mich angespannt wird."

„Sie wollen selbst in die dunkle Wetternacht hinaus,
Fräulein Lieschen? Unmöglich!"

„Sie vergessen, daß ich ein Landkind und seit frühester
Kindheit daran gewöhnt bin, mit einem Einspänner allein
auf den schwierigsten Wegen zu fahren. Mein Auge ist
scharf, meine Hand sicher. Ich kenne den Weg und fürchte
weder die Dunkelheit noch das Wetter. Eine Stunde Verzug kann vielleicht ein Menschenleben gefährden, welches
möglicherweise durch rechtzeitige ärztliche Hilfe gerettet
werden kann. Jede Minute ist kostbar, Sie haben es selbst
gesagt, Herr v. Wangen! Ich werde nach Ostrowko fahren, Sie dürfen mich daran nicht hindern."

Mit bewunderndem Blick betrachtete der Inspektor
Kämpf das schöne junge Mädchen, welches seinen kühnen
Entschluß so ruhig vertheidigte, als handle es sich um die
gewöhnlichste, leichteste Sache der Welt.

„Ich glaube wirklich, Sie wären im Stande, in die
Sturmnacht hinaus zu kutschiren, gnädiges Fräulein!" sagte
er lächelnd; „aber daraus wird nichts. Ich würde ja nie
wieder einem Menschen ohne Scham in's Gesicht sehen
können, wenn ich das duldete. Ich fahre und hole den
Doktor, in spätestens zwei Stunden soll er hier sein."

„Sie sind eben erst von der Reise zurückgekehrt," wendete Elise ein.

„Umsoweniger thut es mir etwas, wenn ich noch ein-

mal in den Regen hinausfahre. Ich bin schon so naß,
daß ich nicht nässer werden kann. In zwei Stunden bin
ich mit dem Doktor zurück."

Auch der Inspektor Berndal, beschämt darüber, daß
ein junges Mädchen wagen wollte, was er als unmöglich
gehalten hatte, bot sich jetzt an, die Fahrt nach Ostrowko
zu unternehmen, aber Kämpf blieb dabei, daß er das
bessere Anrecht habe. Elise widersprach ihm nicht, sie
würde freudig sich den Gefahren der nächtlichen Reise
ausgesetzt haben, um für den Schwerverwundeten Hilfe
herbeizurufen, aber ebenso gern blieb sie auch bei ihm
zurück, um ihm ihre Pflege angedeihen zu lassen.

Mit der ihr eigenen ruhigen Bestimmtheit erklärte sie,
sie werde bei dem Bewußtlosen bleiben, bis der Arzt
komme, sie forderte, daß sie mit demselben allein gelassen
werde, und selbst Klara, die sich erbot, mit ihr die etwaige
Pflege zu theilen, wies sie zurück.

Wangen wollte Einwendungen machen, die Wirthschafterin oder die Kammerjungfer könnte ja, bis der Arzt gekommen sei und weitere Bestimmungen getroffen habe, das
lästige Geschäft der Pflege übernehmen, aber Elise ließ sich
nicht zurückweisen und sie fand Bertha's Unterstützung.

„Laß' ihr nur ihren Willen," sagte Bertha, mit einem
spöttisch boshaften Blick das junge Mädchen betrachtend,
welches sich eben wieder zu dem Liegenden niedergebeugt
hatte und seinem Athemzuge lauschte. „Es ist ihr ein
Herzensbedürfniß, ihn zu pflegen. Du weißt ja, daß sie
schon damals, als sie noch ein halbes Kind war, für ihren
Klavierlehrer schwärmte. Alte Liebe rostet nicht. Sie hat

sich sein Bild im Herzen bewahrt und ihn gleich erkannt. Mag sie doch ihren Herrn Pechmayer pflegen, wir wollen uns nicht zwischen ihn und sie drängen."

Erröthend richtete Elise sich auf; ein flammender Blick traf Bertha, ihre Lippen bebten, aber sie bezwang ihren Unwillen, sie unterbrückte die bittere ihr auf der Zunge schwebende Antwort, mit einer Thräne im Auge wendete sie sich ab, da umfaßte sie Klara und küßte sie zärtlich.

„Weine nicht, Du liebe, liebe Elise," flüsterte die Kleine, sich innig an Elise anschmiegend. „Mache der Boshaften nicht die Freude, Dich durch ihre Worte gekränkt zu fühlen."

Auch Wangen fühlte sich verletzt durch Bertha's boshafte Bemerkung, unwillkürlich mußte er zurückdenken an die unbehagliche Unterhaltung, welche er vor wenigen Stunden mit ihr gehabt und in welcher er denselben Ton gehört, denselben Blick gesehen hatte. Nicht so herzlich, wie sonst immer, war sein Ton, als er erregt sagte:

„Du solltest in solchen Augenblicken nicht scherzen, Bertha! Komm, wir wollen Fräulein Lieschen nicht stören bei ihrem Werk der Barmherzigkeit, unter keiner besseren Pflege als der ihrigen können wir den Unglücklichen lassen."

22.

Egon erwachte aus einem langen, tiefen Schlafe. Er schlug die Augen auf, dabei fühlte er einen dumpfen Kopfschmerz und zugleich ein brennendes Prickeln an der Stirne; er fuhr mit der Hand nach der schmerzenden Stelle, da traf dieselbe auf einen feuchten Leinenverband,

der um die Stirne gelegt war, und zugleich traf sein
Auge auf Gegenstände in seiner nächsten Umgebung, die
ihm gänzlich unbekannt waren.

Die blauen, mit weißem Muster verzierten Tapeten des
Zimmers, in welchem er sich befand, hatte er nie gesehen;
die sämmtlichen nicht prunkvollen, aber bequemen Möbel
desselben waren ihm fremd.

Wie war er in diese fremde Umgebung gekommen?
Weshalb war sein Kopf mit einem Verband verhüllt. Er
ließ sich wieder zurück in das weiche Kissen sinken und
sann nach, dabei schmerzte ihm wohl der Kopf etwas, aber
er konnte doch ziemlich klar denken.

War er nicht vor kurzer Zeit erst mit der Eisenbahn
auf der Station R. angekommen? Richtig, so war es.
Er hatte sich an den Bahnhofsinspektor gewendet und ihn
gebeten, ihm einen Wagen nach Plagnitz zu verschaffen;
er erinnerte sich jetzt deutlich des freundlichen gefälligen
Mannes, dem er einen Gruß von einem alten Kriegs-
kameraden gebracht hatte und der denselben durch die
größte Gefälligkeit und Dienstbereitschaft vergalt. Hatte
der Inspektor nicht vor der Fahrt gewarnt und von einem
bei schlechtem, dunklem Wetter gefährlichen Wege gesprochen?
Ganz recht! Egon erinnerte sich, daß er die Warnung
verlacht habe, er erinnerte sich weiter einer unbehaglichen
Fahrt im strömenden Regen bei dunkler Nacht. Der
Kutscher hatte in einem Gemisch von polnischer und
deutscher Sprache über die grauenhafte, nur für Augenblicke
durch einen blendenden Blitzstrahl aus den schwarzen
Wetterwolken unterbrochene Finsterniß gewettert und ge-

flucht. Nur Schritt für Schritt hatte er fahren können,
weil er den Weg nicht zu erkennen vermochte und weil es
dem einen Pferde zu schwer wurde, den kleinen offenen
Wagen auf dem vom Platzregen durchweichten Lehmwege
fortzuschleppen.

Fröstelnd hatte sich Egon in seine Reisedecke eingehüllt
und sich doch vor dem strömenden Regen nicht schützen
können, und dann — er sann nach — was geschah dann?
Er erinnerte sich eines lauten Aufschreies, den er gehört,
eines heftigen Schmerzes am Kopf, den er gefühlt hatte,
weiter wußte er nichts. Und doch! Es lebten noch dunkle,
unklare, verschwommene Bilder traumartig in seiner Erinnerung! Fiel nicht ein Lichtstrahl ihm blendend in's
Auge? Sah er sich nicht in einem halbdunkeln Raum,
umgeben von vielen Menschen? Tauchten unter diesen nicht
alte bekannte Gestalten auf? Beugte sich nicht zu ihm,
der nicht die Kraft besaß, ein Glied zu regen, ein wunder-
liebliches Engelsangesicht nieder, schauten ihn nicht aus
diesem zwei tiefblaue Augen mit einem Blick an, aus
welchem inniges Mitleid sprach? War dies ein Traum?
Wie oft hatte er in den letzten Jahren in seinen schönsten
Träumen die zarte Elfengestalt gesehen, aber immer war
es die Gestalt eines noch an der Grenze der Kindheit
stehenden kleinen Mädchens gewesen, Lieschens Gestalt, wie
er sie zuletzt gesehen und wie sie unauslöschlich in seiner
Erinnerung lebte. Wie merkwürdig hatte sich plötzlich das
Traumbild verändert! Und doch waren die Züge des
reizenden Gesichtes dieselben, die ihm so theuer in der Erinnerung waren, nur entwickelter und fast noch schöner!

Ja, es war ein Traum, und ein Traum war es auch, daß
er dann mit halbgebrochenen Augen die Elfengestalt wieder-
sah, daß er eine weiche Hand auf seiner Stirn fühlte,
wie sie einen kühlenden Verband auf dieselbe legte, daß
Lieschen an seinem Bette saß, seine Hand in der ihren
hielt und ihn anschaute mit einem Blick voll inniger Theilnahme und voll Liebe.

Es war nur eine dunkle, traumartige Erinnerung, ein
schöner Traum gewesen, aus welchem er jetzt erwacht war,
der ihn aber so beschäftigte, daß er sich in die Wirklichkeit
noch nicht hineinzufinden vermochte, er träumte fort, denn
ein Traum war es gewiß, daß er jetzt eine Stimme hörte,
die bekannt an sein Ohr klang, er hatte sie früher oft gehört, damals in Schloß Osternau.

„Wir haben uns schmerzlich nach Ihnen gesehnt, Herr
Doktor.“

Eine Egon unbekannte Stimme antwortete: „Das thut
mir herzlich leid, Herr v. Wangen, aber es war mir unmöglich, früher zu kommen. Ich war während der ganzen
Nacht am Bett eines Schwerkranken, erst vor einer Stunde
bin ich nach Haus gekommen und habe mich dann sofort
in den Wagen gesetzt, um Ihrem Rufe zu folgen. Ich
hoffe, daß meine Hilfe nicht zu spät kommt.“

„Ich hoffe das Gleiche,“ erwiederte Herr v. Wangen,
Egon erkannte jetzt die Stimme. „Der Zustand des armen
Menschen hat sich wenigstens nicht geändert. Seine liebe-
volle Pflegerin, welche während der ganzen Nacht an seinem
Bett gesessen und seine Wunde mit feuchten Umschlägen
gekühlt hat, hat mir soeben erst mitgetheilt, daß er noch

immer bewußtlos ist, daß er aber ruhig und kräftig athmet.
Bitte die Thür rechter Hand, Herr Doktor, der Verwundete liegt im blauen Zimmer."

Die Thüre wurde geöffnet und die Sprechenden traten
ein, der Eine war Herr v. Wangen, Egon erkannte ihn
sofort trotz der großen Veränderung, welche vier Jahre in
dem Aeußeren des jungen Mannes hervorgebracht hatten,
der Andere war ein kleiner, ältlicher, Egon fremder Herr.

Das war kein Traum. Der behäbige, kräftige junge
Mann war wirklich Herr v. Wangen. Egon wachte, er
befand sich wirklich im Bett, mit einer Wunde am Kopf,
in dem ihm unbekannten Zimmer, aber wie er dorthin gekommen, was mit ihm vorgegangen war, davon hatte er
keine Ahnung.

Er richtete sich jetzt im Bette auf, in welches er wieder
zurückgesunken war, es ging auch, wenn schon schwer, mit
klarem Auge schaute er Herrn v. Wangen an und streckte
ihm die Hand entgegen.

„Ei sieh' da, unser Patient ist bei vollem Bewußtsein.
Das ist ja ein erfreuliches Zeichen!" sagte der Doktor, an
das Bett Egon's tretend und dessen Hand ergreifend.
„Kein Fieber! Die Augen klar! Ich denke, Sie haben
sich ohne Noth große Sorgen gemacht, Herr v. Wangen!"

Er fragte Egon, ob er Schmerzen fühle, und erhielt
eine ruhige klare Antwort, dann nahm er den Verband
von der Stirn des Patienten und untersuchte dessen Wunde
mit großer Aufmerksamkeit.

„Nichts von Bedeutung!" sagte er endlich sehr zufrieden-
gestellt. „Die heftige Erschütterung durch den bösen Fall

und das Aufschlagen der Stirne auf einen Stein hat die
lange Bewußtlosigkeit zur Folge gehabt; die Wunde selbst
hat nichts auf sich, in wenigen Tagen wird sie geheilt sein.
Sie können von Glück sagen, daß Sie so gut davon gekommen sind."

„Was ist denn mit mir geschehen?"

„Das wird Ihnen Herr v. Wangen erzählen. Meiner
Hilfe bedürfen Sie nicht. Sie sind noch ein wenig schwach
durch den starken Blutverlust, haben wohl auch noch einen
leichten dumpfen Kopfschmerz, die Folge der Erschütterung,
das ist Alles. Schonen Sie sich ein paar Tage, machen
Sie sich keine zu heftige Bewegung und damit Gott befohlen, denn ich muß eiligst nach Ostrowko zurück, wo ich
nothwendiger gebraucht werde als hier."

„Darf Herr Pechmayer das Bett verlassen?" fragte
Herr v. Wangen.

„Wenn er sich kräftig genug fühlt, kann er thun und
lassen, was er will. Adieu, Herr — Pechmayer, so heißen
Sie ja wohl!" Ein Lächeln flog bei Nennung des sonderbaren Namens über das Gesicht des Arztes.

„Nein, mein Name ist v. Ernau," erwiederte Egon.

„Ei der Tausend! Herr v. Ernau! Der lang erwartete
Gutsherr von Plagnitz!" rief der Doktor offenbar freudig
überrascht. „Das wird für meinen alten Freund Siebeling
eine besondere Freude sein und auch für Herrn Storting,
der schon mit Sehnsucht auf Ihre endliche Ankunft wartet.
Jetzt freue ich mich doppelt, daß Ihr gefährlicher Sturz
vom Dombrowker Damm so glücklich abgelaufen ist. Morgen komme ich wieder, um zu sehen, wie es Ihnen geht,

jetzt aber muß ich leider nach Oſtrowko zurück, wo ein paar
ſchwerkranke Patienten mich erwarten. Ich empfehle mich
Ihnen, Herr v. Ernau, und auch Ihnen, Herr v. Wangen.
Bitte, ich bedarf keines Geleites, finde mich ſchon ſo zurecht!"

Der bewegliche kleine Mann hatte das Krankenzimmer
ſchon verlaſſen, ehe noch Wangen ſich von ſeinem maßloſen
Staunen erholt hatte. Der Name Ernau löſte ihm plötzlich ein Räthſel, über welches er oft vergeblich nachgeſonnen
hatte. Unter dem Namen eines Kandidaten Pechmayer
hatte vor vier Jahren der Doktor Egon v. Ernau, der einſt
für Bertha auserſehene reiche junge Mann, in Schloß
Oſternau gelebt. Jetzt endlich wurde es ihm klar, was er
nie zu begreifen vermocht hatte, weshalb damals Egon
v. Ernau unmittelbar nach ſeiner Rückkehr nach Berlin
ſeine Anſprüche auf die Hand Bertha's erhoben hatte, die
aber durch Werner v. Maſſenburg, nach deſſen eigener Erzählung energiſch zurückgewieſen worden waren, weil Bertha
inzwiſchen ihr Herz verſchenkt hatte. Herr v. Ernau hatte
Bertha in Schloß Oſternau kennen gelernt und — wie konnte
dies auch anders ſein? — war in glühender Leidenſchaft
für ſie entbrannt. Als er nun nach Berlin zurückkehrte,
als er hörte, daß Bertha's Herz einem Anderen gehöre,
als ſeine Forderung, ſein altes Recht geltend machen zu
dürfen, durch Werner v. Maſſenburg ſchroff — ſo hatte es
dieſer ja dargeſtellt — zurückgewieſen wurde, als er ſich
ſagen mußte, daß die Heißgeliebte ihm für immer verloren ſei, da hatte ihn wohl eine tiefe Verzweiflung ergriffen, da verließ er Berlin, um in einem ruheloſen, abenteuerlichen Reiſeleben Zerſtreuung und Heilung für ſein

verwundetes Herz zu suchen. Ein inniges Mitleiden mit
dem Unglücklichen, welchem er die schönste Lebenshoffnung
geraubt hatte, erfüllte den gutmüthigen Wangen, zugleich
aber konnte er sich auch eines gewissen unbequemen Ge-
fühls nicht erwehren; er erinnerte sich, daß ihn damals
im Schloß Osternau oft eine Regung der Eifersucht-ge-
plagt hatte, wenn er im Familienkreise Bertha und den
Kandidaten zusammen gesehen, wenn er beobachtet hatte,
mit welcher Bewunderung Bertha dem Gesange Pechmayer's
lauschte.

Wangen war durch diese sich kreuzenden Gedanken so verwirrt, daß er seinem Erstaunen kaum Worte zu geben wußte.

„Sie sind Herr Egon v. Ernau?" sagte er endlich.

„Ja, Herr v. Wangen," erwiederte Egon, unwillkürlich
über das maßlose Erstaunen lächelnd, welches sich in dem
gutmüthigen Gesicht Wangen's so deutlich ausprägte. „Sie
finden einen alten Bekannten unter verändertem Namen
wieder. Sie sollen von mir die natürliche Erklärung dieser
Metamorphose erhalten, dafür aber bitte ich Sie, mir erst
zu sagen, wo ich bin, wie ich hierhergekommen bin und
was eigentlich mit mir vorgegangen ist? Ich habe schon vergeblich mein Gedächtniß angestrengt, es liegt für mich ein
Schleier über den Vorgängen der vergangenen Nacht."

Egon's Frage beruhigte Wangen, er setzte sich an das
Bett und erzählte in einfachen Worten, was er selbst von
seinem Inspektor gehört hatte, er schilderte, in welcher
schweren Sorge er und seine Frau geschwebt hätten, einer
Sorge, die jetzt glücklicherweise durch Egon's Wiedererwachen
zum Leben gehoben sei.

Egon hörte ihm mit tiefer Spannung zu; als Wangen von seiner Frau sprach, gedachte er des schönen Traumes, den er während der Nacht gehabt hatte. Jetzt wußte er, wem die Hand gehörte, die so sanft und weich seine Stirne berührt und ihm die brennende Wunde gekühlt hatte. Wie seltsam, daß in dem Halbtraum die Erinnerung sich so trügerisch gestaltet hatte, daß er geglaubt, Lieschen sei bei ihm, während es doch Bertha gewesen war, die ihn gepflegt hatte. Oft schon waren in den vergangenen Jahren die beiden Traumgestalten ineinander verschwommen; er hatte von Bertha geträumt, daß er sie in seinen Armen halte, und dann war es plötzlich Lieschen gewesen, meist endeten so seine wirren Träume und immer fühlte er sich dann wunderbar beruhigt und beglückt; mehr und mehr war die Erinnerung an Bertha in ihm erloschen, während ihn Lieschens holdes Bild noch oft in seinen schönsten Träumen umschwebte. Es überkam ihn fast ein Gefühl der Enttäuschung, als er aus Wangen's Mittheilung glaubte entnehmen zu müssen, daß Bertha sich seiner so treu und sorgsam angenommen habe, aber er gab diesem Gefühl keine Worte, solcher Undankbarkeit wollte er sich nicht schuldig machen; er dankte im Gegentheil Wangen herzlich für die liebevolle Aufnahme und Pflege, die er in dem gastlichen Hause gefunden habe, an diesen Dank schloß er eine kurze Erklärung, wie er dazu gekommen sei, einst im Schlosse Osternau die Rolle des Kandidaten Pechmayer zu spielen.

„Ich war ein verwöhntes Kind des Glückes," sagte er. „Ich hatte alle Vergnügungen des städtischen Lebens in

solchem Uebermaß genossen, daß sie mich anwiderten, daß
ich ihrer und des Lebens satt war. Deshalb floh ich aus
Berlin, und als ich zufällig mit dem Kandidaten Pechmayer zusammentraf, als er mir die jämmerliche Geschichte seines Lebens erzählte, erwachte in mir die tolle
Lust, einmal zu probiren, wie sich wohl das Leben eines
solchen Menschen gestalte. Ich brachte den abenteuerlichen
Plan sofort zur Ausführung, indem ich Pechmayer seine
Kleidung und seine Papiere ablaufte, und ging als Kandidat
Pechmayer nach Schloß Osternau. Daß ich durch meine
thörichte Verkleidung, durch die Täuschung des Herrn
v. Osternau in mancherlei Verlegenheiten kam, haben Sie
mit durchlebt, Herr v. Wangen; ich habe nicht nöthig,
darauf weiter einzugehen. Sie wissen auch, daß ich endlich den Entschluß faßte, das trügerische Spiel aufzugeben
und als Egon v. Ernau wieder nach Berlin zurückzukehren.
Es geschah, aber als ich nach Berlin kam, stand schon in
mir der Entschluß fest, das einstige Vergnügungsleben aufzugeben, welches ich bisher geführt, welches mir nie genügt und schließlich nur Langeweile und Ekel bereitet
hatte. In Osternau hatte ich den Ernst des Lebens und
zugleich die Freude und den Genuß kennen gelernt, welche
die Erfüllung eines Berufes dem Manne gewährt, die Reize
des Landlebens hatten sich mir erschlossen. Ich will Sie
nicht langweilen mit einer Detaildarstellung meiner ferneren
Erlebnisse, sie lassen sich in wenige Worte zusammen-
fassen. Ich war bestrebt, mich zu einem tüchtigen Landwirth auszubilden, mir Kenntnisse zu sammeln, um mit
Erfolg meine Güter selbst bewirthschaften zu können. Zu

diesem Zweck habe ich einige Jahre auf größeren Gütern
die Landwirthschaft praktisch erlernt und bin dann umher
gereist, um meine Kenntnisse zu vermehren. Jetzt endlich
hoffe ich Erfahrungen genug gesammelt zu haben. Ich
kehre nach Plagnitz zurück und werde fortan dort als ein
echter und rechter Landedelmann leben. Da haben Sie
in wenigen Worten meine Geschichte, Herr v. Wangen; ich
bitte Sie, dieselbe Ihrer Frau Gemahlin zu erzählen, sie
wird mir dann hoffentlich verzeihen, daß ich auch sie damals als Kandidat Pechmayer zu täuschen gewagt habe.
Und nun gestatten Sie mir, daß ich das Bett verlasse und
mich anziehe; ich fühle mich dazu vollständig kräftig genug
und sehe dort meinen Reisekoffer stehen, der die nöthige
Garderobe enthält. Während ich Toilette mache, haben
Sie vielleicht die Güte, Ihre Frau Gemahlin darauf vor-
zubereiten, daß ich mich ihr vorstellen und ihr meinen herzlichen Dank für die liebenswürdige Aufnahme und Pflege
in Ihrem Hause sagen darf."

23.

Frau Bertha v. Wangen war früher als gewöhnlich
aufgestanden, sie wollte den herrlichen thaufrischen Morgen,
der der Gewitternacht gefolgt war, auf dem Altan ge-
nießen; auf diesem wurde das Frühstück servirt, an welchem
auch Elise und Klärchen Theil nehmen mußten, denn Bertha
liebte es nicht, allein zu sein, und heute hätte sie dazu am
wenigsten Lust gehabt, denn sie war neugierig, wie der verwundete Gast die Nacht verbracht habe. Sie hatte deshalb ihre Kammerjungfer schon früh nach der blauen Man-

farbenstube geschickt, um Fräulein Elise von ihrem Posten
am Krankenbette abzuberufen, die Kammerjungfer sollte die
Stelle der Krankenpflegerin einstweilen übernehmen, wenn
es nöthig sei; aber es war nicht nöthig, denn der Verwundete schlief seit einigen Stunden, er athmete ruhig und
regelmäßig und er bedurfte daher augenblicklich keiner
Pflege.

So war denn Elise gehorsam nach dem Altan gekommen
und bereitete, wie es ihre Obliegenheit war, auf der Maschine den Kaffee, während sie Bertha Bericht darüber
abstattete, wie der Verwundete die Nacht verbracht
hatte. Wangen war, während sie erzählte, seine Cigarre
rauchend auf dem Altan auf und nieder gegangen, aber er
wurde bald abberufen, denn der langerwartete Arzt aus
Dombrowko wurde endlich von Herrn Kämpf gemeldet
und er hatte denselben nach der blauen Mansardenstube
führen müssen.

In banger Erwartung harrte Elise der Rückkehr Wangen's; sie hätte diesen so gern nach dem Krankenzimmer
begleitet, um aus des Arztes eigenem Munde zu hören, ob
er Hoffnung habe, das Leben des Verwundeten zu erhalten;
aber sie wagte es nicht, einen solchen Wunsch auch nur zu
äußern, hatte doch Bertha schon eine boshafte Bemerkung
darüber gemacht, daß sie die ganze Nacht allein im Krankenzimmer zugebracht habe, und daß doch eigentlich eine so
aufopferungsvolle Pflege für eine junge Dame nicht recht
schicklich sei. Dafür hatte sich zwar Bertha die scharfe
Antwort Klara's gefallen lassen müssen, daß Alles, was
ihre liebe Elise thue, schicklich und gut sei; aber diese konnte

gerade deshalb dem Drange ihres Herzens nicht folgen,
sie durfte den Zwiespalt zwischen Bertha und Klara nicht
verschärfen.

Auch Bertha war nicht so ruhig, wie sie erscheinen
wollte; auch sie wartete mit angstvoller Spannung auf die
Entscheidung des Arztes. Wie sie damals in Schloß
Osternau sich stets bemüht hatte, das Interesse zu verbergen, welches ihr der Informator einflößte, so wollte sie
dasselbe auch heute nicht zeigen; recht absichtlich sprach sie
von ihm mit einer gewissen Nichtachtung, als kümmere
sie sich wenig um ihn, als sei ihr sogar die Aufnahme des
Verwundeten in ihr Haus nur eine lästige Pflicht. Indem
sie Elise wegen ihrer über die Grenzen der Schicklichkeit
hinausgehenden aufopferungsvollen Pflege tadelte, wollte
sie verbergen, welchen Antheil sie an dem alten Bekannten aus früherer Zeit nehme, sich selbst aber konnte
sie denselben nicht verbergen. Sie hatte während der Nacht
kaum wenige Minuten wirklich geschlafen, die Erinnerung
an die alte Zeit hatte sich ihr gewaltsam aufgedrängt, und
auch wenn sie für kurze Zeit halb entschlummert war,
verfolgte sie doch in den Traum hinein das Bild des, wie sie
fürchtete, zum Tode Verwundeten; sie sah die leblose Gestalt,
das bleiche blutbefleckte Gesicht wieder vor sich und entsetzt
fuhr sie aus dem Halbschlaf empor. Wenn sie dann wieder
wachte, überkam sie ein bitterer Neid gegen Elise, die an
seinem Lager sitzen und ihn pflegen durfte. Ja, sie beneidete Elise, und doch erfüllte sie ein Gefühl halb des Entsetzens, halb des Abscheues, wenn sie zurückdachte an den
häßlichen Anblick der schmutzigen leblosen Gestalt. Es

kämpfte in ihr dieser Abscheu und das Interesse für den Unglücklichen.

Nur wenige Minuten war der Arzt bei dem Kranken geblieben, dann verließ er die blaue Mansardenstube. Bertha hörte es ganz deutlich, wie er über den Vorraum oben schritt und dann die Treppe hinabstieg, sie kannte den Schritt ihres Gatten am Tone, sie wußte daher, daß Wangen noch in dem Krankenzimmer zurückgeblieben war. Weshalb verließ der Arzt so schnell und allein das Zimmer? Kam seine Hilfe zu spät? Hatte er vielleicht einen Todten statt eines Verwundeten gefunden?

Eine fieberhafte Angst überkam Bertha, eine brennende Begierde, Gewißheit zu erhalten. Jetzt hörte sie die Schritte des Arztes auf dem Vorsaal, er wollte das Haus verlassen, ohne ihr Bericht erstattet zu haben. Noch konnte sie ihn erreichen, wenn sie ihm nacheilte, noch ihn fragen, ihn ausforschen! Aber nein, sie durfte es nicht thun! Elise durfte nicht ahnen, welche namenlose Angst sie erfüllte. Immer war es Elise, die ihr im Wege war! Damals in Schloß Osternau hatte sie gewaltsam ihre Abneigung gegen sie verborgen, ja ihr Freundschaft und Liebe heucheln müssen, jetzt war Elise mit Klara gegen sie verbündet, und jetzt mußte sie wieder Elisens wegen ihren heißen Wunsch unterdrücken!

Endlich nach langer, langer Zeit, die Minuten erschienen ihr wie Stunden, ertönten wieder Schritte auf dem Vorflur oben. Das waren die Schritte Wangen's! Er stieg die Treppe hinunter, er ging über den Vorsaal, jetzt trat er in den Gartensalon und nahte dem Altan. Bertha

sprang auf, um ihm entgegenzueilen, sie konnte ihre innere
Bewegung nicht mehr bemeistern, sie wollte in seinen Zügen
lesen, welche Nachricht er bringe; aber schnell nahm sie
wieder ihren gewohnten Platz im Schaukelstuhl ein, ein
einziger Blick hatte genügt, sie zu beruhigen. Eine Todes-
botschaft brachte er nicht!

Mit einem Lächeln auf den Lippen betrat Wangen
den Altan, sein erster Blick traf Bertha, sie saß in dem
Schaukelstuhl bequem zurückgelehnt und wiegte sich in demselben; ein großes Interesse nahm sie wohl kaum an der
guten Nachricht, die er brachte, um so höher aber war das
Elisens, es lag klar ausgedrückt in dem fragenden Blicke,
mit welchem sie zu ihm aufschaute, im Ausdruck tiefer
Seelenangst, den ihr liebes Angesicht trug.

Wangen nickte ihr freundlich zu. „Ihrem Pflegling
geht es vortrefflich, Fräulein Lieschen!" sagte er heiter.
„Er ist zum Bewußtsein erwacht; seine Wunde hat, wie
der Doktor versichert, gar nichts zu bedeuten. Jetzt ist
er wohl schon beschäftigt, sich aus seinem Koffer mit
neuer Toilette zu versehen; in einer Viertelstunde wird
er sich den Damen mit einem Verband um die verwundete Stirne, sonst aber als ein gesunder Mensch vorstellen."

Eine brennende Röthe überflog Elisens Gesicht, eine
Thräne rollte über ihre Wangen. Sie antwortete nicht,
ihr Herz war so voll, sie konnte der Glückseligkeit, die sie
erfüllte, keine Worte geben, dafür aber jubelte Klara laut
auf, sie umarmte Elise und frohlockend rief sie: „O, nun
ist Alles gut! Nun wirst Du nicht mehr so bitterlich

weinen, Du liebe, gute Elise, wie heute Morgen, als Dich Bertha rufen ließ!"

„Nein, zu Thränen ist jetzt gar keine Veranlassung," fuhr Wangen heiter fort, aber im nächsten Moment wurde er ernster und zu Bertha gewendet fuhr er fort. „Dir bringe ich noch eine besondere Botschaft unseres Gastes. Er wünscht sich Dir vorzustellen und Dir zu danken für die Aufnahme, welche er in unserem Hause gefunden hat. Ich soll Dich auf seinen Besuch vorbereiten."

„Ein Besuch des Herrn Pechmayer hat doch nicht solche Bedeutung, daß ich dazu einer Vorbereitung bedürfte," entgegnete Bertha, welche sich wieder vollständig gefaßt hatte, mit spöttischem Tone. „Herr Pechmayer scheint die große Meinung, welche er früher von sich selbst hatte, noch nicht verloren zu haben."

„In diesem Falle hat er einigen Grund zu dem Wunsche, daß ich Dich auf seinen Besuch vorbereite, der Dich sonst jedenfalls und vielleicht nicht ganz angenehm überrascht haben würde, denn Herr Pechmayer wünscht sich Dir in seiner wahren Gestalt, ohne die Maske, die er in Schloß Osternau getragen hat, unter seinem wahren Namen als unser künftiger Nachbar, Herr Doktor Egon v. Ernau vorzustellen!"

„Er ist es. Ich wußte es längst!" sagte Elise unwillkürlich.

Die Wirkung, welche der Name Ernau auf Bertha ausübte, war zauberhaft. Sie verlor ihre erzwungene Selbstbeherrschung ganz und gar, sie sprang auf und mit flammenden Augen schaute sie zuerst ihren Gatten und dann Elise an.

„Du wußtest es? Du warst also seine Vertraute, mit ihm im Geheimen gegen mich verbunden!" rief sie mit vor Zorn bebender Stimme.

„Nein, Bertha, wie kannst Du dies nur denken?" entgegnete Elise ruhig. „Er hat zu mir nie ein Wort des Vertrauens gesprochen, aber einmal — wir waren allein, und ich hatte mich scharf verurtheilend über den Herrn v. Ernau geäußert — da warf er mir vor, daß ich lieblos urtheile, und als er dann den Herrn v. Ernau nicht zu rechtfertigen, sondern aus seiner Seele heraus zu erklären suchte, wie es gekommen, daß jener auf Irrwege geführt worden sei, da ahnte ich, daß er nicht für Jenen, sondern für sich selbst spreche, und als er uns dann plötzlich verließ und zugleich der Herr v. Ernau in Berlin wieder auftauchte, da wußte ich, wer mein Lehrer gewesen war. Ich habe nie ein Wort darüber geäußert, nicht einmal gegen meine guten Eltern, ich glaubte kein Recht zu haben, sein Geheimniß zu verrathen, so lange er selbst es aufrecht erhalten wollte, aber für mich war es kein Geheimniß mehr."

„Du wußtest also auch gestern, daß wir Herrn v. Ernau in unser Haus aufnahmen! Ah, jetzt begreife ich, weshalb Du Dich dazu drängtest, an seinem Bette zu wachen und ihn zu pflegen! Natürlich, Du wolltest ihn Dir erhalten, den reichen Herrn v. Ernau!"

„Frauchen, wie unfreundlich und ungerecht urtheilst Du wieder!" sagte Wangen vorwurfsvoll.

„Natürlich, ich bin ungerecht! Fräulein Elise ist ja selbstverständlich das Musterbild einer edelmüthigen, barm-

herzigen Jungfrau! Welche Nebenabsichten sollte sie wohl
gehabt haben? Den armen Kandidaten Pechmayer würde
sie natürlich wohl mit derselben Liebe und Aufopferung
gepflegt haben, wie den reichen Rittergutsbesitzer!"

„Ich glaube Dir keine Veranlassung zu so beleidigenden Aeußerungen gegeben zu haben. Gestatte, daß ich mich
auf mein Zimmer zurückziehe, bis Du ruhiger und geneigter
zu einem gerechten Urtheil geworden bist."

„Du willst wohl sagen, bis Herr v. Ernau sich uns
vorstellt?" fragte Bertha spitzig. „Natürlich willst Du
Toilette machen, um ihn zu begrüßen und seine Dank-
sagungen für die liebevolle nächtliche Pflege in Empfang
zu nehmen!"

„Ich werde ihn nicht sehen, da ich mein Zimmer nicht
verlassen werde, so lange Herr v. Ernau in Linau weilt."

„Damit er Dich dort aufsuche! Du willst ihn allein
für Dich haben, dann natürlich muß er Dir danken dafür,
daß Du die Nacht an seinem Bett gewacht hast. Klara
bleibt ja hier und sie wird nicht verfehlen, Dich heraus-
zustreichen!"

„Klara wird mir gewiß die Freundlichkeit erweisen,
mich zu begleiten."

„Ja, ich gehe mit Dir und ich bleibe bei Dir," sagte
Klara, Elise umarmend und zärtlich küssend. „Du sollst
nicht allein weinen über die Kränkungen, mit denen Dich
Bertha überhäuft, meine Liebe soll Dich trösten! Gib der
Boshaften gar keine Antwort mehr, sie verdient es nicht,
daß Du sanfte und freundliche Worte an sie verschwendest!"

Sie ergriff die Hand Elisens und zog diese mit sich

fort, ihrer Schwägerin, die ihr mit zornfunkelnden Augen nachschaute, gönnte sie nicht einmal einen Abschiedsblick.

Wangen, der an dem Wortgefecht zwischen seiner Frau und Elise keinen Antheil genommen hatte, ging während desselben auf dem Altan auf und nieder. Jedes Wort, welches seine Frau zu Elise sprach, schnitt ihm in's Herz. Wie giftig und boshaft klangen alle ihre Bemerkungen! Er konnte es Klärchen wahrlich nicht verdenken, daß sie Partei nahm für die Angegriffene, und es war mindestens verzeihlich, wenn sie es in einer Bertha beleidigenden Weise that, er wäre nicht im Stande gewesen, sie dafür zurechtzuweisen, war er doch selbst kaum minder als sie empört über Bertha's Benehmen.

„Ich hätte nie geglaubt, daß Du so lieblos sein könntest!" sagte er traurig, als er mit Bertha allein auf dem Altan war.

Bertha hörte die Worte wohl, aber sie beachtete sie nicht, nachdenklich schaute sie vor sich nieder, dann blickte sie plötzlich zu ihrem Manne auf und hastig fragte sie:

„Hast Du Herrn v. Ernau gesagt, daß Elise seine Pflegerin gewesen ist?"

„Nein, das habe ich versäumt. Ich war so überrascht darüber, daß er sich bei vollem Bewußtsein befand, dann daß er sich mir als Herr v. Ernau vorstellte! Ich habe ganz vergessen, ihm überhaupt von Elise zu sprechen, unsere Unterhaltung war so kurz —"

„Entschuldige Dich doch nicht, Du hast ja unbewußt gerade das Rechte gethan. Ernau darf nicht erfahren, daß Elise in unserem Hause ist. Du siehst mich verwundert an?

Ich werde es Dir erklären. Ich will es nicht dulden, daß sich in meinem Hause ein skandalöser Liebeshandel fortspinnt, der schon vor vier Jahren, als Elise noch ein halbes Kind war, in Schloß Osternau begonnen hat. Ich habe damals Elise aufmerksam beobachtet, und sie wußte es, daß ich sie durchschaute, deshalb hat sie mich bitter gehaßt. Ich ahnte freilich nicht, daß es der reiche Herr v. Ernau sei, nach welchem das freche, gefallsüchtige kleine Geschöpf seine Netze auswarf; in meiner thörichten Unbefangenheit meinte ich, Elise sei sterblich in den Informator verliebt, erst durch ihren unbedachten Ausruf: ‚Er ist es! Ich wußte es längst!‘ hat sie mir die Augen geöffnet. Jetzt erklärt es sich mir, weshalb sie, wie Du mir selbst erzählt hast, für den Kandidaten Pechmayer nur Spott und Verachtung gehabt hat, so lange sie glaubte, daß er eben nur ein unbedeutender armer Mensch sei! Als sie aber erfahren hat, daß der Informator der damals noch mir bestimmte reiche Herr v. Ernau sei, der jedenfalls die seltsame Verkleidung gewählt hatte, um mich, ohne von mir gekannt zu sein, kennen zu lernen, da verdoppelte sich ihre Abneigung gegen mich und sie wuchs zum grimmigen Haß, als sie sich von mir beobachtet sah. Der unwillkürliche Ausruf: ‚Er ist es!‘ hat mir dies Alles klar gemacht. Und noch mehr, jetzt begreife ich auch, weshalb Elise, obgleich sie mich heute wie früher tödtlich haßt, doch Deiner Aufforderung, als Erzieherin Klara's zu uns zu kommen, gefolgt ist. Sie hätte gewiß zehn mindestens ebenso einträgliche Stellen bekommen können, und doch hat sie die in unserem Hause angenommen, weil das falsche Geschöpf wußte, daß Herr

v. Ernau in unserer Nachbarschaft wohnt, weil sie hoffte, bei uns die ihr vor vier Jahren mißglückte Liebesintrigue wieder aufnehmen zu können, deshalb hat sie sich auch dazu gedrängt, den Verwundeten zu pflegen, deshalb hat sie unermüdlich die ganze Nacht an seinem Bette gesessen und hat dasselbe erst verlassen, als ich sie durch Klara zum Frühstück rufen ließ. O, ich durchschaue jetzt die falsche, klug berechnende Person! Aber sie soll sich täuschen! Ihr schlauer Plan soll nicht in Erfüllung gehen!"

Immer unbehaglicher wurde es Wangen zu Muthe, während seine schöne Frau mit großer Zungenfertigkeit die gehässigen Beschuldigungen gegen Elise erhob, zum ersten Male bemerkte er, daß ihr reizendes Gesicht einen Ausdruck haben könne, der ihm gar nicht gefiel, daß um den fein geschnittenen Mund ein scharfer Zug sich lege, daß ihr dunkles, wunderschönes Auge doch recht zornig und boshaft aufschauen könne. Er fühlte sich verletzt durch Bertha's Worte, aber doch war er zu gutmüthig und nachsichtig, um ernsthaft zu zürnen.

„Ich begreife Dich nicht, Frauchen," sagte er traurig, „wie kannst Du nur so hart und lieblos urtheilen und so seltsamen Einbildungen nachhängen."

„Es sind keine Einbildungen!" erwiederte Bertha heftig. „Du selbst wirst Dich von der Wahrheit überzeugen, wenn Du nur die Augen öffnen willst, die Deine Gutmüthigkeit blind macht. Aber Elisens Plan soll nicht gelingen, ich bin es dem unglücklichen Herrn v. Ernau schuldig, ihn zu schützen vor den Nachstellungen dieser Circe. Wir haben uns Beide, Du und ich, schweres Unrecht gegen ihn vor-

zuwerfen, das werden wir jetzt gut machen, indem wir
ihn vor dem Unglück bewahren, das Opfer von Elisens
Verführungskünsten zu werden.“

„Ich verstehe Dich nicht mehr, Bertha. Was hätten
wir Beide uns wohl in Beziehung auf Herrn v. Ernau
vorzuwerfen?“

„Hast Du die Vergangenheit ganz und gar vergessen?
Ich war die Verlobte des Herrn v. Ernau, und doch habe
ich, als ich Dich kennen lernte, ihn vergessen! Kaum erhielt ich die unbegründete Nachricht seines Todes, da gab
ich Deinen Liebesworten Gehör, und als er dann später sein
Recht geltend machte, da wies ich mit Abscheu ihn zurück.
Er liebte mich; jetzt erst, da ich erfahren habe, daß er mich
in Schloß Osternau kennen gelernt hat, begreife ich es,
weßhalb er in der Verzweiflung über seine Zurückweisung
aus Berlin geflohen ist. Du hast von meinem Vater die
ganze traurige Geschichte gehört. Ist es Dir nicht mitunter schwer auf’s Herz gefallen, daß wir Beide dem unglücklichen jungen Manne wohl ein bitteres Unrecht gethan
haben? Ich konnte nicht anders. Ich liebte Dich! Wie
hätte ich Dir mein Wort brechen können des älteren Ver-
sprechens wegen? Mit meiner Liebe zu Dir rechtfertigte
ich mich selbst; aber das Bewußtsein, ungerecht gegen ihn gewesen zu sein, ist mir doch geblieben. Fühlst Du das
nicht mit mir, Du lieber, böser Mann?“

Bertha hatte Wangen’s Hand ergriffen, sie zog ihn
mit sanfter Gewalt zu sich, und als sie nun zu ihm aufschaute mit einem tiefen, seelenvollen Blick, da meinte er,
so wunderbar liebreizend habe er sie nie gesehen. Ver-

geffen war die Mißstimmung, die er vor wenigen Minuten
erst gefühlt hatte, ihr freundliches Lächeln entzückte ihn,
in diesem Augenblicke hätte er ihr nichts, nichts versagen
können!

„Meinst Du nicht auch, daß wir jetzt Beide die Pflicht
haben, durch verdoppelte Freundlichkeit das gut zu machen,
was wir einst durch unsere Liebe gegen ihn versündigt
haben?" fragte Bertha, Wangen's Hand fest haltend und
dabei liebevoll zu ihm aufschauend.

„Nun ja, Frauchen, allerdings, aber was können wir
thun?"

„Wir müssen ihm auf das Freundlichste entgegenkom-
men, müssen gute Nachbarschaft mit ihm halten und vor
Allem ihn davor bewahren, daß er nicht in die Netze einer
Kokette fällt! Mir ist da plötzlich ein Gedanke gekommen.
Wie herrlich wäre es, wenn Ernau und Klärchen sich
fänden!"

Wangen lachte hell auf. „Welcher Einfall!" sagte er.
„Müßt Ihr Frauen denn immer auf Heirathen spekuliren!
Klärchen ist ja noch ein Kind!"

„Aber ein wunderschönes Kind von vierzehn Jahren
und in zwei Jahren eine Jungfrau, die dem Gatten zum
Altare folgen kann. Wäre es nicht herrlich, wenn Du
Dein Schwesterchen hier ganz in der Nähe als Herrin auf
Plagnitz behalten könntest? Herr v. Ernau wird uns oft
besuchen, er wird Klärchen kennen lernen, und dann muß
er sie auch liebgewinnen, sie ist ja so reizend!"

„Wer wird jetzt schon an solche Thorheiten denken!"

„Man kann nicht früh genug daran denken, seine Lieben

glücklich zu machen! Versprich mir wenigstens, nichts
gegen meinen schönen Plan zu thun. Herr v. Ernau darf
nicht erfahren, daß Elise in unserem Hause ist."

„Es wird sich ihm nicht verbergen lassen."

„Laß mich nur gewähren. Versprich mir, daß Du ihm
nichts sagen willst!"

Er versprach es, ganz zufrieden war er nicht mit
sich selbst; aber als Bertha ihm liebkosend die Wangen
streichelte und ihn so recht freundlich bittend anschaute, da
hätte er ihr wohl noch ganz andere Versprechungen gemacht,
durch solchen Blick konnte sie ihn zu Allem bewegen.

24.

Egon erhob sich, nachdem Wangen ihn verlassen hatte,
um aus dem Bett aufzustehen. Er hatte sich doch zuviel
zugetraut. Als er sich aufrichtete, ergriff ihn ein Schwindel, er sank zurück und mußte längere Zeit ruhen, ehe er
einen neuen Versuch, sich zu erheben, machen konnte. Er
fühlte einen dumpfen Kopfschmerz, der es ihm unmöglich
machte, ganz klar zu denken; nach und nach verschwand
der Schmerz, nicht vollständig, aber doch so weit, daß Egon
seine Gedanken wieder sammeln konnte.

Er hatte versprochen, der Frau v. Wangen seinen Besuch zu machen. Er sollte Bertha wiedersehen. Es erschien ihm selbst merkwürdig, daß bei dem Gedanken sein
Puls nicht schneller schlug, daß er ganz ruhig und kalt-
blütig zu überlegen vermochte, wie er wohl unter den jetzt
so veränderten Verhältnissen die einst heiß Geliebte begrüßen müsse. Sie hatte ihm viel zu verzeihen, das erste

Zusammentreffen mit ihr war gewiß peinlich, aber es mußte überwunden werden, denn bei der geringen Entfernung der Güter Plagnitz und Linau ließ sich kaum ein späteres Zusammentreffen vermeiden. Je eher es überwunden war, je besser!

Egon erhob sich; es ging nach der kurzen Ruhe leichter als vorhin, wohl fühlte er noch immer einen Anflug von Schwindel, aber es gelang ihm doch, aufzustehen.

Dort neben dem Waschtisch stand sein Koffer, in ihm fand er die nöthige Wäsche und einen Anzug, in welchem er es wagen konnte, sich der Frau des Hauses vorzustellen. Nicht ohne Anstrengung gelang es ihm, seine Toilette zu vollenden, er war doch noch recht schwach, mehrfach mußte er sich unterbrechen und Minuten lang ruhen, ehe er mit der leichten Arbeit zu Ende kommen konnte.

Jetzt war er fertig. Er warf einen Blick in den Spiegel. Fast erschrak er vor dem Bild des bleichen Mannes, welcher ihn mit matten Augen anschaute. Heute fiel es ihm zum ersten Male auf, daß er in vier Jahren doch recht viel älter geworden sei, erglänzte dort nicht in der schwarzen Locke, welche sich unter der leinenen Stirnbinde hervorstahl, sogar ein weißes Haar?

„Der alte Verehrer wird der schönen gnädigen Frau nicht mehr gefährlich werden!" sagte er leise, seinem Spiegelbild lächelnd zunickend. „Du bist nie schön gewesen, heute aber siehst Du über die Maßen verkommen und jämmerlich aus! Nun, vielleicht ist's gut so, das Bewußtsein Deines kläglichen Anblicks wird Dich vor dummen Einbildungen schützen, wenn etwa die schöne Frau Dich freundlich empfängt. Was todt ist und längst im Grabe liegt soll nicht wieder aufleben! Und die alten Erinnerungen sind todt, sie sind versenkt in das Grab des unglücklichen Pechmayer, wir können sie nicht brauchen für das neue, ernster Arbeit gewidmete Leben!"

Er ordnete noch etwas an dem Anzug, strich ein paar Falten glatt, die der elegante Sommerrock durch das lange Liegen im Koffer erhalten hatte, dann verließ er sein Zimmer, um hinabzusteigen nach dem Altan, auf welchem, wie ihm Wangen gesagt hatte, die schöne Hausfrau den Gast erwarten werde.

In demselben Augenblick, als er aus seinem Zimmer in einen dem Bodenraum abgewonnenen halbhellen Vorflur trat, öffnete sich die Thüre eines anderen Mansardenzimmers und aus derselben trat auf den Vorflur ein junges Mädchen, ein Kind von vielleicht kaum vierzehn Jahren.

Egon blieb überrascht unwillkürlich stehen. Die kleine graziöse Gestalt des lieblichen Kindes erinnerte ihn an die Elfengestalt Lieschens, seine Phantasie versetzte ihn plötzlich zurück nach dem Schloß Osternau, in das dem eben angekommenen Lehrer angewiesene Zimmer. Er stand wieder wie damals am Fenster und schaute hinaus nach dem Garten; er hörte das fröhliche Gelächter zweier spielenden Kinder, dann drangen Beide durch das dichte Gebüsch! Lieschens Bild, wie er sie damals gesehen, stand in zauberischem Liebreiz vor seiner Seele, im nächsten Moment aber war es verschwunden, die Wirklichkeit machte ihre Rechte geltend, Egon wurde sich bewußt, daß er in einem fremden Hause vor einem jungen Mädchen stehe, welches die Höflichkeit zu begrüßen gebot. Er verbeugte sich, wie er es vor einer erwachsenen jungen Dame gethan haben würde, zugleich aber schaute er das schöne Kind mit nicht geringem Interesse an. Die kleine graziöse Figur hatte in der That eine Aehnlichkeit mit der Lieschens, und auch das liebliche Kindergesicht hatte zwar nicht in den Zügen, wohl aber im Ausdruck etwas, das ihn an Lieschen erinnerte. So neugierig und schelmisch lustig und dann wieder so ernst forschend, wie in diesem Augenblick das junge Mädchen, hatte ihn einst auch Lieschen angeschaut, als sie ihn zum ersten Male sah.

Klärchen schloß, als sie Egon erblickte, schnell die Thüre des Mansardenzimmers, aus dem sie getreten war; mit einem leichten Kniz erwiederte sie seine höfliche Begrüßung, dann trat sie ganz nahe zu ihm.

„Sie also sind der Herr v. Ernau, von dem ich so viel gehört habe!" sagte sie leise. „Ich habe Sie mir ganz anders vorgestellt."

„Wirklich? Und wie haben Sie sich denn meine geringe Person vorgestellt, mein Fräulein?" fragte Egon unwillkürlich lächelnd.

„Das weiß ich eigentlich selbst nicht, aber ganz anders. Freilich, die Stirnbinde entstellt Sie, und wenn Sie sich erst von dem Blutverlust erholt haben werden, werden Sie auch besser aussehen. Fühlen Sie sich wieder wohler? Sind Sie kräftig genug, um allein zu gehen, oder soll ich Sie führen? Sie lächeln und denken, solch' kleines schwaches Ding, wie ich, werde Ihnen nichts nützen können; aber Sie irren sich! Ich bin stärker als Sie glauben, stützen Sie sich nur auf mich! Sie brauchen gewiß noch einen Anhalt, denn Sie sehen entsetzlich bleich, matt und krank aus."

„Ich danke Ihnen für das liebenswürdige Anerbieten, aber —"

„Sie lehnen es ab, natürlich; aber ich werde hinter Ihnen gehen, und wenn Sie wanken, werde ich Sie unterstützen, auch wenn Sie es nicht wollen. Doch da fällt mir ein, Sie kennen mich noch gar nicht und ich muß mich Ihnen selbst vorstellen; ich heiße Klara v. Wangen und bin die Schwester Hugo's v. Wangen, der Ihren Besuch schon meiner Schwägerin Bertha angemeldet hat. Gewiß sind Sie im Begriff, diesen Besuch abzustatten?"

„Allerdings, mein gnädiges Fräulein."

„Nennen Sie mich nicht gnädiges Fräulein, das klingt wie Spott. Ich bin noch kein Fräulein und werde Klara genannt, nur die Dienstboten sagen: Fräulein Klara. Sie kennen den Weg durch das Haus nicht, ich werde Sie nach dem Altan führen, wo Sie meine Schwägerin finden, die Sie gewiß schon mit großer Neugier erwartet. Sie war sehr erstaunt, als sie hörte, daß unser Gast der Herr v. Ernau sei. Nun, sie hat auch wohl Ursache dazu. Leugnen Sie nicht, Herr v. Ernau! Eine Cousine von mir, die längere Zeit, als mein Vater noch lebte, bei mir in Linau zum Besuch war, hat mir die ganze sonderbare Geschichte erzählt, daß Sie einst mit Bertha verlobt waren, daß man Sie aber dann für todt hielt und deshalb Bertha sich mit meinem Bruder verlobte. Es ist vielleicht unartig, daß ich Ihnen dies Alles so offen sage. Sind Sie mir deshalb böse, Herr v. Ernau?"

„Gewiß nicht! Ich bin Ihnen im Gegentheil dankbar für Ihre Offenheit."

„Nun, dann will ich Ihnen noch mehr sagen. Nehmen Sie sich vor Bertha in Acht! Sie hat ein falsches Herz! Ich weiß nicht, was sie beabsichtigt; aber daß sie mit Ihnen ihre besonderen Pläne hat, das habe ich in ihrem falschen Auge gelesen! Glauben Sie ihr nicht! Nun aber habe ich Ihnen schon mehr als zuviel gesagt, wir dürfen nicht länger zusammen plaudern. Kommen Sie, ich will Sie nach dem Altan führen. Gehen Sie nur voran, hier die Treppe hinab, ich bleibe hinter Ihnen."

Egon folgte der Weisung. Er hätte wohl gern das Gespräch noch fortgesetzt, aber es schien ihm unschicklich, ein naives, plauderhaftes Kind auszuforschen, und er widerstand deshalb der Versuchung, noch mehr über Bertha zu hören. Er ging langsam die Treppe hinunter; einmal mußte er stehen bleiben und sich am Geländer festhalten, weil ein Schwindel ihn überkam, da war Klärchen sofort an seiner Seite und ergriff ihn kräftig beim Arm. „Sie werden schwach," sagte sie theilnahmvoll; aber er erholte sich augenblicklich wieder, und ihr dankend konnte er seinen Weg fortsetzen.

Im Vorsaal unten blieb Klärchen stehen. „Nun können Sie nicht mehr fehlen," sagte sie, „diese Thür führt nach dem Gartensalon und aus diesem kommen Sie auf den Altan. Wollen Sie mir einen Gefallen erweisen, Herr v. Ernau?"

„Gern! Wie vermag ich es?"

„Sagen Sie weder meinem Bruder, noch meiner

Schwägerin, daß Sie mich gesehen und mit mir gesprochen haben."

„Weshalb soll ich daraus ein Geheimniß machen?"

„Das erkläre ich Ihnen ein anderes Mal; heute aber rechne ich auf Ihre Verschwiegenheit. Adieu, Herr v. Ernau!"

Sie wartete eine Antwort nicht ab, leichten Schrittes eilte sie fort, die Treppe wieder hinauf, welche zum Boden und den Mansardenzimmern führte.

„Nehmen Sie sich vor Bertha in Acht!" so hatte das junge Mädchen gesagt. Welche seltsame Warnung! Konnte denn das niedliche Kind ahnen, was Bertha früher für Egon gewesen war, welchen Schmerz und welche gewaltige Anstrengung es ihn einst gekostet hatte, sich dem Zauber zu entreißen, den sie auf ihn ausgeübt hatte? Er war nicht im Stande, sich auf diese sich ihm aufdrängende Frage eine Antwort zu geben, denn schon stand er im Gartensalon und schon kam ihm Bertha, die seine Schritte gehört hatte, in der Thüre des Altans entgegen.

Wie wunderbar, wie berückend schön war sie! Viel schöner noch als damals und doch war sie ihm in jener Zeit des Sturmes und Dranges wie das Ideal menschlicher Schönheit erschienen. Die feine Figur war wohl nicht mehr ganz so schlank, sie hatte an Fülle gewonnen, aber ohne an Grazie zu verlieren. Das dunkle schwarze Auge, welches ihn mit einem Blick freudiger Erregung anschaute, erschien ihm noch strahlender und ausdrucksvoller. Das liebliche glückliche Lächeln, welches ihren rosigen Mund umspielte, als sie ihn begrüßte, war entzückend verführerisch.

Sie streckte ihm beide Hände zum herzlichen Gruß entgegen.

„Wie glücklich, wie unaussprechlich glücklich bin ich,
daß die schwere Sorge um Sie, die uns den Schlaf dieser
Nacht geraubt hat, gehoben ist, daß ich Sie so wiedersehe!
Seien Sie mir willkommen, herzlich willkommen, Herr
v. Ernau!"

„Nehmen Sie sich vor Bertha in Acht!" Konnte die
kleine Warnerin ahnen, wie stürmisch das Blut Egon zum
Herzen bringen würde, als er die ihm dargebotenen Hände
ergriff und die feine, weiche rechte Hand küßte, als er deren
sanften Druck fühlte? Konnte sie ahnen, daß ein einziger
Blick aus diesen glühenden dunkeln Augen genügte, um
den Seelenfrieden zu erschüttern, den Egon sich nach vier-
jährigem schweren Kampf endlich errungen hatte? Aber
die Warnung war doch nicht vergeblich gewesen, Egon gedachte ihrer und des Wortes „sie hat ein falsches Herz".
Er hatte es in vier langen Jahren gelernt, sich selbst zu
beherrschen, die Erinnerung an Klara's Warnung befähigte
ihn, die heftige Erregung, die ihn ergriff, zu unterdrücken,
kalt und ruhig zu erscheinen, während sein Herz mächtig
und schneller schlug. Sein Gefühl drängte ihn, das herr-
liche Weib in seine Arme zu schließen, den wonnigen Mund,
wie er so oft geträumt hatte, zu küssen, aber er vermochte
es, sich zu bezwingen, und als er Bertha's Hand loslassend
den herzlichen Gruß erwiederte, verrieth der ruhige, gleich-
mäßige Ton seiner Stimme nichts von dem Kampf, der
in seiner Seele entbrannt war.

„Sie machen mich sehr glücklich, gnädige Frau, durch

die freundliche Aufnahme, welche ich nicht verdient habe. Sie zeigt mir, daß ich hoffen darf, Ihre Verzeihung, deren ich so sehr bedarf, dafür zu erhalten, daß ich mich Ihnen einst unter einem falschen Namen —"

„Ich lasse Sie nicht zu Ende sprechen, Herr v. Ernau," sagte Bertha, ihn unterbrechend. „Nicht ein Wort sollen Sie über die Vergangenheit sagen. Sie liegt weit, weit hinter uns, und das wohlthätige Dunkel, welches auf ihr liegt, soll nicht gelichtet werden. Ich habe mir selbst gelobt, nie an die traurige Vergangenheit, stets nur an die Gegenwart und Zukunft zu denken. Sie müssen mir versprechen, daß Sie meinem Beispiel folgen wollen: Kein Wort von dem, was war! Wollen Sie mir dies Versprechen geben, Herr v. Ernau?"

„Wenn Sie es verlangen, gnädige Frau!"

„Ja, ich fordere es. Wir sind nahe Nachbarn, wir werden uns hoffentlich oft sehen, weshalb wollen wir uns schöne Stunden eines freundlichen Zusammenlebens verbittern durch Erinnerungen, die am besten vergessen werden, durch Auseinandersetzungen und Erörterungen, die unnöthig sind und uns nur trübe stimmen können. Ich verspreche Ihnen, daß ich nie eine Frage über die Vergangenheit an Sie richten, zu Ihnen nie von dieser sprechen will, und das Gleiche fordere ich von Ihnen. Geben Sie mir darauf Ihr Wort?"

„Ich gebe es, obgleich es mir schwer wird. Ist es mir auch vielleicht nicht möglich, mich vollständig vor Ihnen zu rechtfertigen, so hätte ich Ihnen doch gern eine Erklärung —"

„Wollen Sie schon jetzt das kaum gegebene Wort brechen? Keine Erklärung! Nichts von der Vergangenheit! Nur der Gegenwart wollen wir leben, und diese gebietet, daß Sie sich Ruhe gönnen. Sie sind noch schwach von dem Blutverlust und dem schrecklichen Fall. Ich fürchte, Sie haben zu früh das Bett verlassen. Sie zittern! Geben Sie mir Ihren Arm, ich führe Sie zu einem Lehnsessel. Stützen Sie sich nur tüchtig auf mich, ich bin stark!"

Sie hatte seinen Arm ergriffen und in den ihren gelegt, kaum zu früh, denn Egon fühlte, daß ihn plötzlich wieder ein Schwindel ergriff und daß seine Kräfte schwanden, aber er erholte sich im Moment wieder; trotzdem zog er seine Hand nicht zurück, es war ihm ein zu wunderbares, berauschendes, wonniges Gefühl, daß er sich stützen konnte auf diesen vollen weichen Arm, der ihn so kräftig aufrecht erhielt.

Wangen kam Bertha zu Hilfe, Beide führten Egon, obgleich dieser jetzt ihre Hilfe mit dem Bemerken, er fühle sich ganz stark, ablehnen wollte, nach dem Altan zu einem Lehnsessel, auf welchem er Platz nehmen mußte. Bertha holte ein weiches Kissen herbei, welches sie ihm sorgsam zur Stütze unter den Kopf schob, sie ließ sich nicht dadurch irre machen, daß er ihr versicherte, er bedürfe wirklich keiner Hilfe.

„Sie sind viel schwächer, als Sie selbst glauben, Herr v. Ernau," sagte sie mit liebenswürdiger, milber Freundlichkeit. „Ein Patient aber hat keinen eigenen Willen, und so müssen Sie es denn schon dulden, daß ich den Verband von Ihrer Stirne nehme, um nachzusehen, ob er sich auch nicht gelockert, nicht verschoben hat."

Sie that es mit leichter, sicherer Hand, und erst als sie sich überzeugt hatte, daß der Verband vollständig in Ordnung sei, setzte sie sich neben Egon, und nun begann sie ein lebhaftes Gespräch, in welches sie mit großer Gewandtheit auch Wangen hineinzuziehen verstand, obgleich dieser wie Egon kaum recht zu einer Unterhaltung geneigt schien, denn während derselben flogen auch seine Gedanken, wie die Egon's, unwillkürlich in die Vergangenheit zurück. Es drängte sich ihm gebieterisch die Vergleichung zwischen dem „Sonst" und dem „Jetzt" auf. Hatte nicht damals Bertha vielleicht für den Informator ein wärmeres Gefühl gehegt, zeigte sie ihm heute nicht eine zärtlichere Sorge, als die leichte Wunde erforderte? Es war ein unbequemes Gefühl erwachender Eifersucht, dessen Wangen sich schämte, welches ihn aber doch immer wieder von Neuem ergriff, wenn er sah, wie überaus freundlich, ja liebevoll sich Bertha zu dem Gast zeigte, er konnte sich nicht verhehlen, daß sie zu demselben in einem Tone sprach, den er selbst von ihr nur selten, nur dann gehört hatte, wenn sie von ihm irgend einen dringenden Wunsch erfüllt sehen wollte.

Solche Gedanken waren wohl geeignet, Wangen zu verstimmen und ihn schweigsam zu machen, aber Bertha's Einfluß auf ihn war so groß, daß er seine Mißstimmung überwand und halb gegen seinen Willen sich endlich lebhafter an der Unterhaltung betheiligte. Bertha zwang ihn, Egon, der ja jetzt ihr lieber Nachbar sein werde, Auskunft zu ertheilen über alle die in der Umgegend angesessenen deutschen Guts

beſitzer; ſie ſelbſt ſchilderte ihm die kleinen Eigenthümlich-
keiten der hervorragendſten Herren und Damen aus der
Geſellſchaft, die fortan den Umgangskreis des Neuangekom-
menen bilden würden, ſie entwickelte dabei einen Scharfſinn
und eine Beobachtungsgabe, welche alle ihre Schilderungen
intereſſant machten, dann berief ſie ſich auf Wangen, der
nicht umhin konnte, ihr beizuſtimmen und ihre Mittheilungen zu ergänzen. Jedem hatte ſie irgend eine Eigenthümlichkeit, einen kleinen lächerlichen Zug abgelauſcht; ein
wenig Bosheit lag in allen ihren luſtigen Beſchreibungen
der Perſonen, aber dieſelbe trat nicht unangenehm hervor,
ſie beluſtigte und intereſſirte, und wenn ſie dann wieder
ernſt von den vortrefflichen Eigenſchaften dieſes oder jenes
alten Herrn ſprach, verſöhnte die Bewunderung, die ſie
denſelben zollte, Egon ſchnell wieder mit den faſt zu ſchar-
fen Bemerkungen, welche Anderen galten.

Egon gab ſich dem Zauber, den die Unterhaltung mit
Bertha auf ihn ausübte, ſo vollſtändig hin, daß er das
unglückliche Verhängniß, welches ihn nach Linau geführt
hatte, ganz und gar vergaß, er wurde an daſſelbe erſt wieder erinnert, als der Inſpektor Kämpf auf dem Altan erſchien und dem Herrn v. Wangen meldete, der Wagen, der
die Leiche des am Dombrowker Damm verunglückten pol-
niſchen Knechtes nach der Station R. führen ſolle, ſei an-
geſpannt. Herr Kämpf begrüßte nach dieſer Meldung Egon
und wünſchte ihm freudig Glück dazu, daß für ihn das
traurige Abenteuer noch ſo glücklich verlaufen ſei.

Die Erinnerung an ſeine geſtrige unſelige Reiſe und
den Zweck derſelben wurde durch des Inſpektors Erſcheinen

in Egon geweckt, der Zauber der Unterhaltung mit Bertha war durchbrochen, er hatte sich derselben schon zu lange und zu willenlos hingegeben. Der Ernst des Lebens erforderte wieder seine Rechte.

Er bat den Inspektor Kämpf, sich in R. nach den Verhältnissen des Unglücklichen, dem die nächtliche Fahrt den Tod gebracht hatte, zu erkundigen, damit er seine Pflicht gegen etwaige hilfsbedürftige Hinterbliebene erfüllen könne, dann wendete er sich an Herrn v. Wangen und bat, ihm einen Wagen zu leihen, damit er sofort die Reise nach Plagnitz antreten könne.

„Unmöglich! Sie dürfen uns noch nicht verlassen, Herr v. Ernau!" rief Bertha, als sie seine Bitte hörte. „Sie müssen in Linau bleiben, bis Ihre Wunde vollständig geheilt ist. Wir dürfen Sie nicht fortfahren lassen, ehe Ihre Kräfte wieder ganz erstarkt sind."

Auch Wangen bestätigte diese Worte, vielleicht nicht mit demselben Eifer, den Bertha zeigte, aber doch sehr freundlich; auch er widersetzte sich Egon's Verlangen, dieser aber blieb fest bei demselben. Er erklärte mit nicht zurückzuweisender Entschiedenheit, daß er nothwendig so bald wie irgend möglich in Plagnitz sein müsse, daß er sich kräftig genug fühle, die kurze Reise zu machen, und daß er daher mit dem herzlichsten Dank für die gastliche Aufnahme in Linau doch die Gastfreundschaft Wangen's nicht länger in Anspruch nehmen könne und dürfe. Weder die Vorstellungen Wangen's noch die Bitten Bertha's vermochten seinen Vorsatz zu erschüttern, Wangen sah sich daher gezwungen, seine Bitte zu erfüllen und dem Inspektor

Kämpf den Auftrag zu ertheilen, daß sofort für Herrn
v. Ernau zur Fahrt nach Plagnitz die leichte Kaleſche an-
geſpannt werde.

25.

Der alte Adminiſtrator Sieveking war plötzlich ernſtlich erkrankt, er mußte das Bett hüten und war nicht einmal im Stande, irgend eine Anordnung für die Wirthſchaft
zu geben, denn bei jedem geſprochenen Worte fühlte er
heftige Schmerzen und Stiche in der Bruſt. Die ganze
Arbeitslaſt und Verantwortlichkeit der großen Gutswirth-
ſchaft lag daher auf Storting. Er fühlte ſich einer ſolchen
Verantwortung wohl gewachſen, aber ganz angenehm war
ſie ihm gerade in dieſem Augenblick nicht. Schon vor
einigen Tagen waren aus Berlin ein prächtiger Flügel
und mehrere für Herrn v. Ernau beſtimmte Kiſten in
Plagnitz eingetroffen, und am Morgen hatte ein expreſſer
Bote vom Poſtamt einen Brief überbracht, der an Herrn
Doktor Egon v. Ernau, Plagnitz bei G., adreſſirt war,
da ließ ſich wohl mit Sicherheit erwarten, daß der Gutsherr jedenfalls in allernächſter Zeit ankommen und endlich
die eigene Bewirthſchaftung ſeiner Güter übernehmen werde.

Es war ſo Manches in der Wirthſchaft nicht ſo vollſtändig in Ordnung, wie Storting es wünſchte. Herr Sieveking war allerdings ein tüchtiger praktiſcher Landwirth
aus der alten Schule, aber er war ein alter Herr und
ſchon ſeit langer Zeit kränklich; da waren denn mancherlei
Mißbräuche in der Wirthſchaft eingeriſſen, welche Storting
in einer kaum vierzehntägigen Thätigkeit noch nicht hatte
ganz beseitigen können.

Mit einem gewiffen Bangen fah Storting der Ankunft
des unbekannten Gutsherrn entgegen, und als er nun gegen
Mittag vom Felde zurückgekommen auf dem Hof stand und
in der Ferne eine Equipage erblickte, welche auf dem nach
dem Gutshof führenden Wege nahte, schlug ihm doch das
Herz etwas schneller.

Der Herr, der in die Kissen des Wagens sich zurück=
lehnte, konnte nur Herr v. Ernau sein; aber nein, er war
es nicht, Storting's scharfes Auge erkannte schon von Wei=
tem den Bekannten aus alter Zeit, wie verändert derselbe
auch erschien. Der bleiche Mann, der im Wagen schnell
näher kam, war der Kandidat Pechmayer!

Im Sturmschritt eilte Storting dem Wagen entgegen,
der eben in das Hofthor einfuhr.

„Willkommen, Herr Pechmayer!" rief er freudig er=
regt auf den Kutschentritt springend und die Hand in den
Wagen reichend. „Wie wunderbar! Gestern habe ich in
G. Herrn v. Wangen begrüßt, und heute kommen nun auch
Sie hieher zu mir nach Plagnitz! Das ist eine große un=
erwartete Freude. Seien Sie willkommen, herzlich will=
kommen!"

Egon erwiederte kräftig den herzlichen Händedruck.

„Ihr liebenswürdiger Empfang beweist mir, daß Sie
mir ein freundschaftliches Andenken bewahrt haben, Herr
Storting," sagte er gerührt, „ich hoffe, Ihre Gesinnung
gegen mich wird keine Veränderung erfahren, wenn ich
Ihnen mittheile, daß ich auf den früher von mir während
weniger Wochen geführten Namen keinen Anspruch mehr
machen darf. Ich heiße Egon v. Ernau."

Die Ueberraschung, welche sich bei dieser plötzlichen Er-
öffnung in Storting's Zügen ausdrückte, war so groß und
wirkte so komisch, daß Egon unwillkürlich hell auflachen
mußte.

„Ei, Freund Storting," sagte er lachend, „weshalb
dieser Schrecken? Ist denn der Herr v. Ernau ein so
entsetzlicher Mensch? Ich hoffe darauf, daß Sie ihm ebenso
freundschaftlich gesinnt bleiben, wie dem einstigen Informator Pechmayer. In diesem Moment ist, das kann ich
Ihnen versichern, der Herr v. Ernau ein rechter Schwäch-
ling, der bringend Ihres starken Armes bedarf. Leihen
Sie ihn mir, damit ich mich beim Aussteigen darauf
stützen kann."

Der Wagen hielt vor dem Schloß, Storting sprang
vom Trittbrett herab und öffnete den Schlag, schweigend
bot er Egon den Arm, um ihm beim Aussteigen zu helfen,
er war noch immer so überrascht, daß er unfähig war, zu
antworten.

Die lange Fahrt hatte Egon doch sehr angegriffen, er
fühlte sich recht matt und schwerlich wäre es ihm gelungen,
im Schloß die etwas steile Treppe, welche nach den schon
für ihn in Bereitschaft gesetzten Zimmern führte, hinauf-
zusteigen, wenn ihn Storting nicht kräftig unterstützt hätte.

Durch die Anstrengung des Treppensteigens war Egon
so völlig erschöpft, daß er kaum einen Blick auf die recht
elegante und wohnliche Einrichtung seiner Zimmer warf;
er sank, kaum in dem Wohnzimmer angekommen, in einen
Lehnsessel und mit schwacher Stimme bat er Storting,
ihm eine Stunde der Ruhe zu gönnen, dann erst könne er

ben Freund so begrüßen, wie es ihm ein Herzensbedürfniß
sei; er sank dann matt in den Lehnsessel zurück und er
war, ehe Storting noch das Zimmer verlassen hatte, schon
in einen Halbschlaf, in eine aus tiefer Erschöpfung ent-
sprungene Bewußtlosigkeit, die bald in wirklichen Schlaf
überging, versunken.

Mehr als zwei Stunden schlief Egon; als er erwachte,
fühlte er sich viel frischer und kräftiger, nur ein schwacher
dumpfer Kopfschmerz erinnerte ihn an seine Verwundung.
Er stand auf und trat an's Fenster, sein Blick überflog
den weiten Wirthschaftshof; die peinliche auf diesem herr-
schende Sauberkeit, die musterhafte Ordnung, in welcher
die nicht in Gebrauch befindlichen Ackergeräthschaften auf-
gestellt waren, machte auf ihn einen sehr angenehmen Eindruck. Er erinnerte sich, daß es bei seinem letzten Besuch
in Plagnitz vor etwa vier Jahren nicht so auf dem Hofe
ausgesehen hatte. „Man sieht es gleich, daß Storting jetzt
hier waltet," sagte er leise mit einem Lächeln der Befriedigung.

Er fühlte eine brennende Lust, sich sofort umzuschauen
auf seinem Besitzthum, heute konnte er dasselbe mit anderen
Augen betrachten, als damals vor vier Jahren, heute war
er eingeweiht in die Geheimnisse der Landwirthschaft, sein
Blick war durch die Praxis geschärft, er hatte Erfahrungen
gesammelt. Schnellen Schrittes verließ er sein Zimmer,
aber er war noch kaum einige Stufen der Treppe hinab-
gestiegen, da kehrte der fatale Schwindel wieder, der ihn
daran mahnte, daß er doch wohl für die nächste Zeit der
Ruhe und Schonung bedürfe, um sich erst ganz wieder zu

erholen. Er hielt sich am Geländer der Treppe fest, bis
der Schwindelanfall vorüber war, dann kehrte er, langsam
und vorsichtig gehend, da jeder starke Schritt ihm Schmerz
machte, nach seinem Zimmer zurück.

Er sank in den Lehnsessel; sobald er ruhig saß, war
der Kopfschmerz, der durch die Erschütterung des Kör-
pers bei jedem Schritt hervorgerufen wurde, verschwunden,
er konnte wieder klar denken. Er durfte sich nicht körperlich anstrengen, das sah er wohl ein, aber doch fühlte er
den dringenden Wunsch, jetzt, da er endlich das künftige
Feld seines Wirkens erreicht hatte, sich von dem Administrator Sieveking Bericht erstatten zu lassen über dessen
bisherige Thätigkeit.

Eine silberne Tischglocke stand ihm zur Hand, er ließ
sie anschlagen, nach kaum einer Minute erschien eine ält-
liche Dienerin, um sich zu erkundigen, was der gnädige
Herr befehle, sie erzählte zugleich, Herr Storting habe
ihr aufgetragen, recht aufzupassen und ihn sofort zu benachrichtigen, wenn der gnädige Herr aus seinem Schlum-
mer erwacht sei. Herr Storting warte unten beim Herrn
Administrator, der Doktor Wendeborn aus Ostrowlo sei
auch unten, er sei vor fünf Minuten angekommen. Die
Frau Administrator habe ihn rufen lassen, weil der Herr
Administrator so schwer krank geworden sei und im Bett
liege, und Herr Storting habe gesagt, das sei vortrefflich,
denn nicht nur der Herr Administrator brauche den Doktor,
sondern gewiß auch der gnädige Herr, der so bleich und
erschöpft sei und sich wohl sehr krank fühle. Das sei auch
gewiß richtig, denn der gnädige Herr sehe aus zum Gott-

erbarmen. Jetzt wolle sie, wenn der gnädige Herr es erlaube und nicht andere Befehle habe, gleich hinunter laufen und Herrn Storting sagen, daß der gnädige Herr erwacht sei und daß Herr Storting mit dem Doktor zum gnädigen Herrn kommen könne.

Egon hatte keine anderen Befehle, er war froh, die geschwätzige alte Frau loszuwerden, und so schickte er sie denn fort, um Storting zu benachrichtigen; nach wenigen Minuten erschien dieser und mit ihm der bewegliche kleine Doktor, dessen Bekanntschaft Egon schon am Morgen in Linau gemacht hatte.

„Ei, ei, Herr v. Ernau, was machen Sie mir für Streiche!" sagte der Doktor, schon beim Eintreten in das Zimmer mit dem Finger drohend. „Habe ich Ihnen nicht heute Morgen gesagt, Sie sollen sich ein paar Tage schonen und sich keine starke Bewegung machen? Warum sind Sie nicht in Linau geblieben, wo Sie die beste Pflege hatten? Eine Fahrt von zwei Meilen auf dem schlechten Landwege über Stock und Stein ist wohl keine starke Bewegung? Sie sehen schrecklich aus, blaß und hohläugig, Sie gefallen mir gar nicht. Aber so geht es, wenn die Patienten ihren eigenen Kopf haben, dann werden immer Dummheiten gemacht. Geben Sie einmal Ihre Hand her. Wahrhaftig, etwas Fieber, nicht zu stark, aber doch Fieber. Nun wollen wir einmal den Verband abnehmen. Natürlich, die Wunde ist leicht entzündet. Von Bedeutung ist es nicht, aber Sie müssen unter allen Umständen einige Tage das Zimmer hüten, müssen eine Medicin nehmen, die ich Ihnen unten beim Administrator aufschreiben werde, müssen sich vielleicht

noch längere Zeit schonen. Das Alles hätten Sie sich er-
sparen können, wenn Sie gleich Orbre parirt hätten! Und
damit Gott befohlen! Heute habe ich keine Zeit mehr,
denn meine Patienten in Ostrowko warten; aber morgen
komme ich wieder, um nach Ihnen und nach meinem alten
Freund Sieveking zu sehen. Also noch einmal: pünktlich
einnehmen, wie es auf dem Rezept steht, das Zimmer
hüten, nicht viel in der Stube umherlaufen, sondern ruhig
im Lehnstuhl sitzen bleiben! Verstanden? Abieu, Herr
v. Ernau, adieu, Herr Storting! Begleitung brauche ich
nicht, finde meinen Weg allein."

Die letzten Worte richtete er an Storting, der ihm das
Geleit geben wollte, und fort war er, ehe noch Egon Zeit
gewonnen hatte, irgend eine Frage an ihn zu richten.

„Ich muß Sie um Entschuldigung bitten, Herr v.
Ernau," sagte Storting, als der kleine Doktor so formlos
das Zimmer verlassen hatte, „ich habe eigenmächtig, ohne
Ihre Erlaubniß einzuholen, Ihnen den Doktor, der gerade
Herrn Sieveking seinen Besuch machte, zugeführt. Aber
ich hielt es für meine Pflicht, Sie erschienen mir so matt
und —"

„Keine Entschuldigung, lieber Freund. Sie sind meinem Wunsch zuvorgekommen. Ich fühle selbst, daß ich
des ärztlichen Rathes bedurfte, und ich glaube, der kleine
Doktor hat mir die richtigen Verhaltungsmaßregeln gegeben,
denn jetzt, da ich ruhig hier im Lehnstuhl sitze, sind Schwindel
und Kopfschmerz verschwunden. Ich muß schon seinem
Rathe folgen und meine Ungeduld zügeln, mit Ihnen ge-
meinsam einen Rundgang durch das Gehöft und einen Spa-

zierritt durch die Felder zu machen. Ich hoffte, dabei zugleich recht vertraulich mit Ihnen plaudern zu können, ich
bin Ihnen ja eine Erklärung dafür schuldig, daß Sie so
plötzlich Ihren alten Bekannten Pechmayer in den Herrn
v. Ernau verwandelt finden; aber diese Erklärung sollen
Sie doch erhalten, wenn ich sie Ihnen auch nicht während
eines gemeinschaftlichen Spazierganges geben kann. Setzen
Sie sich zu mir, lieber Freund, leisten Sie mir Gesellschaft.
Wir wollen uns gegenseitig erzählen, wie es uns in den
vier Jahren, seit wir uns nicht gesehen haben, ergangen ist."

Storling folgte bereitwillig der freundlichen Einladung,
mit großer Spannung erwartete er die Mittheilungen, die
ihm ein Räthsel lösen sollten, über welches er in den letzten Jahren immer wieder vergeblich nachgesonnen hatte.
Wohl hatte er schon damals, als Pechmayer so plötzlich,
wie er gekommen, aus Schloß Osternau verschwunden war,
geahnt, daß es eine eigene Bewandtniß haben müsse mit
diesem Informator, der wie ein Cavalier das wildeste Pferd
bändigte, der ein Meister im Billardspiel und zugleich ein
wahrer Künstler war, der Französisch, Englisch, Italienisch,
Lateinisch und Griechisch verstand, der nach seinem Scheiden
bemittelt genug war, um eine Schuld zu bezahlen, ohne
daß er doch von Herrn v. Osternau sein Gehalt in Anspruch genommen hätte; aber auf den Gedanken, daß der
in Osternau so viel und so wenig günstig besprochene Herr
v. Ernau unter der Maske eines Informators viele Wochen
in Schloß Osternau gelebt habe, war er doch nie gekommen.

Egon lehnte sich in den Sessel zurück, eine kurze Zeit
schwieg er nachdenkend, dann begann er seine Erzählung.

Wie damals, als er am Seeufer dem wirklichen Pechmayer die Geschichte des Fritz Glückskind erzählt hatte, begann er mit der Darstellung seiner freudenlosen Jugend, er schilderte mit lebendigen Farben, wie er des Lebens müde zu dem Entschluß gekommen sei, sich selbst den Tod zu geben, und wie dieser Entschluß durch die Begegnung mit Pechmayer ihn nach Schloß Osternau geführt habe. Mit scharfer, unbarmherziger Selbstkritik stellte er sein nichtiges vergangenes Leben dar, während er mit Bewunderung und Verehrung von Herrn v. Osternau und dessen Familie, mit tiefer Dankbarkeit von dem Einfluß sprach, den das Leben im Schloß auf sein ganzes Denken ausgeübt hatte. Er erzählte, wie auf der Reise sein Entschluß, sich einen ernsten Lebensberuf zu schaffen, gereift sei, wie die zufällige Begegnung mit dem Baron v. Freistetten ihn nach Berlin zurückgewiesen habe, und wie er dann zur Ausführung seines Entschlusses geschritten sei und sich vier Jahre lang darauf vorbereitet habe, ein tüchtiger Landwirth zu werden.

Alles, was er erlebt hatte, auch sein letztes Reise-Abenteuer, seine gastliche Aufnahme in Linau erzählte er getreulich, alle seine Fehler und Schwächen berichtete er, er beschönigte keine seiner Handlungen, nur Eines verschwieg er, in das Heiligthum seines Herzens durfte kein fremder Blick dringen.

„Und so sehen Sie mich denn hier," so schloß Egon seine Erzählung, „zwar mit verbundenem Kopf, aber mit heilen Gliedern, dem Tode entronnen, den mein unglücklicher Kutscher beim Sturze vom Damme herab gefunden hat, und durch die sorgliche und liebevolle Pflege der Frau

v. Wangen dem Leben wiedergegeben, einem neuen Leben, in welchem Sie, Freund Storting, mir rathend und helfend zur Seite stehen sollen. Ich habe Ihnen aufrichtig und ehrlich ausführlichst gebeichtet; es war mir ein Bedürfniß, Ihnen, der Sie in schwerer Zeit mir ein uneigennütziger Freund gewesen sind, die volle Wahrheit zu sagen; es ist mir nicht ganz leicht geworden, denn wenn ich heute zurückdenke an den zerfahrenen, unklaren, im Glück verweichlichten, geistesträgen, willensschwachen, gelangweilten, lebensmüden Egon v. Ernau, den Sie als Informator Pechmayer in Schloß Osternau gekannt haben, dann steigt mir die Schamröthe in's Gesicht. Nur eine gute Eigenschaft hatte dieser traurige Bursche: er war nicht eitel, und als er zum ersten Male in seinem Leben in einen Kreis edler und tüchtiger Menschen trat, da erkannte er seine eigene Jämmerlichkeit. Er war solcher Freunde nicht würdig, aber der Wunsch, ihrer würdig zu werden, erwachte in ihm. Durch diesen Wunsch erhielt das Leben wieder für ihn einen Reiz, der selbst dadurch vergrößert wurde, daß er sich nach dem erzwungenen Scheiden von den geliebten Menschen namenlos unglücklich fühlte, denn der wirkliche Schmerz tödtete seinen schlimmsten Seelenfeind: die aus der Uebersättigung entsprossene Langeweile und die von dieser erzeugte Schlaffheit des Denkens und Fühlens. Von Ihnen, Freund Storting, und vor Allem von dem vortrefflichen Herrn v. Osternau hatte ich gelernt, welche Selbstbefriedigung, welches Glück eine energische, auf ein bestimmtes Ziel hin gerichtete Arbeit, eine angestrengte, das ganze Denken ausfüllende Berufsthätigkeit

schafft. Sie hatten mir die Liebe zu Ihrem eigenen schönen
Beruf eingeflößt und den Entschluß, Ihrem Beispiel zu
folgen, in mir erweckt. Mein bisheriges trostloses, nichts-
nutziges Leben flößte mir einen wahren Ekel ein, aber trotzdem ist es mir nicht immer ganz leicht geworden, es ganz
von mir abzuschütteln, es ist mir nur dadurch gelungen,
daß ich mit einem Male alle Fäden zerriß, welche mich
mit demselben verknüpften. Hätte ich in der leichten, bequemen Weise, in welcher meist reiche junge Leute es zu
thun pflegen, die Landwirthschaft zu erlernen gesucht, wäre
ich als Volontär in eine größere Wirthschaft gegangen,
hätte ich dem Prinzipal ein hohes Honorar gezahlt, dafür
aber das Recht erlangt, zu thun und lassen, was ich
wollte, dann würde ich vielleicht wieder in den alten Schlen-
drian zurückgefallen sein; dadurch aber, daß ich mir durch
Vermittlung eines Bekannten eine Unterverwaltersstelle auf
einem sächsischen Gut verschaffte, daß ich die Verpflichtung
übernahm, für die mir gewährte Kost und ein kleines Gehalt tüchtig von der Pike an zu arbeiten, brach ich mit
einem Male mit allen früheren Lebensgewohnheiten. Erst
als ich fest im praktischen Leben stand, erkannte ich, wie
viel mir noch an Wissen und Erfahrung fehle, um mit
Erfolg meine Güter bewirthschaften zu können. Ich gab
mir selbst das Wort, erst dann nach Plagnitz zu kommen,
wenn ich mir das Bewußtsein eigener Kraft und eigenen
Könnens errungen haben würde. Nach diesem Ziel habe
ich rastlos gestrebt, und vier Jahre hat es gedauert, bis
ich es endlich nach schwerer, unablässiger Arbeit erreicht
habe; diese Arbeit aber ist für mich ein Segen gewesen,

ihr verdanke ich es, daß ich eine trübe Vergangenheit ver=
gessen konnte, um jetzt frohen Muthes ein neues Leben zu
beginnen. Und nun ist mein Bericht zu Ende. Sie kennen
mein Leben bis zum heutigen Tage, jetzt aber will ich auch
von Ihnen hören, wie es Ihnen ergangen ist. Sie sollen
mir von sich selbst und auch von allen den lieben Men=
schen erzählen, bei denen ich damals eine kurze Zeit innig
glücklich und dann tief unglücklich gewesen bin. Ich setze
voraus, Freund Storting, daß Sie gewiß mit Herrn
v. Osternau in Verbindung geblieben sind, auch nachdem
Sie aus mir noch nicht bekannten Gründen Ihre Inspektor=
stelle in Osternau aufgegeben haben."

Ein maßloses Staunen malte sich auf Storting's Ge=
sicht, als Egon, seine lange Erzählung schließend, sich so
ruhig und unbefangen nach der Familie Osternau er=
kundigte.

„Verstehe ich Sie recht, Herr v. Ernau," sagte er,
„dann wissen Sie nichts, gar nichts von dem, was sich
kaum drei Monate nach Ihrem Scheiden in Schloß Osternau
ereignet hat?"

„So ist es in der That," erwiederte Egon unbefangen.
„Als ich mich entschloß, ein neues Leben zu beginnen, da
gab ich mir selbst das Wort, vollständig zu brechen mit
meiner ganzen Vergangenheit, selbst die Erinnerung an
diese hätte ich am liebsten vernichtet. Das gelang mir
nun freilich nicht, ich mußte gegen meinen Willen oft
zurückdenken an Schloß Osternau und seine Bewohner;
aber absichtlich vermied ich es, diese Erinnerung neu zu
beleben. Deshalb habe ich grundsätzlich jede Erkundigung

nach der Familie Osternau unterlassen. Der Zufall hat mich gestern plötzlich wieder hineingeführt in die alte Zeit, als er mich in das Haus der Frau v. Wangen brachte, die ich als Fräulein Bertha v. Massenburg in Schloß Osternau gekannt habe. Da ist denn mit unwiderstehlicher Gewalt die Lust in mir erwacht, endlich wieder zu hören von allen den Lieben, an denen mein Herz noch immer hängt, wie sehr ich auch bemüht gewesen bin, sie zu ver- gessen. Jetzt nach vier Jahren kann ich, ohne mir selbst untreu zu werden, die mir oft so schwer gewordene Zurück- haltung aufgeben. Ich bin mir bewußt, daß ich die Kraft habe, die Sehnsucht nach dem Vergangenen zu überwinden, ich darf mich an der Erinnerung erfreuen ohne Furcht, durch sie wieder zurückgezogen zu werden in das krankhafte Traumleben vergangener Tage. Da haben Sie die Er- klärung sowohl für meine Unwissenheit, welche Sie so sehr in Staunen zu setzen scheint, als dafür, daß ich Sie bitte, mir recht, recht viel von der Familie Osternau zu erzählen, von allen Mitgliedern derselben, von Herrn und Frau v. Osternau, von Fräulein Lieschen und meinem Liebling, dem kleinen Fritz, meinetwegen selbst von dem Lieutenant Albrecht, denn Alles, was Sie mir erzählen können, in- teressirt mich."

Storting blickte Egon traurig an.

„Es wird mir unendlich schwer, Ihren Wunsch zu er- füllen, Herr v. Ernau," sagte er, „denn Ihre letzten Worte zeigen mir, wie liebevoll Sie noch des trefflichen Herrn v. Osternau und Ihres einstigen Schülers, des lieben klei- nen Fritz gedenken, und sie beweisen mir, daß es Sie

tief erschüttern wird, wenn ich Ihnen das fürchterliche
Schicksal schildern muß, welches, kurz nachdem Sie Schloß
Osternau verlassen haben, über dieses hereingebrochen ist."

„Sie spannen mich auf die Folter!" rief Egon er-
bleichend. „Was ist geschehen? Sprechen Sie! Das
Schlimmste ist leichter zu ertragen, als die bange Furcht,
welche Ihre Worte in mir geweckt haben. Lebt Herr
v. Osternau nicht mehr?"

„Er ruht schon seit fast vier Jahren im Erbbegräbniß
des Osternauer Friedhofs. Es ist eine lange traurige Geschichte, die ich Ihnen zu erzählen habe, Herr v. Ernau.
Sie werden Ihrer ganzen Kraft bedürfen, um sie zu hören,
stockt mir doch oft das Blut in den Adern, wenn ich zurückdenke an jene entsetzlichen Ereignisse. Werden Sie heute
stark genug dazu sein?"

„Ich werde es sein, weil ich es sein will! Sprechen
Sie ohne Vorrede. Ich bin auf das Schlimmste gefaßt."

Storting schüttelte ungläubig den Kopf, aber er ließ
sich nicht länger nöthigen, er erzählte:

„In der Nacht vom 18. zum 19. November geschah
es. Ich war am 18. im Auftrage des Herrn v. Osternau
in Breslau gewesen, um für ihn ein Kapital bei seinem
Bankier zu erheben, sechzigtausend Thaler baares Geld in
großen Banknoten, die am 19. fällige Anzahlung für die
von dem Herrn gekauften Güter Wernewitz und Rubersdorf. Ich war ermüdet und durchfroren von der Reise an
dem kalten häßlichen Novembertage, als ich mich daher
Abends in das warme, weiche Bett legte, schlummerte ich
schnell ein und schlief wohl fester, als ich sonst geschlafen

hätte. Plötzlich mitten in der Nacht erwachte ich, mir
hatte geträumt, ich stehe vor einem mächtigen großen Feuer,
und als ich erwachte, dauerte der Traum fort, ich blickte
in eine Flamme, die vor meinem Fenster lodernd in die
Höhe schlug. Ich glaubte noch zu träumen, aber als ich
mich jäh im Bett in die Höhe richtete, da erkannte ich die
furchtbare Wirklichkeit, es war Feuer ausgebrochen im
Schloß. In einem Moment hatte ich die nothwendigsten
Kleidungsstücke übergeworfen, dann stürzte ich aus dem
Zimmer, aber als ich die Thüre öffnete, drang mir ein so
erstickender Qualm entgegen, daß ich nur ein paar Schritte
vorwärts konnte, dann mußte ich zurück in mein Zimmer,
welches jetzt auch schon von Rauch erfüllt war. Ich eilte
an das Fenster und riß es auf, da schlugen mir die lich-
ten Flammen entgegen, die aus den Fenstern des Wohnzimmers des Herrn v. Osternau emporloderten — Sie erinnern sich wohl, mein Zimmer lag gerade über dem des
Herrn.

In dem Wohnzimmer war das Feuer ausgebrochen,
das war mir im Augenblick klar, und das Schlafzimmer
der Herrschaft lag neben demselben, das Leben des Herrn
und der Frau v. Osternau war in Gefahr, sie mußten er-
sticken oder verbrennen, wenn ihnen nicht schnelle Hilfe
wurde. Auch meine Lage war eine kritische, ich konnte
mich nur retten durch einen Sprung aus dem Fenster nach
dem Hof hinunter, ich wagte ihn und er gelang.

Noch war Alles still auf dem Hof, noch hatte außer
mir Niemand das Feuer bemerkt, die Knechte schliefen noch
in den Ställen, die Dienerschaft im Schlosse, da stieß ich

mit aller Kraft meiner Stimme den Schreckensruf: ‚Feuer!
Feuer!' aus, und schon im nächsten Moment erwachte das
Leben im Schloß und auf dem Schloßhof. Zwei Knechte,
die aus dem Pferdestall stürzten, waren die Ersten auf dem
Hofe, da stand plötzlich Lieutenant Albrecht neben mir,
woher er gekommen, weiß ich nicht, er mußte wohl zuerst
den Ausbruch des Feuers bemerkt haben, denn er hatte
noch Zeit gehabt, sich vollständig anzuziehen und sich zu
retten. In dem Augenblick, als ich ihn sah, stieg in mir
ein sonderbarer häßlicher Verdacht auf.

„Großer Gott, welch' ein Unglück!" sagte er zu mir,
indem er mich mit seltsamem, scheuem, verwirrtem Blick
anschaute. Ich antwortete ihm nicht, denn ich hatte an
Anderes zu denken. Mit jeder Sekunde wurden die Flammen stärker, die aus den Fenstern emporloberten und jetzt
schon in das offen stehende Fenster meines Zimmers hinein-
züngelten, jetzt flammten auch in diesem die Gardinen auf.

Mit fürchterlicher Schnelligkeit verbreitete sich das Feuer,
und noch schlief die Herrschaft. Waren Herr und Frau
v. Osternau vielleicht schon erstickt? Hatten die Flammen
auch schon ihr Schlafzimmer ergriffen? Ich stürzte nach
dem Seitenportal, um durch dieses in das Schloß zu bringen,
ich dachte nicht daran, daß die Thüre des Abends stets
von innen verschlossen wurde, erst als ich die Hand auf
den Drücker legte, fiel es mir ein; aber die Thüre war
nicht verschlossen, sie öffnete sich beim leisesten Druck. Eine
dichte Rauchwolke qualmte mir entgegen, sie erfüllte den
ganzen Vorsaal, und in demselben Augenblick, als sie
durch die Oeffnung der Hausthüre Luft erhielt, als sich

der Qualm mir entgegenwälzte, schlug aus der offen-
stehenden Thüre des Wohnzimmers eine mächtige Flamme
hervor.

Hier war ein Durchdringen nicht möglich, ich konnte
nicht zum Schlafzimmer der Herrschaft gelangen, und auch
Herr v. Osternau konnte sich nicht durch den von ersticken-
dem Rauch erfüllten Vorsaal und durch das in vollen
Flammen stehende Vorzimmer retten; ebensowenig war es
ihm möglich, durch das Fenster in den Garten zu springen,
denn die parterre nach dem Garten hinausgehenden Fenster
des Schlosses waren sämmtlich mit eisernen Stäben ver-
gittert. Er und die gnädige Frau waren rettungslos verloren, wenn ihnen nicht augenblickliche Hilfe geschafft wurde.

Nur wenn die Eisenstangen losgebrochen wurden, konnte
man von außen in das Schlafzimmer dringen, dazu war
ich allein zu schwach, ich schaute mich nach Hilfe um.

Es war inzwischen lebendig auf dem Hof geworden, die
Knechte waren aus den Ställen hervorgekommen, sie standen starr und thatlos da, Keiner wußte, was er thun sollte;
Lieutenant Albrecht stand in der Mitte der Leute; auch er
hatte den Kopf verloren, er gab ihnen keine Befehle.

Zwei von den Knechten, die ich als die stärksten kannte,
rief ich zu mir, den übrigen donnerte ich zu: „Nach dem
Spritzenhaus, holt die Spritzen hervor!“ Dann eilte ich
nach dem Gerätheschuppen, zur rechten Zeit fiel mir ein,
daß dort einige schwere Eisenstangen lägen. Jeder der
Knechte mußte sich mit einer Stange bewaffnen, und so
schnell wir laufen konnten, stürmten wir um das Schloß
herum durch den Garten. Was ich geahnt hatte, war ge-

schehen. Eines der Fenster der Schlafstube des Herrn
v. Osternau stand offen, dichte Rauchwolken wirbelten aus
demselben hervor. „Herr v. Osternau!" rief ich mit donnernder Stimme. Ich erhielt keine Antwort.

„Brecht die Eisenstangen aus!" rief ich den beiden
Knechten zu. Die beiden braven Kerle wußten, daß es sich
um das Leben ihres guten Herrn handelte, mit Anstrengung aller Kräfte mühten sie sich und es gelang ihnen.
Nachdem die das Fenster verschließenden Gitterstangen aus
der Grundmauer gerissen waren, wurden sie durch ein paar
mächtige Schläge gänzlich beseitigt; ich konnte, gehoben von
den beiden Knechten, mich in das nun offene Fenster
schwingen. Mit einem Fuß berührte ich einen auf dem
Fußboden liegenden menschlichen Körper.

Was dann weiter geschah, vermag ich kaum zu sagen.
Der Rauch erstickte mich fast, ich sah und hörte nichts,
nur das weiß ich, daß ich fest entschlossen war, nicht zu-
rückzuweichen, ehe nicht Herr und Frau v. Osternau gerettet seien. Ich kam erst wieder zur wirklichen vollen
Besinnung, als ich draußen im Freien tief aufathmend
stand. Zu meinen Füßen lagen zwei leblose Körper. Ich
selbst hatte Herrn v. Osternau mit Hilfe des einen draußen
gebliebenen Knechtes durch das Fenster in's Freie gehoben,
Frau v. Osternau war durch den anderen Knecht aus dem
raucherfüllten Zimmer hervorgeholt worden. Beide waren
ohnmächtig, sie gaben nur noch schwache Lebenszeichen, aber
sie lebten und so war doch noch Rettung möglich.

Wir trugen sie, so schnell unsere Kraft es uns erlaubte,
nach dem Dorfe in das Pfarrhaus und übergaben sie der

Fürsorge des Herrn Pfarrers, dann aber eilten wir nach dem Schloß zurück.

Auf dem Schloßhof herrschte eine fürchterliche Verwirrung. Aus dem Dorfe waren die Tagelöhner und Bauern vielleicht in der Absicht zu helfen nach dem Schlosse geeilt, aber sie halfen nur die Verwirrung vergrößern. Weiber und Kinder heulten und schrien, die Männer standen rath- und that- los da, denn der, dessen Aufgabe es gewesen wäre, ihre Kräfte zu vereinen, ihnen Befehle zu geben, der Lieutenant v. Osternau, schien ebenfalls den Kopf völlig verloren zu haben. Er stand in der Mitte des lärmenden, schreienden, heulenden Haufens, mit stierem Blick schaute er in die lobernden Flammen, nicht einmal den Versuch, sie zu löschen, machte er. Ein paar Knechte hatten auf meinen Befehl hin die Spritze aus dem Spritzenhaus geholt, der Lieutenant hatte sich nicht dabei betheiligt, und als sich nun fand, daß merkwürdigerweise die erst vor wenigen Tagen probirten und als vollkommen gut befundenen Schläuche an vielen Stellen undicht waren, daß die Spritze auch sonst in Unordnung und vollständig unbrauchbar war, als sich deshalb die Knechte an den Lieutenant wendeten, der sonst stets bei den alle vierzehn Tage stattfindenden Proben der Feuerspritze das Kommando führte, als sie ihn um Rath fragten, seine Befehle einholen wollten, da wußte er ihnen nicht zu rathen.

Die Leute hatten sämmtlich den besten Willen, das bewiesen sie, als ich wieder auf dem Schloßhof erschien, sie drängten sich um mich, sie erboten sich zu jeder, auch der gefährlichsten Hilfeleistung, ich solle ihnen nur befehlen, was sie thun sollten, da die Spritze ihren Dienst versage.

Was sollte ich ihnen befehlen? Das Feuer hatte in der kurzen Zeit, deren ich zur Rettung der Herrschaft bedurft hatte, entsetzliche Fortschritte gemacht, an ein Löschen desselben war gar nicht mehr zu denken. Schon stand fast das ganze Schloß in Flammen, nur aus dem Seitenflügel, in welchem Fräulein Lieschen und der kleine Fritz ihre Zimmer hatten, loderten sie noch nicht empor.

„Wo ist Fräulein Lieschen? Wo ist Fritzchen?"

Niemand beantwortete meine Fragen, die Leute blickten sich gegenseitig entsetzt stumm an. Ich wendete mich mit der gleichen Frage an den Lieutenant, er konnte meinen Blick nicht ertragen, zur Seite sehend meinte er, sie seien sicherlich schon im Dorf beim Herrn Pfarrer. Er wußte, daß er log, das verrieth sein scheuer Blick.

Alle übrigen Schloßbewohner, die Bedienten, die Mägde, die Kammerjungfer und auch der alte Hildebrand hatten sich gerettet, sie waren theils noch im letzten Augenblick über die schon im Brande stehenden Treppen hinuntergeeilt, theils auch aus den Fenstern gesprungen, nur Lieschen und Fritzchen fehlten.

„Sie schlafen noch, sie sind verloren, da bricht die Flamme auch schon aus dem Dach des Seitenflügels hervor!" so jammerte der alte Hildebrand. Der Lieutenant sagte kein Wort, mit stieren Augen blickte er in die sich mit grauenerregender Schnelligkeit immer weiter ausdehnenden Flammen, die jetzt wirklich auch den Seitenflügel schon ergriffen hatten.

Wenn überhaupt noch Rettung möglich war, dann war
es die höchste Zeit. Durch eine der Thüren in das Schloß
einzudringen, wäre nutzlos gewesen, denn die Treppen
brannten und die Korridore auch des Seitenflügels waren
sicher schon so von Qualm erfüllt, daß es selbst dem Muthig-
sten nicht gelingen konnte, durch dieselben bis zu den
Zimmern der in so grauenhafter Gefahr Schwebenden vor-
zudringen, das war mir im Augenblick klar.

„Holt die Leitern vom Spritzenhaus her!" rief ich den
Leuten zu; sie verstanden meine Absicht, ehe ich sie ausgesprochen hatte. Dienstbereitwillig stürmten sie nach dem
Spritzenhause, ein paar Dutzend Hände faßten kräftig an,
im Sturmschritt wurden die schweren Leitern herbeigeschleppt
und ehe noch eine Minute vergangen war, standen sie schon
angelehnt an die Schloßmauer unter den Fenstern der
Zimmer, in welchen Lieschen und Fritzchen schliefen. Ich
wollte selbst die Leiter emporklimmen, aber zwei tüchtige
Bursche aus dem Dorf waren mir zuvorgekommen, sie waren
schon oben auf den beiden Leitern, ehe ich noch an deren
Fuß angekommen war, mit kräftigen Schlägen zerschmetter-
ten sie die Fenster in demselben Augenblick, als an einem
derselben Fräulein Lieschen und Fritzchen, die endlich durch
den Lärm aus ihrem tiefen Schlaf erweckt worden waren,
erschienen.

Ein donnernder Jubelruf erhob sich unter den mit
athemloser Spannung zuschauenden Leuten, als mit ruhiger
Besonnenheit Fräulein Lieschen das Fenster von innen weit
öffnete, als sie ihren kleinen Bruder emporhob und ihn
aus dem Fenster heraus in die Arme des Retters legte,

als sie sich dann selbst auf die Fensterbrüstung schwang und dem Retter folgte, so ruhig und sicher die Leiter hinabsteigend, wie sie es als Kind oft gethan hatte, wenn sie in den Speichern und Heuböden umhergeklettert war.

Sie waren gerettet und wurden nach dem Pfarrhaus geführt. Das wenigstens war gelungen, das Schloß aber mußten wir dem wüthenden Element überlassen, hier war nichts mehr zu retten, denn als die erste Spritze aus der Nachbarschaft herankam, hatte das Feuer schon das ganze Gebäude ergriffen, der schwache Wasserstrahl der einen Spritze fachte die Gluth nur zu größerer Macht an. Wir waren ohnmächtig gegen die Gewalt des Feuers. Nach einigen Stunden war Schloß Osternau eine wüste Brand=stätte; ein Glück war es noch gewesen, daß der heftige Wind die Flammen nach dem Garten zu getrieben hatte, sonst hätten wir auch die Ställe und Scheunen nicht zu schützen vermocht.

Erst am Morgen konnte ich die Brandstätte verlassen und mich nach dem Pfarrhause begeben, um mich nach dem Befinden der Herrschaft zu erkundigen; daß Beide, Herr und Frau v. Osternau, durch die Bemühungen des von dem Pfarrer schnell herbeigeholten Arztes wieder in das Leben zurückgerufen worden seien, hatte ich schon während der Nacht erfahren.

Ich empfing vom Pfarrer traurige Nachrichten. Frau v. Osternau hatte sich zwar von ihrer Betäubung schnell erholt, sie saß jetzt mit Lieschen am Bett ihres Gatten, dieser aber befand sich in einem trostlosen Zustande. Der Arzt hatte keine Hoffnung für ihn. Er war bei voller

Besinnung, aber so schwach, daß er nur mit leiser, flüstern-
der Stimme, oft durch Hustenanfälle unterbrochen, zu
sprechen vermochte, bei jedem solchen Anfalle drohte sein
schwaches Leben zu erlöschen. Er hatte trotzdem den brin-
genden Wunsch ausgesprochen, mich zu sehen, sobald ich
in's Pfarrhaus kommen würde, und diesem Wunsche glaubte
der Pfarrer Folge leisten zu müssen, indem er mich zu
Herrn v. Osternau führte.

Als ich in das Krankenzimmer trat, das Schlafzimmer
des Pfarrers, welches dieser bereitwillig seinem verehrten
Patron überlassen hatte, erhob sich Lieschen, welche auf
einem Sessel am Bett des Vaters gesessen hatte, sie kam
mir entgegen; mit wenigen innigen Worten dankte sie mir.
Sie war merkwürdig ruhig und gefaßt, aber eine Thräne,
die ihr Auge umflorte, sagte mir, wie tief sie das so plötzlich über sie hereingebrochene Unglück fühle, und daß sie
sich mit einer bei einem so jungen Mädchen wahrhaft be-
wunderungswürdigen Seelenkraft zwinge, ihre Fassung aufrecht zu erhalten.

Auch Frau v. Osternau saß am Bett des Kranken, auch
sie wollte mir danken, aber sie vermochte es nicht, sie brach
in ein krampfhaftes Weinen aus; Lieschen führte sie aus
dem Zimmer, als Herr v. Osternau mit schwacher Stimme,
aber mit großer Bestimmtheit forderte, er wolle mich allein
sprechen.

Ich setzte mich zu ihm an das Bett und ergriff die
Hand, die er mir entgegenreichte, ich fühlte einen leisen
Druck derselben.

„Es wird bald Alles vorüber sein," lispelte er kaum

hörbar, ich mußte mich tief zu ihm niederbeugen, um ihn zu verstehen. „Ich habe wohl nur noch Stunden zu leben; aber ich will nicht scheiden, ohne wenigstens Ihnen, Sie treuer Freund, den fürchterlichen Verdacht mitzutheilen, der mir das Sterben so schwer macht. Beugen Sie sich tiefer zu mir nieder, Storting, Sie allein sollen es er-fahren: das Feuer im Schloß ist von der frevelhaften Hand eines Diebes angelegt worden, der durch dasselbe die Ent-deckung seines Diebstahles verhindern wollte, und dieser nichtswürdige Dieb und Brandstifter ist — mein Vetter Albrecht."

Ich fuhr entsetzt zurück. War mir doch selbst schon mehrfach in der Nacht ein ähnlicher Verdacht gekommen, aber ich hatte ihn unterdrückt, jetzt wurde er klar ausge-sprochen von einem Manne, der stets die Wahrheit sagte, von einem Sterbenden.

Herr v. Osternau winkte mir, daß ich mich wieder zu ihm niederbeugen solle.

„Ich will nicht, daß ein Hustenanfall, der mir viel-leicht den Tod bringen würde, mich unterbreche," so fuhr er fort, „deshalb spreche ich so leise. Sie müssen Alles wissen, denn auf Ihre Freundschaft baue ich. Ein Mensch, der fähig ist, einen Diebstahl und eine Brandstiftung zu begehen, bebt auch wohl vor Schlimmerem nicht zurück. Sie sollen über Fritzchens Leben wachen, Ihrem Schutze vertraue ich meinen Sohn an. Wollen Sie mir ver-sprechen, ihm ein so treuer Freund zu sein, wie Sie es mir gewesen sind?"

Ich versprach es mit Thränen im Auge, das Herz

bebte mir vor inniger Rührung, als ich den trefflichen Mann
so krank und schwach und doch so ruhig ergeben in sein
Schicksal sah. Er schwieg eine Zeit lang, ein kurzer, nicht
zu schwerer Hustenanfall zwang ihn dazu, dann winkte er
mir abermals, und als ich mich zu ihm hinabgebeugt hatte,
fuhr er fort:

„Sie sollen erfahren, auf welchen Grund sich der schwere
Verdacht stützt, den ich gegen Sie ausgesprochen habe.
Schon vor einigen Monaten ist mir während der Nacht
aus meinem Schreibsekretär eine bedeutende Summe durch
einen Dieb, der einen Nachschlüssel gebraucht hat, entwendet
worden, schon damals hegte ich den Verdacht, daß mein
Vetter Albrecht den Diebstahl begangen habe. Ich ließ
das Schloß des Sekretärs ändern, ein kunstvolles Brahma-
schloß sollte mich, wie ich meinte, vor einem zweiten Diebstahl schützen. Außerdem aber blieb allnächtlich die Thüre
zwischen meinem Wohn- und Schlafzimmer geöffnet, ich
glaubte jetzt vollkommen sicher zu sein und in diesem
Glauben verschloß ich gestern Abend das Geld, welches
Sie mir aus Breslau gebracht haben, in meinen Schreibsekretär, ich wähnte, es liege dort gegen jeden Angriff ge-
schützt. Ehe ich gestern zu Bett ging — ich war sehr müde —
überzeugte ich mich noch einmal, daß sowohl der Sekretär als der eiserne Geldkasten in diesem fest verschlossen
sei; den Schlüsselbund, an welchem sich auch die Schlüssel
zum Sekretär und zum Geldkasten befanden, legte ich auf
das kleine Tischchen, welches neben meinem Bette stand,
von diesem aus konnte ich durch die geöffnete Thüre den
Sekretär sehen. Ich schlief bald ein, plötzlich nach langem

festen Schlafe erwachte ich. Ein erstickender Rauch erfüllte das Zimmer, er raubte mir fast die Besinnung.
Ich sprang aus dem Bett und rief meine Frau, welche
ebenfalls jetzt erst aus tiefem Schlaf erwachte. Es brennt
im Schloß, das war mein erster Gedanke, mein zweiter
der, daß in dem Schreibsekretär mein gesammtes freies
Vermögen, das Kapital, welches die Zukunft meiner Toch=
ter sicherstellen sollte, liege. Auf jede Gefahr hin mußte
ich versuchen, es zu retten. Ich griff nach dem Schlüsselbund, der kleine Tisch war leer. Da war es mir, als ob
ein Blitz der Erkenntniß mich durchzucke, ein Dieb, und
ich wußte es, welcher Dieb, hatte sich während meines
festen Schlummers in mein Schlafzimmer geschlichen und
die Schlüssel geraubt. Ich wollte nach dem Wohnzimmer
eilen, aber die Thüre war verschlossen, vom Wohnzimmer
aus verriegelt, und drinnen im Wohnzimmer hörte ich das
Knistern der Flammen, durch die Ritzen der alten Thüre
drang der Rauch in mein Schlafzimmer, ein leuchtender
Schein zuckte mitunter durch eine breitere Spalte. Ich
rief meiner Frau zu, sie möge das Fenster öffnen, aber
sie antwortete mir nicht. Ich rüttelte an der verschlossenen
Thüre, sie gab nicht nach, aber die Spalte erweiterte sich
und immer erstickender wurde der Rauch im Zimmer, ich
eilte nach dem Fenster und riß es auf, dann aber brach
ich zusammen, ich verlor das Bewußtsein.“

Ein neuer stärkerer Hustenanfall zwang Herrn v.
Osternau, inne zu halten, erst nachdem er sich ein wenig
erholt hatte, vermochte er fortzufahren.

„Außer Ihnen selbst wußte im Schloß nur der Vetter

Albrecht, daß in dieser Nacht das von Ihnen aus Breslau
geholte Geld in meinem Schreibsekretär liege. Er ist es
gewesen, der meinen festen Schlaf benutzt, sich in mein
Schlafzimmer geschlichen, die Schlüssel zu dem Kunstschloß,
das er sonst nicht zu öffnen vermocht hätte, gestohlen und
dann die Thüre des Schlafzimmers hinter sich verschlossen
und verriegelt hat, damit er bei dem Diebstahl nicht überrascht werden könne. Nach vollendeter That hat er dann
im Wohnzimmer Feuer angelegt, um die Spur des Dieb-
stahls zu verwischen. Ich weiß, daß er es gethan hat,
und doch darf ich nur Ihnen, dem treuesten Freunde,
meinen Verdacht mittheilen, denn jeder Beweis für das,
was ich Ihnen gesagt habe, fehlt mir. Der Schreibsekretär
liegt mit seinem Inhalt verbrannt unter dem glühenden
Schutt. Wer vermag zu behaupten, daß er vor dem Verbrennen beraubt worden und daß der Dieb zugleich der
Brandstifter ist? Wollte ich die Anklage gegen den Vetter
erheben, dann würde ich nur den reinen Namen meiner
Vorfahren mit Schmach bedecken und einen Beweis vermöchte ich doch nicht zu führen. Der Gedanke, daß ich
ohnmächtig bin gegen diesen Menschen, hat mich, seit mir
das Bewußtsein zurückgekehrt ist, verfolgt und bringt mich
zur Verzweiflung. Ich darf ihn nicht verfolgen, ich muß
es dulden, daß er die Früchte seines Verbrechens genießt,
und dazu peinigt mich noch die entsetzliche Angst, daß mein
Sohn, der bald einzig zwischen ihm und dem Majorat
stehen wird, seinen Verfolgungen preisgegeben ist, die
Angst, daß der Dieb und Brandstifter leicht auch zum
Mörder werden könnte!"

Herr v. Osternau hatte die letzten Worte lauter gesprochen, ein fürchterlicher Hustenanfall war die Folge;
nachdem er denselben überwunden hatte, war er so schwach,
daß er mir nur noch zuflüstern konnte:

„Meine Kraft ist zu Ende, rufen Sie meine Frau!“

Frau v. Osternau und Lieschen kehrten an das Bett
des Kranken zurück, ich mußte ihn verlassen, um nach der
Brandstätte zurückzukehren. Als ich aus dem Pfarrhaus
trat, begegnete mir der Lieutenant v. Osternau, der eben
im Begriff war, in das Haus zu treten.

„Ich hoffe, dem Vetter geht es gut,“ sagte er, aber er wagte
nicht, mir in’s Auge zu schauen, während er zu mir sprach.

Ich hätte ihn am liebsten niedergeschlagen, so wüthend,
so empört war ich, aber ich beherrschte mich. Ich theilte
zwar die Ueberzeugung des Herrn v. Osternau, aber auch
mir fehlte für dieselbe jeder Beweis. Nicht einmal den
Schatten eines Grundes hatte ich, um einem Verdacht
Worte zu geben, ich durfte einen solchen nicht einmal
ahnen lassen. Es gelang mir, ihm mit möglichster Ruhe
zu sagen, daß Herr v. Osternau schwer krank sei, als ich
hinzufügte, daß ich für sein Leben fürchte, schaute mich der
Lieutenant forschend an, ein Strahl tückischer Freude schoß
aus seinen Augen, im nächsten Augenblick aber sagte er
mit heuchlerischer Trauer:

„Das wäre ja entsetzlich! Jedenfalls darf ich jetzt
weder ihn, noch seine Frau und seine Tochter stören. Als
sein Oberinspektor und Vertreter habe ich die Pflicht, dafür
zu sorgen, daß die Mittel zum Wiederaufbau des Schlosses
schleunigst beschafft werden. Ich reise daher nach Breslau,

um die Anmeldung bei der Feuerversicherungs-Gesellschaft
zu machen und persönlich eine Beschleunigung der noth-
wendigen Formalitäten zu bewirken. Aber da fällt mir
ein, daß heute die Anzahlung für Wernewitz und Rudersdorf geleistet und der Kaufkontrakt definitiv abgeschlossen
werden muß. Der Vetter selbst kann natürlich nicht nach
Rudersdorf fahren, hat er Sie beauftragt, die Zahlung zu
leisten, oder soll ich es thun? Dann müßten Sie nach
Breslau reisen, um die Anmeldung des Feuers zu besorgen."

Er wollte zu schlau sein, dadurch verrieth er sich. Hatte
ich vorher vielleicht gezweifelt, jetzt war ich überzeugt von
seiner Schuld. Er wußte es, wie ich es wußte, daß nach
dem Ausbruch des Feuers kein Mensch mehr im Stande
gewesen war, in das Wohnzimmer des Herrn v. Osternau
zu dem Schreibsekretär zu bringen, in welchem das Geld
verwahrt war. Er mußte wissen, daß das zur Anzahlung
für die beiden Güter bestimmte Geld verbrannt war und
daß daher von einem Abschluß des Kaufvertrages heute
gar nicht die Rede sein konnte. Weshalb fragte er
mich? Offenbar nur, um in mir den Glauben zu erwecken,
er wisse überhaupt nichts von dem Gelde. Er wollte
nach Breslau reisen, jedenfalls, um es in Sicherheit zu
bringen; er trug es bei sich, ich war davon überzeugt.
Sollte ich ihn ziehen lassen mit seinem Raube? Noch war
vielleicht die ungeheure Summe, das Erbtheil Lieschens, zu
retten, aber nur durch eine gewaltthätige Handlung. Wenn
ich ihn Stirn gegen Stirn, Auge gegen Auge beschuldigte,
er sei der Dieb und Brandstifter, wenn ich die beiden

Knechte, die eben die Dorfstraße entlang kamen, anrief zur Hilfe, ich wußte, sie würden mir gehorchen, wenn ich ihnen befahl, den Brandstifter zu ergreifen, wenn ich mit ihrer Hilfe ihn überwältigte, ihn durchsuchte, dann mußte ich das gestohlene Geld bei ihm finden. Es war eine Gewaltthat, ich hatte kein Recht, sie zu begehen, aber sie war das einzige Mittel, um den Dieb zu verhindern, seinen Raub in Sicherheit zu bringen.

„Packt den Lieutenant, haltet ihn fest, er ist der Brandstifter!" rief ich den beiden Knechten zu, die grüßend vorübergehen wollten. Nur einen Augenblick stutzten sie, dann aber riefen sie wie frohlockend aus einem Munde: „Das haben wir gleich gedacht!" und im nächsten Moment stürzten sie sich auf den Lieutenant und mit eisernen Fäusten packten sie ihn an. Er wehrte sich kräftig, mit wilder Wuth schlug er nach den Angreifern, nach mir, da ich den Knechten zu Hilfe kam. Er sagte kein Wort, nur einen unartikulirten Schrei stieß er aus, als er von der vereinten Kraft dreier Angreifer überwältigt zu Boden gerissen wurde.

Der Lärm des Kampfes hatte aus den Häusern mehrere Tagelöhner, die, um nach der angestrengten Arbeit der Nacht Ruhe zu suchen, in ihre Wohnungen zurückgekehrt waren, aus diesen hervorgelockt. Keiner von ihnen nahm Partei für den Lieutenant, und als ich auch ihnen zurief, er sei der Brandstifter, war Keiner unter ihnen, der es nicht glaubte, hatten sie doch schon während der traurigen Nacht sich gegenseitig den Verdacht gegen ihn zugeflüstert. Ich befahl ihnen, Stricke herbeizuschaffen, um den Ueber-

wältigten zu binden, mit wahrer Freude gehorchten sie
bereitwillig.

Er wurde gebunden, die Arme wurden ihm unbarm-
herzig zusammengeschnürt, dann ließ ich ihn in das nächste
Bauernhaus führen, denn im Pfarrhause wollte ich ihn
nicht durchsuchen; ich fürchtete, die Nachricht von einer
gegen den Lieutenant verübten Gewaltthat könne zu Herrn
v. Osternau bringen.

Der Lieutenant hatte während des ganzen wilden
Kampfes kein Wort gesprochen, er schwieg auch, als er von
den Knechten mit rohen Fäusten in das Haus gestoßen
wurde, er verharrte in seinem Schweigen, als ich ihm erklärte, ich müsse ihn durchsuchen, um ihm das Geld ab-
zunehmen, welches er gestohlen habe. Nur einen Blick, in
welchem sich grimmige Wuth und tödtlicher Haß aussprachen, warf er mir zu.

Ich durchsuchte ihn, jedes Stück seiner Kleidung, jedes,
jedes! Nicht eine Spur fand ich von dem Geld! Wenn
er es geraubt hatte, war es an einem anderen Orte sicher
geborgen.

Ich hatte mich übereilt. Die schmähliche Gewaltthat
war fruchtlos begangen worden. Von tiefer Scham durchdrungen stand ich vor dem Gefesselten.

„Löst die Bande des Herrn Lieutenants," befahl ich
den Leuten, die neugierig mir zugeschaut hatten, während
ich alle seine Taschen durchsuchte. Sie waren mir willig
gehorsam gewesen bei dem Befehl, ihn zu ergreifen und zu
binden, jetzt aber murrten sie, sie glaubten nicht an seine
Unschuld, auch als ich ihnen erklärte, ich müsse meine Be-

schuldigung zurücknehmen, mein Verdacht sei unbegründet
gewesen. Ich mußte meinen Befehl mehrfach wiederholen,
ehe er widerwilligen Gehorsam fand; zögernd verließen sie
dann die Bauernstube, in der ich allein mit dem Lieutenant
zurückblieb.

Noch immer hatte er kein Wort gesprochen, weder
während ich ihn durchsuchte, noch während er losgebunden
wurde. Jetzt stand er vor mir mit übereinander geschla-
genen Armen, mit finsterem Blick betrachtete er mich.

„Sie sind das dienstwillige Werkzeug meines Vetters
oder der Frau v. Osternau gewesen, die mich immer gehaßt hat und in deren Hirn der wahnsinnige schmähliche
Verdacht entstanden ist, dessen Opfer ich geworden bin."

Ich wollte ihn unterbrechen, ihm sagen, daß er sich irre;
aber er herrschte mich an: „Schweigen Sie! Ich verlange
von Ihnen keine Entschuldigung. Wären Sie ein Edelmann, dann müßten Sie mir Genugthuung geben für die
nichtswürdige mir angethane Beschimpfung, Sie aber können
mich nicht beleidigen. Sagen Sie der Frau v. Osternau,
jedes verwandtschaftliche Band sei zwischen uns für alle
Zeit zerrissen."

„Frau v. Osternau weiß nichts —"

„Sparen Sie Ihre Lügen, ich glaube Ihnen nicht.
Ich kenne meine Todfeindinnen, Frau v. Osternau und
Lieschen, sie sollen noch an mich denken!"

Er warf mir einen verächtlichen Blick zu, dann ging
er an mir vorüber; ohne sich noch einmal nach mir umzusehen, verließ er das Haus. Tief beschämt mußte ich ihn
ziehen lassen, ich durfte ihn nicht zurückhalten.

Ich fühlte die Verpflichtung, Herrn v. Osternau meine traurige Uebereilung zu berichten; es war für mich eine schwere Aufgabe, aber ich mußte sie erfüllen; so ging ich denn wieder nach dem Pfarrhause. Meine Beichte konnte ich nicht ablegen, Herr v. Osternau hatte die Augen für immer geschlossen.

Erlassen Sie es mir, Herr v. Ernau, Ihnen den tiefen Schmerz, ja die Verzweiflung zu schildern, in welche Frau v. Osternau durch den Tod ihres trefflichen Gatten versetzt wurde. Sie hatte ihn von ganzem Herzen geliebt, ja verehrt, die Welt erschien ihr trostlos und leer, nachdem er von ihr geschieden war. Ihr einziger Trost waren ihre beiden Kinder, Lieschen und Fritzchen, jetzt der jugendliche Majoratsherr von Osternau.

Wahrlich, die unglückliche Frau bedurfte des Trostes in jeder Beziehung, denn nach dem Tode des Herrn v. Osternau fand sich, daß seine Verhältnisse nicht so glänzend gewesen waren, wie man wohl allgemein geglaubt hatte. In früheren Jahren hatte er alle Ueberschüsse der Majoratsgüter verwendet zu Verbesserungen derselben, erst später hatte er daran gedacht, zu sparen, um sich ein freies Vermögen zu erwerben, welches er seiner Frau und Tochter hinterlassen konnte; aber die edelherzige Großmuth, mit welcher er mehrfach die Schulden seines Vetters Albrecht bezahlt hatte und welche auch die Ursache zu anderen namhaften Kapitalsverlusten gewesen war, hatte ihn in seinem Bestreben gehindert. Erst in den letzten Jahren war es ihm gelungen, etwa sechzigtausend Thaler freies Kapital zurückzulegen, mit diesem Gelde wollte er für Lies-

chen bie Güter Wernewitz und Rubersdorf kaufen; aber der
Kaufvertrag konnte nach seinem Tode nicht abgeschlossen
werden, denn dies gesammte Kapital, das einzige freie
Eigenthum, welches er hätte hinterlassen können, war entweder ein Raub der Flammen oder die Beute eines nichtswürdigen Diebes geworden. Ungelöst blieb die Frage, ob
das Letztere der Fall gewesen war, denn keine bestimmte
Thatsache bestätigte den Verdacht, den Herr v. Osternau
so kurze Zeit vor seinem Tode gegen mich ausgesprochen
hatte.

Der Lieutenant hatte unmittelbar nach der ihm zu
Theil gewordenen schmählichen Behandlung Osternau verlassen, er war nach Berlin gereist und nicht wieder nach
Osternau zurückgekehrt, denn, so erklärte er in einem Brief
an Frau v. Osternau, selbst der Tod seines Vetters könne
ihn nicht versöhnen mit der entehrenden Beleidigung, die
ihn für immer von seinen Verwandten gelöst habe. Er
lebte in Berlin, wie er früher gelebt hatte, nicht mit
größerem Aufwande, als in früherer Zeit, aber doch so
luxuriös, daß zu seinen Ausgaben nicht unbedeutende Mittel
nothwendig waren. Ich war überzeugt, zu wissen, woher
er diese Mittel nahm, aber diese Ueberzeugung genügte
nicht zum Ausspruche einer Beschuldigung, die ich schon einmal so unvorsichtig erhoben hatte. Auch die Volks-
stimmung beschuldigte den Lieutenant der Brandstiftung,
aber auch nicht der Schatten eines Beweises konnte gegen
ihn vorgebracht werden. Da alle Knechte und Tagelöhner,
selbst die Bauern von Osternau offen ihre Ueberzeugung
von der Schuld des Lieutenants aussprachen, wurde es

nothwendig, sie gerichtlich zu vernehmen, dabei ergab sich denn, daß Niemand eine Thatsache wußte, die auch nur einen Verdacht gerechtfertigt hätte; auffällig war es allerdings, daß die sonst stets vortrefflich in Ordnung gehaltene Spritze, welche erst vor wenigen Tagen auf Befehl des Herrn v. Osternau unter Leitung des Lieutenants probirt worden war und sich auf's Beste bewährt hatte, plötzlich in allen ihren Theilen unbrauchbar und daher nutzlos geworden war; aber, wie gesagt, man konnte dem Lieutenant nichts beweisen.

Auch meine Bemühungen, den Schutt der Brandstätte nach einem Beweise gegen ihn zu durchforschen, waren vergeblich. Ich fand zwar die Ueberreste des verkohlten Schreibsekretärs und des eisernen Geldkastens, aber sie befanden sich in einem solchen Zustande, daß sie keinen Aufschluß darüber gaben, ob in dem Geldkasten mit anderen Papieren auch die hohen, in demselben aufbewahrten Banknoten verbrannt seien oder nicht.

Ich hielt mich für verpflichtet, Herrn v. Gastrow, dem Vormunde Fritzchens, den Verdacht mitzutheilen, den Herr v. Osternau gegen mich ausgesprochen hatte; aber ich mußte selbst dem alten würdigen Herrn zustimmen, als er mich aufforderte, einen so wenig begründeten, ja so höchst unwahrscheinlichen Verdacht lieber fallen zu lassen.

(Fortsetzung folgt.)

Wandlungen.

Novelle

von

Adolph Katsch.

Kürzlich erst nach langjährigem Aufenthalte in Australien in meine deutsche Heimath zurückgekehrt, traf ich
meinen Jugendfreund Karl Bernard ganz unvermuthet
in der Hauptstadt bei einem gemeinsamen Bekannten.

Wir waren Schul- und Universitätsfreunde gewesen,
hatten uns seitdem nicht wieder gesehen, und darüber waren
etwa vierzehn Jahre vergangen. Die Freude war groß,
unser Aufenthalt aber nur kurz, da jener Bekannte krank
im Bette lag.

„Was hast Du heute vor?" fragte Karl, als wir die
Treppe hinabstiegen.

„Eigentlich nichts!" entgegnete ich. „Meine Pflicht-
visiten sind abgemacht."

„Recht so!" rief er, indem er die Hausthüre öffnete und
auf einen eleganten Wagen deutend, welcher vor dem Hause
hielt, mich bat, mit ihm nach seiner Wohnung zu fahren.

Es war eine stattliche Wohnung in der schönsten Gegend der Stadt, dicht vor dem Thore, vor welchem wir
endlich anhielten. Sie war von der Straße abgegrenzt

durch ein geschmackvolles eisernes Gitter und einen geräumigen, mit Gebüsch und Bäumen besetzten Vorgarten.

Luxuriös, aber gediegen war die innere Einrichtung des
Hauses, zu dem wir über eine große, zu beiden Seiten
mit blühenden Topfgewächsen besetzte Vortreppe hinanstiegen.
Nachdem wir mehrere Zimmer durchschritten hatten, schob
mich mein Freund durch eine Portière und rief, indem er
hinter mir eintrat: „Regina, Herzenskönigin, mein alter
Freund Fidelis!"

Sofort erhob sich von einem Stuhle am Fenster, woselbst sie mit einem kleinen Mädchen von vier Jahren vor
einem Tischchen gesessen, eine schlanke junge Frau, und
trat mir mit der ungeheucheltsten Freudigkeit in ihren
schönen Zügen entgegen.

Forschend mich einen Augenblick betrachtend, streckte sie
mir zutraulich die Hand entgegen und sprach:

„O wie freue ich mich, Sie endlich auch einmal kennen
zu lernen! Mein Mann hat mir so viel von Ihnen erzählt, von Ihrer alten Freundschaft zu ihm, von den ge-
meinsam betriebenen Studien, ja auch von den lustigen
Streichen, die Sie mit einander ausgeführt. Sie sind mir
daher längst ein lieber Bekannter, und wie oft haben wir
lebhaft bedauert, daß Sie für uns so ganz verschollen
blieben!"

„Sieh', das ist unsere Jüngste, unsere Emmi," unterbrach sie Karl, sich zu mir wendend, und fügte, auf zwei
hereinstürmende Knaben deutend, hinzu: „Die beiden Jungen kommen soeben aus der Schule; hier Karl, neun Jahre,
und Albrecht, sieben Jahre alt!"

Es waren drei hübſche und für ihr Alter körperlich und geiſtig trefflich entwickelte Kinder.

Kaum waren die beiden Knaben erſchienen, als ein Diener die Meldung machte, daß ſervirt ſei. Als die Tafel aufgehoben wurde, empfahl ſich die Dame des Hauſes und wir begaben uns in Karl's Zimmer.

Hatte mich ſchon die gediegene Einrichtung jener Räume, welche ich bisher betreten hatte, angenehm berührt, ſo ſetzte mich jetzt die des Stubirzimmers in wahrhaftes Er-ſtaunen.

Mein Freund waidete ſich ſchweigend an meiner Ver-wunderung, dann ſprach er bewegt:

„Hier, Fidelis, findeſt Du die Träume unſerer Jugend verwirklicht! Wie oft ſchon habe ich Dich herbeigeſehnt, um Dir zu zeigen, wie treu ich an Dir und unſeren da-maligen Träumereien feſtgehalten habe. Dieſer ganze Saal iſt ausgeführt nach den Zeichnungen, die wir einſt ent-worfen für den Fall, daß wir, zu Reichthum gelangt, uns ein Heim nach unſerem Geſchmacke ausbauen würden. Oeffne die Thüre dort, und Du findeſt das Billardzimmer, öffne dieſe, und Du trittſt in das Badegemach ein, an welches das Treibhaus und der Wintergarten ſich anſchließen.“

Ich war bis zu Thränen gerührt, als mir in feſter Form und Geſtalt die ſchimmernden Seifenblaſen der Phan-taſien, an denen wir uns in den Tagen der Jugend ergötzt hatten, vor die Augen traten; und nachdem wir nach eingehendſter Prüfung und Beſichtigung wieder in das Stubirzimmer zurückgekehrt waren, konnte ich nicht länger die Frage zurückhalten:

„Wie ist es Dir möglich geworden, Dir das Alles so
herzuzaubern?"

Karl lächelte. „Mäßige Mittel reichten dazu aus; aber
das Wunderbare daran ist, wie ich, der Findling armer
Bauersleute, zu denselben gelangte. Das aber will ich
Dir jetzt ausführlich erzählen:

Nachdem Du die Universität verlassen, ist mir Deine
Spur völlig verloren gegangen. Deine Eltern konnten mir
nur mittheilen, daß Du nach Australien gegangen wärest,
wußten aber selbst keine sichere Adresse von Dir."

„Es war unvorsichtig von mir," entgegnete ich, „daß
ich mich durch die glänzenden Schilderungen, welche ein aus
Australien zurückgekehrter Bekannter von den einem tüchtigen Arzte dort sich bietenden Chancen entwarf, verlocken
ließ, dorthin zu gehen. Lange Zeit wollte es mir nicht
glücken, so daß ich mich gezwungen sah, in höchst unter-
geordneten Comptoirstellungen mein Brod zu erwerben.
Ich schämte mich dessen so sehr, daß ich meine Eltern lange
ohne Nachricht ließ, bis es mir endlich gelang, eine An-
stellung an dem Hospital der Kolonial-Hauptstadt zu er-
langen, welche für mich die Brücke wurde zu meiner, vor
einem Jahre erfolgten Berufung an die süddeutsche Univer-
sitätsklinik, an der ich fortan wirken werde. Erst als ich
jenen Wirkungskreis gefunden, schrieb ich an meine Eltern.
Dann aber auch an Dich! Der Brief kam jedoch zurück, mit
der amtlichen Bemerkung, daß Du unauffindbar seiest. Von
meinen Eltern erfuhr ich, Du seiest nach Absolvirung Deines
Staatsexamens sofort nach Rußland abgereist, leider aber
sei Deine Adresse ihnen abhanden gekommen."

„Verwirrung über Verwirrung!" rief Karl. „Ich war als Arzt mit einem livländischen Baron auf die Güter desselben gegangen, aber als er nach zwei Jahren starb, nach Deutschland zurückgekehrt. Unterdessen waren Deine Eltern verzogen und Deine Schwestern hatten sich nach entfernten Orten verheirathet. Meine Pflegemutter, die mich erzogen und mir vorwärts geholfen in der Welt, lag im Sterben, und starb mir auch wirklich unter den Händen. Ihre kleine Habe war aufgezehrt, meine geringen Ersparnisse waren verloren gegangen mitsammt meiner übrigen Habe, als man mir bei der Heimreise den Koffer vom Wagen stahl. Ich, der Doctor medicinae et chirurgiae, ich, der Mann, der aus seinem Staatsexamen mit der Censur „vorzüglich" hervorgegangen war, ich, der praktische Arzt und Geburtshelfer, stand nackt und bloß auf dem Pflaster der Hauptstadt und beneidete den Holzhacker, der um die Mittagszeit auf irgend einer Treppe saß und mit dem besten Appetit aus dem braunen Henkeltopfe die mit Petersilie bestreuten Brühkartoffeln herauslöffelte, welche die neben ihm sitzende Frau ihm zum Mittagsmahle bereitet hatte. Ach, der Appetit fehlte mir nicht, im Gegentheile, mir fehlte nur die Aussicht, ihn in allernächster Zeit befriedigen zu können.

Meinen Lieblingswunsch, mich an der Universität zu habilitiren, mußte ich unter solchen Umständen aufgeben. Ich bewarb mich um mehrere Stellungen, theils als Armenarzt, theils als Hilfsarzt an Hospitälern, sie waren sämmtlich vergeben.

Eine Hoffnung, eine letzte, blieb mir noch! Eine

wissenschaftliche Abhandlung, welche ich in Rußland aus=
gearbeitet, hoffte ich bei einem Verleger verwerthen zu
können. Indeß auch dieser Plan schlug fehl, so daß ich
fast in Verzweiflung gerieth.

So schritt ich eines Tages, tief in Gedanken versunken,
quer über die Straße meiner Wohnung zu. Da packte
mich plötzlich eine Männerfaust an dem Kragen meines
Rockes, riß mich mit starker Hand zurück, und eine kräf=
tige Baßstimme schalt auf mich ein:

„Herr, in drei Teufels Namen, wollen Sie sich denn
mit aller Gewalt rädern lassen? — Schrumm!"

Ich taumelte zurück und wäre in der Ueberraschung zu
Boden gefallen, wenn die Hand meines Retters mich nicht
gehalten hätte. Hart neben uns rollten in schnellem Trabe
die Wagen vorüber, die mich ohne sein rechtzeitiges Ein=
greifen sicher überfahren haben würden.

Fassungslos und wie aus einem tiefen Traume er=
wachend, starrte ich meinen Lebensretter an, in welchem
ich sofort an dem ausgestoßenen Wörtlein: „Schrumm!"
unseren alten Studiengenossen Freiherrn v. d. Nahe er=
kannte — ein Wörtlein, welches ihm früher schon den
gleichen Spitznamen unter uns eingetragen hatte. Er hielt
mich noch immer fest gepackt und rief jetzt staunend:

„Hilf Himmel, Karl, bist Du es? Mensch, wie siehst
Du aus?"

Ich war keines Wortes mächtig. Schrumm schob kalt=
blütig seinen Arm unter den meinigen und sprach: „Komm'
mit mir!"

Willenlos fügte ich mich seiner Aufforderung. Stumm

schritten wir vorwärts, stiegen einige hundert Schritte weiter eine Treppe zu einem im Souterrain belegenen Restaurant hinab, und mein Begleiter rief dem Kellner zu: „Fritz, fünfzig Stück Austern, eine Flasche Sekt und die Speisekarte auf Nummer zwei." — „Zu Befehl, Herr Assessor, gleich, gleich!" entgegnete Fritz, und mein Begleiter führte mich durch das weite Kellergelaß zu einem gesonderten, kleinen, behaglich ausgestatteten Raume. Dort drückte er mich sorglich in eine Sophaecke und sprach: „Nun, alter Junge, erhole Dich erst einmal von Deinem Schrecken. Dann wollen wir frühstücken und Du sollst mir erzählen, warum Du so krank und schwach aussiehst!"

Der Kellner erschien mit den befohlenen Gegenständen und erhielt die Weisung, dafür zu sorgen, daß wir ungestört blieben.

Ich wollte reden und konnte nicht, die Thränen rannen mir aus den Augen.

Schrumm suchte mich zu beruhigen. Als aber das nicht sofort helfen wollte, sprang er auf, löste den Kork der Flasche, der mit lautem Knalle zur Decke empor flog, setzte mir das überschäumende Champagnerglas an den Mund und zwang mich, dasselbe zu leeren. Ein zweites Glas mußte schleunigst dem ersten folgen, und siehe da, das Mittel half. Meine aufgeregten Nerven beruhigten sich, die Brust, die mir vorher wie zugeschnürt gewesen war, erweiterte sich, mein Kopf wurde freier.

„Ich danke Dir, Schrumm," sagte ich, „aber —"

„Unsinn, alter Junge!" unterbrach mich Jener. „Was hast Du mir zu danken? Ich säße wahrhaftig heute noch

in Quarta, wenn Du mir von da ab nicht durch alle
Klaffen hindurch geholfen hätteft! — Stoß an! Auf Dein
Wohlergehen, lieber Karl! Und nun laff' uns die Auftern
vertilgen und dann fehen, was die Speifekarte uns noch
Weiteres befcheeren kann. Ich habe einen glorreichen
Appetit!"

Während des lang ausgedehnten Frühftückes hatte fich
Schrumm durch einige Fragen fchnell über meine Lage
unterrichtet, denn der Wein machte mich offenherziger, als
ich vielleicht fonft gewefen wäre.

„Das ift doch Alles zufammen noch nicht dazu angethan, um am Leben und an der Zukunft zu verzweifeln,"
meinte er. „Laff' mich nur machen, es wird fich fchon
etwas für Dich herausfinden laffen! Ich muß jetzt fort;
aber Du fiehft höllifch angegriffen aus und bedarfft der
Ruhe. Ich werde Dich in Deine Wohnung begleiten,
fchlaf' aus und erwarte mich gegen Abend."

Ich wollte gegen feine Begleitung proteftiren, denn ich
fchämte mich, ihn einen Blick in die Armfeligkeit meines
Dachkämmerleins werfen zu laffen, fprach von vielen Treppen und Befchwerlichkeiten, aber Schrumm erwiederte:

„Nichts da, Alter! Ich muß doch wiffen, wo ich Dich
finden kann!"

Wir verließen das Lokal und ftiegen die fünf, von
Stockwerk zu Stockwerk immer fchmäler und fteiler werden-
den Treppen hinan. Schrumm, das fchmeerbäuchige Riefen-
kind, fchnaufte wie ein Walroß hinter mir her.

Kaum war er ein wenig zu Athem gekommen und hatte
fich umgefchaut, da rief er mit Emphafe:

„Nein, bei den unsterblichen Göttern allen, die den hohen Olymp bewohnen, schwöre ich Dir, daß nichts in der Welt mich wieder dazu verlocken soll, hinan zu klimmen in dieses Rattenloch! Siebenundneunzig Treppenstufen und fünf vor der Hausthüre, macht zusammen Einhundert und zwei! Ich habe sie alle wohl gezählt und gefunden, daß dieser Tempel der Freundschaft zu hoch angelegt ist für meine schwache Kraft! Puh! In diesem Loche mußte ja der fidelste und rothbäckigste Junge binnen acht Tagen melancholisch und schwindsüchtig werden! Schließe die Bude zu und stecke den Schlüssel in die Tasche, hier darfst Du nicht länger bleiben! Deine Siebensachen lassen wir später holen; jetzt aber nehmen wir die erste Droschke, die uns begegnet, und fahren nach unserer Wohnung. Gott sei Dank, bei mir steht immer ein Zimmer und ein Gast-bett frei für einen lieben Freund! — Keine Widerrede! Mein Wille steht fest, wie des Schicksals Verhängniß! — Schrumm!“

Mit diesen Worten schob er mich zur Thüre hinaus, verschloß dieselbe, steckte mir den Schlüssel in die Tasche und drängte mich die Treppe hinab.“ —

Zum ersten Male unterbrach ich hier des Freundes Erzählung mit den Worten:

„Gott sei Dank, daß ich Dich endlich in Freundes Händen weiß, mir war bange um Dich geworden. Braver, ehrlicher Schrumm, das sieht Dir ähnlich! Sein Kopf war immer hart, aber sein Herz das treueste, weichste, liebe-vollste!“

„Du beurtheilst ihn richtig,“ entgegnete Karl. „Doch

höre weiter! Er hat mehr für mich gethan, als Du zu ahnen vermagst.

Als wir in seiner Behausung ankamen, war es mit meinen Kräften zu Ende. Die lange Reihe schmerzlicher Erfahrungen, welche ich durchzumachen gehabt, die Seelen= kämpfe, welche ich bestanden, der Hunger, das Elend und die Noth, die ich ertragen, ließen mich nach den Auf= regungen des Tages zusammenbrechen.

Schrumm und sein Diener entkleideten mich und schaff= ten mich in's Bett. Wilde Fieberphantasien durchtobten mein Gehirn, und der herbeigerufene Arzt schüttelte bedenk= lich das Haupt.

Wochen lang lag ich besinnungslos; aber Schrumm und Heinrich, sein Diener, wichen nicht von meinem Lager. Ihrer unermüdlichen Pflege hatte ich es einzig und allein zu danken, daß ich zu neuem Leben wieder erwachte. Schwach, matt, hilflos wie ein Kind war ich, als mir die Besinnung wieder zurückkehrte, und abermals vergingen Wochen, bevor ich den Versuch wagen konnte, das Bett zu verlassen.

Als ich zum ersten Male aufstehen konnte, fand ich neue, elegante Hauskleidung vor meinem Lager, und als ich die erste Ausfahrt mit meinem Freunde wagen wollte und nach meinen Kleidern fragte, da führte mich Schrumm an den Kleiderschrank und sprach: „Hier, mein Junge, Deine Garderobe!" und dann deutete er auf eine Kommode und sagte: „Hier Deine Wäsche!" Es war eine luxuriöse Ausstattung, für Sommer und Winter, und nicht einmal Pelzstiefeln und Pelzrock fehlten darunter.

„Ich kann das nicht annehmen," rief ich bewegt, und die Thränen traten mir in die Augen.

„Närrischer Kerl," sprach Schrumm lustig: „Denkst Du denn, ich will Dir das schenken? Denke gar nicht daran! Drüben in meinem Schreibtische liegen die bezahlten Rechnungen und daneben das Kontobuch, das ich für Dich angelegt habe, und darin ist Dein Debet auf Heller und Pfennig eingetragen für Alles, was ich für Dich verauslagt habe, und bei Heller und Pfennig sollst Du mir's heimzahlen, sammt den Zinsen und Zinseszinsen, sobald Du erst in guter Praxis stehst. Bist Du nun zufrieden?"

Ehe ich antworten konnte, fuhr er fort. „Eile Dich, daß Du in die Kleider kommst, damit wir das gute Wetter nicht verpassen! Unterwegs will ich Dir erzählen, daß ich auch schon eine Stelle für Dich aufgegabelt habe, wenn sie Dir paßt."

Dankend schüttelte ich ihm tiefgerührt die Hand. Er aber sprach: „Mache doch nicht so viel Aufhebens von der Geschichte! Sind wir denn nicht Freunde und Brüder von Kindesbeinen an gewesen?" Und so war er mir beim Ankleiden behilflich, und schob mir zuletzt noch eine wohlbeschwerte Börse in die Tasche.

Ich mußte annehmen, was er mir gab; was hätte mein Weigern geholfen?

Wir fuhren hinaus vor das Thor nach einem beliebten Kaffeegarten, setzten uns in den Schatten der grünbelaubten Bäume, lauschten den Klängen der Musik, blickten musternd über die Menge hin, welche an den Tischen saß ober in ben Gängen auf unb nieber wogte, unb mir war, als fähe ich das Alles zum erften Male in meinem Leben. Mir war so leicht, so frei, so selig um das Herz, als ob ich ber Glücklichste aller Erbgeborenen sei, unb keine Frage mehr zu stellen hätte an das Schicksal. Kurz, ich schwelgte in bem wonnigen Gefühle, das nur ber kennt, ber nach langer, schwerer Krankheit ber Genesung entgegengeht.

Während wir langsam unseren Kaffee schlürften, er- zählte Schrumm: „Vor etwa acht Tagen traf ich im Keller auf eine befreunbete Gesellschaft. Ein Doktor Kurz, ber mir vorgestellt wurbe, erzählte mir, er habe sich vor etwa acht Monaten in Emmern, einem bedeutenden Landstädtchen, niebergelassen gehabt, seine bortige Stellung aber soeben auf- gegeben, weil er sich verheirathen unb in einer größeren Stabt ansiebeln wolle.

Natürlich erkundigte ich mich bei ihm nach ben näheren Verhältnissen unb erfuhr, baß zwar ein älterer Arzt bort schon längst ansässig sei, aber bas Städtchen mit seiner wohl- habenden Umgebung gar wohl zwei Aerzte zu erhalten vermöge, obschon ber ältere Arzt, wie natürlich, im Besitze ber reicheren Praxis sei.

Zufällig habe ich einen Freunb an bem Orte unb schrieb an biesen, ber mir benn auch bie Angaben bes Doktor Kurz bestätigte. Du magst seinen Brief lesen unb, wenn Du auf bie Sache einzugehen gebenkst, so meine ich, Du reisest, sobalb Du fähig bazu bist, borthin, unb siehst bie Gelegenheit mit eigenen Augen an. Wenn Dir bie Sache annehmbar erscheint, bist Du für ben erften Anfang gebor- gen unb findest bann Zeit unb Gelegenheit, Dich nach

einem lohnenderen Geschäftskreise umzusehen. Versauern
darfst Du nicht in einem solchen Neste!"

„Wo liegt der Ort?" fragte ich.

„Etwa zwölf Meilen von hier, und zwar an einer
Postroute," erwiederte Schrumm.

Vierzehn Tage später stieg ich in Emmern aus dem
Postwagen, und das Gasthaus öffnete mir seine freundliche
Pforte. Es war spät am Abend. Ich ließ mir eine
Tasse Thee auf mein Zimmer bringen, legte mich, von der
Anstrengung übermüdet, zur Ruhe, und schlief den gesunde-
sten Schlaf von der Welt bis sieben Uhr früh. Dann
kleidete ich mich an und begab mich zu dem Bürgermeister,
dem ich mein Anliegen eröffnete. Er schickte nach einigen
Rathsherren, welche alsbald auch erschienen, und sämmtliche Herren bemühten sich freundlich, mich mit den ob-
waltenden Verhältnissen vertraut zu machen.

Die Aussichten, welche sie mir eröffneten, waren nicht
gerade glänzend zu nennen, aber selbst wenn ich von ihren
Verheißungen noch ein gutes Theil abstrich, lagen sie doch
immer nicht derartig, daß sie mich hätten abschrecken können.
Ich verlangte ja nur ein mäßiges Auskommen. Ich sagte
zu, und die Herren bezeigten mir lebhaft ihre Freude über
diesen Entschluß.

Nun begab ich mich zu meinem künftigen Collegen, dem
Herrn Sanitätsrath Strippe, der, Gott weiß woher, schon
erfahren hatte, daß ein Konkurrent eingetroffen sei. Er
trug ein Ordensbändchen im Knopfloche und hieß mich
sofort mit etwas forcirter Liebenswürdigkeit willkommen.
Er war ein hochgewachsener, starkknochiger Mann von etwa

fünfzig Jahren, mit einem etwas in die Länge gezogenen nicht unsympathischen Gesichte, in welchem jedoch zwei Augen funkelten, die auf mich eher den Eindruck listiger Verschlagenheit, als offenherziger Güte machten. Sein volles Haar war bereits stark ergraut, so daß er älter erschien, als er wirklich war. In seine Stimme wußte er so viel Vertrauen Erweckendes, und in seine Worte so viel Bieder- keit zu legen, daß ich darüber den ersten Eindruck ganz ver- gaß, den seine Augen auf mich gemacht hatten.

Ich sollte später wieder daran erinnert werden!

„Erlauben Sie mir, Ihnen meine Frau vorzustellen, werthester Herr College! Bitte, nehmen Sie gefälligst Platz und erzeigen Sie mir die Ehre, unser Frühstück zu theilen."

Mit diesen Worten führte er mich zu einem bereits servirten Tische, auf welchen die Frau alsbald ein weiteres Couvert legte, und entkorkte eine Flasche ganz vorzüglichen Burgunders. Nachdem er die Gläser gefüllt hatte, ließ er das seine anklingen an das meinige und sprach:

„Seien Sie mir von ganzem Herzen willkommen und mögen Sie sich recht bald unter uns glücklich und heimisch fühlen! Was ich dazu beitragen kann, Ihnen die Wege in Ihrem neuen Wirkungskreis zu ebnen, soll gerne ge- schehen! Auf Ihr Wohl!"

Ich war freudig überrascht von dieser Zuvorkommen- heit; und als er dann mit großer Feinheit und Geschick- lichkeit sich nach meinem Vorleben erkundigt, und ich ihm offenherzige Auskunft über Alles gegeben hatte, was er von mir zu wissen begehrte, fügte er hinzu: „Ich hoffe, Sie

werden hier der richtige Mann am richtigen Flecke sein!
Sehen Sie, Herr College, ich werde alt, und gedenke mich
bald von der Praxis zurückzuziehen und zur Ruhe zu setzen.
Hätte es vielleicht sogar schon gethan, mochte aber Ihrem
Vorgänger das Feld nicht räumen, der sich in jeder Weise
uncollegialisch gegen mich benahm, und überdies ein händel-
süchtiger Mann war, der mir überall zu schaden suchte,
stets im Wirthshause mit Bürgern und Bauern um die
Wette trank und die Leute gegen mich aufhetzte."

Wie ich später erfuhr, hatte mein braver College diese
liebenswürdige Rede schon manchem meiner Vorgänger gehalten. Er dachte gar nicht daran, sich zur Ruhe setzen
zu wollen, und hatte stets mit solchem Glück und Geschick
agitirt, daß kein neuer Ankömmling sich zu halten im
Stande gewesen war.

Der Mann war vor etwa dreißig Jahren schon in
das Städtchen gekommen und hatte sich durch glückliche
Benutzung der Umstände bald zu dem angesehensten Manne
desselben emporgebracht. Zunächst war es ihm gelungen,
in kürzester Frist das schwerste Goldfischlein der Stadt als
Gattin heimzuführen, somit aber auch als Ebenbürtiger
sich in die Verwandtschaft und Verschwägerung der ge-
sammten Honoratiorengesellschaft hinein zu praktiziren. Als
bald darauf sein Schwiegervater starb, hinterließ derselbe ihm
ein hübsches Vermögen und das schönste Haus am Markt-
platze.

Der Herr Doktor warf den Kramladen hinaus, der in
dem unteren Geschosse etablirt gewesen, ließ das Haus neu
decken, säubern, abputzen, innen nach seinem Wunsche um-

bauen und höchst geschmackvoll, ja sogar reich möbliren. Als das eben geschehen war, begab es sich, daß für das große Herbstmanöver die Umgegend von Emmern gewählt wurde und der König selbst sein Hauptquartier im Orte aufzuschlagen im Sinne hatte.

Nun war aber kein einziges Haus in der Eabt auch nur einigermaßen geeignet zur Aufnahme der Majestät, außer dem des Herrn Doktor Strippe. Der Bürgermeister und die Rathsherren erschienen feierlich bei dem Herrn Doktor und thaten ihm den Stand der Dinge kund. Der Herr Doktor, lobernd in Patriotismus vom Scheitel bis zur Zehe, stellte hochherzig und opferfreudig sein ganzes Haus, vom Keller bis zum Dache, zur Verfügung des allerhöchsten Herrn. Er bezog bescheiden mit Kind und Gattin ein Stübchen im Stallgebäude, das er schleunigst für diesen Zweck herrichten ließ und schloß sofort mit dem Kammerdiener des Königs ein enges Freundschaftsbündniß.

Als die Manöver beendigt waren und der König vor seiner Abreise sich noch persönlich bei dem Herrn Doktor bedankt hatte, erschien auch der Herr Kammerdiener, mit dem Auftrage, zu erforschen, ob Doktor Strippe für seinen aufopfernden Patriotismus geneigt sei, entweder den Titel eines Sanitätsrathes, oder eine Dekoration anzunehmen.

Herr Doktor Strippe entschied sich tiefbewegt für das Erstere, indem er annahm, daß man einen Sanitätsrath doch nicht werde lange in der Blöße eines leeren Knopfloches herumlaufen lassen; und die Folgezeit machte seiner Kalkulation Ehre. Ein Jahr später meldete

ihm der Herr Kammerdiener in einem vertraulichen Schreiben, daß sein Name auf der Liste Derer stände, welche bei
dem großen Ordensfeste bedacht werden würden. So war
der Herr Doktor zu Orden und Würden gekommen, wie
sie noch nie ein Bürger des Städtchens besessen hatte und
Niemand, zehn Meilen in der Runde, sie besaß. Er war
der Stolz des Städtleins geworden, und herrschte in demselben unangefochten, wie ein kleiner Fürst.

Nebenbei war er wirklich ein ganz tüchtiger Arzt, und
würde es auch ganz gern gesehen haben, wenn ein jüngerer
College ihm die beschwerliche und wenig einträgliche Armen-
praxis abgenommen hätte. Aber auch nur diese, die ge-
winnbringende war sein „Rührmichnichtan"!

Ein halbes Jahr nachdem ich mich in Emmern nieder-
gelassen, war ich gerade so weit gekommen, wie alle meine
Vorgänger. Sorgen und Mühen hatte ich im Uebermaß,
und Ausstände die Hülle und Fülle, nur waren sie leider
nicht einzutreiben, und in meiner Kasse war die Ebbe der
unwandelbare Zustand. Ich verdiente nicht so viel, um
davon leben zu können, und mußte daran denken, so bald
als möglich den Ort wieder zu verlassen.

Schrumm, der mich einige Male besucht hatte, drang
schon längst in mich, zu ihm nach Berlin zurückzukehren
und dort abzuwarten, ob sich für mich nicht anderweitig
eine geeignete Stelle finden würde.

Ich hatte mich lange gesträubt, seinem Begehren zu
willfahren, weil ich mich schämte, ihm wiederum zur Last
zu fallen und meine Schuld bei ihm zu mehren. Endlich
aber war ich eines Tages entschlossen, ihm zu schreiben,

daß ich mit dem Ende des nächsten Monats von Emmern abgehen würde. Es mußte sein.

Ich hatte innerhalb und außerhalb der Stadt eine große, schwer zu bewältigende Praxis. Am Morgen, früh um sieben Uhr war ich ausgegangen, und es war Nachmittag vier Uhr geworden, ehe ich vom Lande wieder heimgekehrt war. Ein unangenehmer Märztag mit Regengüssen und Schneetreiben hatte mich müde und mißgestimmt gemacht und den Entschluß, wieder nach Berlin zurückzukehren, in mir befestigt.

Ich fand mein Stübchen behaglich erwärmt, kleidete mich um, präparirte mir auf der Maschine eine Tasse guten Kaffee, brannte die Pfeife an und setzte mich an den Schreibtisch, um einen Brief an Schrumm abzufassen. Da hörte ich plötzlich auf der Straße lautes Rufen, und als ich mein Fenster öffnete, sah ich vor dem Nebenhause, dem ersten Gasthause der Stadt, einen stark beschmutzten Reisewagen halten, an dessen geöffnetem Schlage ein ältlicher Diener stand, der dem Wirthe zurief, es solle auf der Stelle ein Arzt herbeigeschafft werden. Ich schloß mein Fenster und eilte haslig die Treppe hinab; indeß war der Hausknecht bereits fort, um den Sanitätsrath zu rufen.

Im Wagen lag, in einen grauen Militärmantel gehüllt, ein rüstiger alter Herr mit grauem Schnurrbarte, der mir zurief: „Herr Doktor, ich glaube, ich habe mir das Bein an der Hüfte gebrochen, oder verrenkt. Sehen Sie zu, wie Sie mich glimpflich aus dem Marterkasten herausschaffen!"

Mit Hilfe des Dieners, des Hausknechts und einiger anderer Leute, geschah das mit einiger Mühe, unter verschiebenen kräftigen Flüchen des alten Herrn; und mittelst eines Gepäcktragegestelles, welches ich im Hausgange stehen sah, brachten wir ihn glücklich die Treppe hinauf, in ein Zimmer, wo wir ihn auf das Bett legten.

Ich untersuchte sorgfältig das verletzte Bein und fand, daß der Schenkelknochen zwar nicht gebrochen, wohl aber der Kopf desselben aus dem Pfannengelenke gesprungen war, wohin er wieder zurückgebracht werden mußte.

„Thut das weh, Doktor?“ fragte der Patient, und fügte hinzu: „Ich habe höllische Schmerzen!“

„Allerdings, es wird sehr weh thun,“ erwiederte ich ernst.

„Martin, die kurze Pfeife!“ rief er dem Diener zu.

Die Pfeife wurde schleunigst gestopft und ein Stück brennenden Schwammes auf den Tabak gelegt. Nachdem er einige kräftige Züge gethan, rief er mir zu: „Nun, Doktor, in drei Teufels Namen, thun Sie, was Sie nicht lassen können!“

Der Mann muß wirklich Höllenschmerzen ausgestanden haben, ehe es mir unter Assistenz des Barbiers und seines Gehilfen gelang, den Hüftknochen in das angeschwollene Gelenk zurückzubringen, aber er gab keinen Laut von sich. Nur die mit größerer Kraft und Schnelligkeit hervorgestoßenen Rauchwolken bezeichneten die Momente, in denen er am schmerzlichsten zu leiden hatte.

Ein fester Verband ward angelegt und die leidende Hüfte mit kühlenden Eisumschlägen umgeben. Ich hatte angeordnet, was innerlich genommen werden solle, auch wie der Patient sich weiter zu verhalten habe, und stand im

Begriffe, mich zu entfernen, als an die Thüre geklopft wurde,
und auf das erfolgte „Herein!" der Herr Sanitätsrath in
Frack und Orden, mit einer tiefen Verbeugung eintrat
und unter weiteren Verbeugungen dem Lager des Kranken
sich näherte.

„Wer sind Sie, was wollen Sie?" schnaubte der Patient ihn ingrimmig an.

„Halten allergnädigst zu Gnaden, Euer Excellenz!"
stotterte der erschreckte Sanitätsrath, „Eure Excellenz haben
nach mir zu schicken die Gnade gehabt. Ich bin der Sanitätsrath Strippe, unterthänigst aufzuwarten."

„Thut mir leid, kommen zu spät, Herr Sanitätsrath,
der Herr da hat bereits Alles in Ordnung gebracht."

„Ah, der junge Herr College!" sagte der Herr Sanitätsrath und fuhr, als ob er mich weiter nicht bemerke,
fort: „Aber wollen Eure Excellenz nicht geruhen, mir gnä-
digst zu erlauben, daß ich mich gehorsamst von der Sach-
lage überzeugen dürfe, um mit meinem jüngeren Herrn
Collegen die erforderliche Rücksprache zu nehmen, was nun
weiter noch zu geschehen habe," und dabei streckte er, sich
tief verbeugend, die Hand nach dem übergebreiteten Deck-
bette aus.

„Drei Schritte vom Leibe, Herr!" fuhr ihn der Lei-
bende an. „Alles in Ordnung! Brauchen sich um den
Quark nicht mehr zu kümmern! Wünsche Ruhe! Habe
die Ehre —"

Der Herr Sanitätsrath prallte entsetzt die anbefohlenen
drei Schritte zurück. „Hab' die Ehre, mich Eurer Excellenz
unterthänigst zu ferneren Gnaden zu empfehlen!" stammelte

er, indem er sich unter tiefen Verbeugungen nach der Thür zurückzog und unter einer noch tieferen, durch dieselbe verschwand.

„Hanswurst!" brummte die Excellenz hinter ihm her.

Als ich frühzeitig am anderen Morgen die Stiegen zur Wohnung meines Patienten hinaufschritt, kam der College Sanitätsrath dieselben mit einem gar bitterbösen Gesichte herunter, mich kaum eines Grußes würdigend. Er war früher dort gewesen, als ich. Martin erzählte, als er Seiner Excellenz denselben gemeldet, habe Seine Excellenz so laut, daß Jener es habe durch die halbgeöffnete Thüre hören müssen, gerufen: „Sage ihm, Martin, ich ließe für gütige Nachfrage danken, es ginge ja, Gott sei Dank, den Umständen gemäß recht wohl! Wünschte ihm besten guten Morgen!"

Seit diesem Augenblicke hat sich der Herr Sanitätsrath nicht wieder bei Seiner Excellenz sehen lassen; aber er warf mir seitdem Blicke zu, als ob er mich umbringen wollte.

Seine Excellenz war der General und Flügeladjutant Seiner Majestät, Graf v. Zabern, ein alter Haudegen, der in den Kriegen von 1813 bis 1815 sich in hervorragender Weise ausgezeichnet hatte, schnell avancirt war und des Königs Gnade in ausgezeichnetstem Maße besaß. Er hatte die Absicht gehabt, sich auf seine Güter in Westphalen zu begeben. Etwa eine Meile vor Emmern hatte er aus dem Wagen steigen wollen, den Schlag geöffnet und vom Trittbrette aus dem Kutscher zugerufen, zu halten. In dem Augenblicke aber, wo dieser die Pferde zum

Stehen brachte und der Wagen dadurch einen Ruck bekam, war er ausgeglitten und auf die Chaussee gestürzt.

Als ich bei ihm eintrat, rief er mir entgegen:

„Guten Morgen, Doktor! Wann werde ich dieses
verwünschte Marterbett verlassen und weiter fahren können?"

„Nicht unter drei Wochen, wenn Alles gut geht und
Eure Excellenz ein so gehorsamer Patient sind, wie ich
es hoffe."

„Schwerebrett, das geht nicht an, Doktor! Das dauert
viel zu lange. Lassen Sie sich abhandeln!"

„Nicht eine Minute, Eure Excellenz!"

Ich untersuchte nun die leidende Stelle und war be-
friedigt von dem Erfolge meiner Hilfsleistung. Obschon
in der nächsten Nacht ein tüchtiges Wundfieber eintrat,
überwand die kräftige Konstitution des Kranken doch dasselbe glücklich. Die Heilung ging mit sicheren Schritten
vorwärts; aber ich muß auch gestehen, daß mir kaum jemals ein fügsamerer, ruhigerer und geduldigerer Patient
unter die Hände gerathen ist, als Seine Excellenz es war,
trotz seines sonst so heftigen und aufbrausenden Tempera-
ments.

Ein ergötzliches Pröbchen seiner sonderbaren Marotten
sollte mir aber noch im Laufe desselben Tages werden.

Martin, der alte, ruhige und besonnene Diener, der
das vollständige Vertrauen des Grafen besaß, hatte schon
am Tage vorher, sobald sich nur der erste Schrecken gelegt hatte, den Kutscher an die nächste Telegraphenstation
gesandt, um den König, sowie die noch nicht achtzehnjährige
Tochter des Generals, welche ihm allein von seiner Fa-

milie geblieben, von dem eingetretenen Unglücksfalle in Kenntniß zu setzen.

Wie Du Dich erinnern wirst, gab es zu damaliger Zeit nur eine einzige Telegraphenlinie, welche von Berlin über Magdeburg nach Köln führte, jedoch nur aus optischen Telegraphen bestand, die bei nebligem Wetter ganz umsonst ihre Arme über dem Kopfe zusammenschlugen und vergeblich ihre Geheimnisse der nächsten Station verständlich zu machen suchten. Glücklicherweise war aber diesmal kein Nebel gewesen, und als ich Nachmittags bei meinem Patienten wieder vorsprach, fuhr plötzlich eine vierspännige Extrapost vor dem Hause an. Eine schlanke junge Dame entsprang hastig dem Wagen, eilte die Treppen hinauf, schob im Vorzimmer den verblüfften Martin bei Seite, stürzte in das Zimmer herein und warf sich mit dem Ausrufe: „Vater, liebster bester Vater, lebst Du noch?" laut schluchzend vor dem Bette des Kranken auf die Kniee nieder.

„Aber Rexa, bist Du von Sinnen? Was willst Du hier? Mach', daß Du wieder fortkommst! Du siehst ja, hier können wir kein Weibervolk brauchen!" rief der Alte barsch.

„Nein, Väterchen," sagte die junge Dame schmeichelnd, indem sie aufstand und den Kranken zärtlich küßte, „nein, Väterchen, das darf nicht sein! Du darfst mich nicht wieder fortschicken, Du bist krank und ich muß Dich pflegen, bis Du wieder ganz gesund bist!"

Der Vater schlang den Arm um sein Kind und sagte in etwas ruhigerem Tone: „Rexa, Du bist nicht gescheidt!

Ich bin gar nicht krank, sondern muß nur hier auf dem verwünschten Bette liegen, weil ich mir den Schenkel aus der Hüfte gefallen habe. Da begreifst Du doch, daß ich Deine Hilfe nicht brauchen kann und Du hier ganz unnütz bist. Bin Dir herzlich dankbar dafür, daß Du Dich nach mir umsiehst, aber — Martin, morgen früh um sieben Uhr muß die Extrapost vor der Thüre stehen! — und dann fährst Du wieder heim, mein liebes Töchterchen! — Martin, bestelle ein Zimmer für die Reza!"

„Aber ich will nicht wieder heim, Vater!" sagte Reza in ganz entschiedenem Tone. „Ich will hier bleiben und Dich pflegen. Ich hätte ja keine ruhige Stunde in Berlin, wenn ich Dich hier krank wüßte ohne mich!"

„Mußt, Reza, mußt! Davon beißt keine Maus einen Faden ab. Also sei vernünftig und mein gehorsames Kind!" sagte der Alte gutmüthig. „Sieh, da ist der Martin, der versteht das Pflegen besser, als irgend wer sonst; hat mich schon anno Dreizehn in Pflege genommen. Und da ist der Doktor, der Dir sagen wird, daß Du hier ein ganz überflüssiger Störenfried bist!"

„Aber gutes, liebstes, bestes altes Väterchen!" sagte die Tochter, indem sie ihm die Wangen streichelte, „warum gibst Du Dir so unendliche Mühe, mich zum Hause hinaus zu werfen, anstatt überzeugt davon zu sein, daß ich doch nicht gehe? Und Sie, lieber Herr Doktor, sagen Sie ihm doch, daß Sie mich gar nicht entbehren können, und daß ich hier ganz unabweislich nothwendig bin. Sagen Sie ihm doch, daß Sie den Vater gar nicht wieder gesund machen können, ohne meine Pflege."

Und dabei sah sie mich an mit ihren großen strahlen=
den Augen, so innig und vertrauensvoll, daß mir das Herz
heftig an die Rippen pochte und ich im Stande gewesen
wäre, einen Schwur darauf abzuleisten, der Kranke könne
ohne ihre Mithilfe nicht wieder genesen.

Ehe ich indessen etwas darauf erwiedern konnte, sagte
dieser: „Die Sache ist abgemacht! Also, Reza, mach' Dir's
bequem, setze Dich zu mir und erzähle mir etwas von Ber=
lin. Was gibt's Neues?"

Als nun die junge Comtesse sich zu ihm gesetzt hatte,
nahm sie seine Hand in die ihrige und sagte: „Die Sache
ist abgemacht! Siehst Du, jetzt bist Du wieder mein lie=
bes, braves Väterchen. Wer sollte Dir denn etwas er=
zählen, wenn Du mich fortschicktest?"

„Schlaukopf!" sagte der Alte. „Diesmal hast Du Dich
doch verrechnet. Kann Dich wirklich hier nicht brauchen,
Reza! Morgen früh um sieben Uhr fährst Du wieder
heim. Dabei bleibt's. Punktum!"

„Wollen sehen, ob's wahr ist!" lächelte das Töchterlein.

Ich empfahl mich, eine gute Nacht wünschend, und am
anderen Morgen um sieben Uhr fuhr die Extrapost richtig
vor dem Hause vor; aber Comtesse Reza blieb, denn schon
einige Stunden früher hatte sich bei ihrem Vater ein tüch=
tiges Wundfieber eingestellt.

Sie war unermüdlich in des Kranken Pflege, und ich
faßte damals eine solche Verehrung für sie, daß ich sie
hätte anbeten mögen.

Als endlich die schweren Tage der Angst und Noth
vorüber waren, und der Graf wieder zur Besinnung und

zu Kräften kam, da zog er seine schöne Tochter still an
sich, küßte sie herzlich, drohte ihr bedeutsam mit dem Finger
und — von Abreise war keine Rede mehr.

An mir schien er ein besonderes Wohlgefallen zu finden, und wenn ich nicht zur bestimmten Minute bei ihm
eintrat, wurde er unruhig und verlangte nach mir. Was
ich an freier Zeit hatte, mußte ich ihm zur Disposition
stellen, und ich that es gern. Er war ein Mann, der viel
von der Welt gesehen, viel durchgemacht hatte und über
seine Erfahrungen und Erlebnisse ernst und verständig,
liebenswürdig und heiter zu erzählen wußte, und seine
Tochter Rexa war in der That die Liebenswürdigkeit selbst.
Sie behandelte mich mit einer Freundlichkeit und Offen-
herzigkeit, fast, als ob ich ihr Bruder sei. Es lag eine
wahrhaft kindliche Unbefangenheit in ihrem Wesen. Wenn
der Vater schlief und ich irgend Zeit hatte, begleitete ich
sie auf ihren Spaziergängen durch Wald und Feld, oder
wir lasen zusammen ihre Lieblingsdichter; kurz, ich dachte
mit Schrecken daran, wie jeder Tag den General der Genesung näher führte, und wie ich nach seiner Abreise wieder allein und verwaist mein trauriges Leben dahinschlep-
pen würde.

In der dritten Woche war er wirklich so weit, daß er,
auf ein paar Krücken gestützt, schon wieder Gehversuche im
Zimmer machen konnte.

Als ich mich eines Nachmittags zu ihm begeben wollte,
hatte ich kurz vorher nach irgend etwas meine Schubladen
durchsucht und war dabei auf ein Holzschächtelchen gestoßen,
in welchem sich neben meinen zwei Siegelringen mit Wappen-

schildern auch noch zwei kleine goldene Medaillons befanden,
von denen das eine das Brustbild eines französischen Offiziers,
das andere das einer schönen jungen Dame umschloß. Ich
nahm den größeren der beiden Ringe heraus und steckte ihn an
meinen Finger; seit dem vergangenen Jahre hatte ich ihn
wegen einer Verletzung am Finger, die aber längst wieder
geheilt war, nicht getragen und hatte ihn fast vergessen.

Comtesse Rexa war ausgegangen. Der General lag
ausgestreckt auf seinem Bette, und nach einem kurzen Zwie-
gespräche über gegenseitiges Ergehen, Wind und Wetter
forderte mich der alte Herr auf, wie das schon öfter geschehen, mit ihm eine Parthie Schach zu spielen.

Als ich bei einem Zuge, der längeres Nachdenken in
Anspruch nahm, die Figur unschlüssig zwischen den Fingern
hielt, bemerkte der General den Ring an meiner Hand.

„Was haben Sie da für einen eigenthümlichen Ring?"
fragte er plötzlich.

Ich zog den Ring vom Finger, der allerdings unge-
wöhnlich geformt war und namentlich dadurch auffiel, daß
sein oberer Theil nicht einen Stein, sondern eine Stahl-
platte einschloß, in der ein abeliges Wappen höchst zierlich
eingestochen war. Ich reichte ihn dem Grafen hin, der ihn
hastig nahm, von allen Seiten sehr genau betrachtete und
dann heftig fragte: „Doktor, woher haben Sie diesen Ring?"

„Von meinem Vater," erwiederte ich.

„Das ist unmöglich!" entgegnete die Excellenz. „Sie
heißen Bernard! Wenn der Eigenthümer dieses Ringes
Ihr Vater war, so muß er anders geheißen haben, das beweist das Wappen hier!"

„Das glaube ich auch, Eure Excellenz!" entgegnete ich.
„Aber leider weiß ich den Namen meines Vaters nicht zu
nennen, ja selbst nicht einmal den meiner Mutter, obwohl
ich auch von ihr einen Siegelring besitze, in welchem das
gleiche Wappen, verbunden mit noch einem anderen, ein=
geschnitten ist."

„Hm! Merkwürdig!" sprach Seine Excellenz vor sich
hin. Ich aber fuhr fort:

„Mehr noch! Ich besitze sogar zwei Medaillons mit
den Bildnissen meiner Eltern, und weiß doch nicht mehr
von ihnen, als ihre Vornamen: Elise und Bernard, nach
denen ich auch getauft bin: Karl Eli Bernard."

„Das ist aber doch eine ganz sonderbare Verkettung von
Umständen!" sagte der Graf staunend, jedoch wie Einer,
der mehr zu sich selbst, als zu einem Anderen spricht.
Dann aber zu mir sich wendend, fuhr er fort: „Doktor,
die Geschichte interessirt mich ganz ungeheuer, die müssen
Sie mir ausführlich erzählen; und den anderen Ring und
die beiden Medaillons, kann ich die nicht auch einmal sehen?"

„Ganz gewiß!" entgegnete ich. „Wenn Excellenz sich
einen Augenblick gedulden wollen, werde ich sie sofort aus
meiner Wohnung herüberholen."

„Werden mich sehr verbinden, wenn Sie die Güte haben
wollen, lieber Doktor," erwiederte der Graf, und ich eilte
fort, um alsbald mit den gedachten Gegenständen zurück=
zukehren.

Der Graf nahm den Siegelring meiner Mutter, betrach=
tete ihn und sagte: „Richtig! Das gleiche Wappen, ver=
bunden mit dem der —" Er brach ab und fügte ergän=

zend hinzu: „mit einem anderen Wappen." Dann nahm
er die beiden Medaillons und wandte sein Gesicht von mir
ab gegen die Wand, gleichsam als wolle er besser das vom
Fenster hereinströmende Tageslicht auf dieselben fallen lassen.
Er betrachtete sie lange, mitunter abgebrochene Worte vor
sich hinmurmelnd, von denen ich keines verstand. Endlich
sich zu mir zurückwendend, legte er die Medaillons auf den
Tisch neben die beiden Ringe und sprach:

„Es scheint mir, Doktor, als seien Sie von französischer
Abkunft. Das Porträt des Herrn zeigt eine französische
Offiziersuniform und die Gravüren auf der Rückseite sind
in französischer Sprache eingegraben: Bernard à sa chère
Elise — Elise à son cher Bernard 1810."

„Ich glaube das auch, Excellenz!" erwiederte ich.

Excellenz sah mich prüfend an und fuhr fort: „Und
weiter wissen Sie nichts, gar nichts von Ihrer Herkunft?
Wie geht das zu? Erzählen Sie mir das genau, recht
genau, lieber Doktor, versteht sich, wenn Sie wollen. Die
Sache klingt in der That ganz verwunderlich; sie interessirt
mich sehr, besonders da ich lebhafte Theilnahme für Sie
gefaßt habe. Wollen Sie, Doktor?"

„Recht gern, Excellenz! Aber Sie werden wenig mehr
dadurch erfahren, als Sie jetzt bereits wissen."

„Thut nichts! Fangen Sie nur an!" entgegnete er,
und ich erzählte:

„Die dreitägige Schlacht bei Leipzig war geschlagen und
am 19. Oktober wurden die Thore der Stadt mit stür-
mender Hand genommen. Die Franzosen flohen nach allen
Richtungen, die Verbündeten drangen von allen Seiten ein,

und als die siegreichen Monarchen die Stadt betraten,
mußten erst Kavallerie-Mannschaften vor ihnen her die
Straßen säubern, die von Fuhrwerken aller Art, Trans-
port- und Munitions-, Geschütz- und Krankenwagen, Karren
und Kutschen, Flüchtlingen, todten und verwundeten Menschen und Pferden vollständig verstopft waren, während an
anderen Stellen der Stadt, namentlich gegen die Thore hin,
gleicher Wirrwarr, gleiches Gedränge und erbittertes Kampf-
gewühl herrschten.

Um jene Zeit näherte sich ein kleiner Trupp französischer Flüchtlinge, dem es gelungen war, dem Kampfestoben
in der Stadt zu entrinnen, einem Bauernhofe, der hinter
Plagwitz, entfernt von der großen Landstraße, dicht an dem
Saume eines Gehölzes lag. Das Dach des Hauses war
eingeschossen und zusammengestürzt, die beiden zur Seite
gelegenen bescheidenen Scheunen und Stallungen waren
niedergebrannt. Der Zaun, der das Gehöft umgeben hatte,
war niedergerissen und das Holzwerk fortgeschleppt, um als
Feuerungsmaterial benutzt zu werden. Das Vieh war geraubt und fortgetrieben, das Haus ausgeplündert, aber es
stand doch wenigstens noch aufrecht mit seinen Mauern.

Der alte Bauer nebst seinen Söhnen und Töchtern hatte
sich während der Schreckenszeit geflüchtet und in dem nahen
Walde verborgen gehalten. Jetzt waren sie zurückgekehrt,
um nach ihrer zerstörten Habe zu sehen, und hielten sich,
als die Flüchtlinge näher kamen, im Keller versteckt, wo sie
niedergekauert durch ein Luftloch in der Mauer hinaus-
spähten und in Angst und Besorgniß abwarteten, ob jene
Schaar vorüberziehen oder in das Haus einfallen würde.

Im Gefolge jener Männer, die jetzt an das Haus heran-
gekommen waren, aber, ohne Notiz von demselben zu nehmen,
eilig ihren Marsch fortsetzen zu wollen schienen, befand sich
ein elender zweiräderiger Karren, von einem halbverhunger-
ten Gaule gezogen. Auf einem Bunde Stroh saß zur Linken, mit verbundenem Haupte, ein französischer Offizier,
dessen linker Arm vom Ellbogen abwärts mit Bandagen
umwickelt war und in einer schwarzen Schlinge vor der
Brust ruhte.

Ihm zur Rechten saß eine bleiche junge Frau, um deren
Leib der Verwundete seinen rechten Arm geschlungen hatte.
In ihren Händen hielt sie die Zügel des Rosses und die
Peitsche, um dasselbe anzutreiben. Zwei Lederkoffer, mit
Stricken an den schmalen Seitenbrettern des Karrens be-
festigt, dienten den Beiden als Rückenlehnen.

Eben war der Karren dem Hause gegenüber angelangt,
als plötzlich aus dem Walde eine Rotte Kosaken mit lautem Hurrah hervorbrach und auf die Franzosen einsprengte.
Lautes Schreien und Rufen hüben und drüben, Gewehr-
feuer von beiden Seiten, Kampfgetümmel, Lanzenstiche,
Säbelhiebe, Fluchen und Gewimmer, Flüchten und Verfolgen, das Alles ging im Laufe weniger Minuten an den
ängstlich Lauschenden vorüber. Bald darauf herrschte laut-
lose Stille, und als die Geängstigten sich endlich aus ihrem
Schlupfwinkel hervorwagten, waren die Franzosen bis auf
den letzten Mann vernichtet und die Kosaken verschwunden.
Das Pferd war getödtet, das Gepäck gestohlen und neben
dem ausgeraubten Karren lag auch der unglückliche Offizier,
der, von einem Lanzenstiche in die Brust getroffen, soeben

den letzten Athemzug aushauchte. Die junge Frau aber
lag, aus einer Brustwunde blutend, neben ihm und hatte —
o Jammer und Entsetzen! — während des Kampfes einem
Knäblein das Leben gegeben.

Die älteste Tochter des Bauers, welche vor drei Tagen
erst ihr einziges, zwei Monate altes Söhnlein verloren
hatte, nahm sich hilfreich und erbarmungsvoll der Mutter
und des Kindes an. Aber die Mutter verschied, kaum daß
man sie in das Haus getragen hatte, ohne zur Besinnung
zu gelangen. — Das Kind war ich!

Der Offizier und sein Weib liegen auf dem Kirchhofe
von Plagwitz bestattet.

Der eine der Ringe, der größere, wurde an der ver-
bundenen Hand meines Vaters gefunden; der kleinere am
Finger meiner Mutter. Wie er dort der Aufmerksamkeit
der plündernden Kosaken entgehen konnte, ist kaum zu begreifen. Die beiden Medaillons befanden sich in einem
Schächtelchen, welches meine Mutter im Kleide verborgen
hielt. Nach den Aussagen aller Leute, welche die Bilder
sahen und die Leichen mit denselben verglichen — auch der
Schulze und der Pfarrer befanden sich unter diesen —
war die Aehnlichkeit derselben mit den Gestorbenen eine
unverkennbare und zweifellose.

Diese vier Gegenstände, Eure Excellenz, welche hier vor
uns liegen, sind das einzige Erbtheil, welches meine Eltern
mir hinterließen, und zugleich die einzige Erinnerung an
die, welche mir das Leben gaben, aber, so fürchterlich jäh
vom Tode hinweggerafft, mir nicht einmal ihren Familien-
namen hinterlassen konnten.

Die junge Frau, welche sich meiner mütterlich annahm, mich hegte und pflegte und ihr Leben lang darbte, um mir eine gute Erziehung geben zu können, gab mir den Namen Karl, denn so hatte ihr verstorbenes Söhnlein geheißen; und der Pfarrer fügte die beiden Namen Eli und Bernard hinzu, entsprechend den beiden Namen, welche sich auf den Medaillons vorfanden. Unter diesen Namen bin ich in das Kirchenbuch eingetragen, in welchem auch über die näheren Umstände, unter welchen ich zur Welt kam und gefunden wurde, der entsprechende Vermerk gemacht worden ist."

„Und Sie haben nie den Versuch gemacht, die Familie, aus der Sie abstammen, zu entdecken?" fragte der General. „Die Wappen auf den Ringen hätten Sie dabei wohl auf die richtige Spur leiten können."

„Nein, Eure Excellenz!" entgegnete ich. „Und wenn mir dann und wann auch dieser Gedanke auftauchte, so mußte er wieder zurückgedrängt werden. Um dergleichen Spuren aufzusuchen und zu verfolgen, namentlich in einem fremden Lande, muß man Geldmittel besitzen. Für das tägliche Brod zu sorgen, lag mir näher. Und selbst dann, wenn ich eine solche Spur gefunden hätte, und hingetreten wäre vor meine Familie und gesprochen hätte: ‚Da bin ich, nehmt mich auf in Eure Mitte und gebt mir mein Erbe!' Würde man mich nicht vielleicht als einen Betrüger betrachtet und durch langwierige Prozeßverhandlungen unterdrückt haben? — Nein, wenn es mir auch heute noch traurig genug ergeht, werde ich mich durcharbeiten mit Kopf, Herz und Hand, zu einer befriedigenden Existenz."

Der alte Herr betrachtete mich mit leuchtenden Augen,
schüttelte mir kräftig die Hand und sagte:

„Doktor, Sie sind ein braver Junge, ein ganzer Kerl!
Das gefällt mir. Aber selbst, wenn Sie nicht eintreten
wollen in eine große Familie, so müßte es Ihnen doch
Freude machen, Ihrer Eltern Namen zu wissen und sich
selbst sagen zu können: Auch wenn ich meiner Eltern
Namen nicht führe, ich kenne ihn doch und will ihm Ehre
machen! Sehen Sie, Doktor, da habe ich in Berlin einen
großen Kreis von Freunden und Bekannten, und unter
diesen auch Solche, welche sich mit dem Studium der
Heraldik gar emsig befassen. Da müßte es doch mit dem
Teufel zugehen, wenn die nicht aus ihren Büchern herausfinden sollten, welchen Familien Ihr Vater und Ihre
Mutter angehörten. Vertrauen Sie mir einmal Ihre
Ringe und Medaillons an, ich hoffe, wir werden das bald
heraus bringen. Wollen Sie, Doktor?"

Ich erwiederte: „Wenn Eure Excellenz wünschen, warum
sollte ich Ihnen nicht meine einzigen Besitzthümer anver-
trauen? Von Herzen gern! Ich fürchte nur, die Ent-
deckung, selbst wenn sie gelingt, wird nicht zu meiner
Befriedigung ausfallen, ja mir vielleicht den inneren Frieden rauben und mich in Widerstreit mit meinem eigenen
Herzen bringen. Weiß ich erst, welchen Familien mein
Vater und meine Mutter entstammten, würde ich dann
nicht auch weiter gehen und erfahren wollen, welchem
Zweige derselben? Würde ich dadurch nicht unwillkürlich
zu der Forschung getrieben werden: Welche Besitzthümer
hatten sie und wer besitzt jetzt das Erbe, das von Rechts-

wegen mir gehört? Dann aber möchte auch schließlich wohl
der Wunsch in mir erwachen, den jetzigen Eigenthümer aus
dem Erbe zu vertreiben, obwohl er es doch schon seit mehr
als sechsundzwanzig Jahren besitzt. Zu welch' grausamer
Härte für manchen Unschuldigen könnte die Verfolgung
meines Rechtes nicht führen? — Ich ängstige mich bei
diesem Gedanken, Eure Excellenz, und ich verzichte daher
lieber auf jegliche nähere Kenntniß."

„Hm! Wie Sie wollen! Tausend Andere würden
darüber nicht so denken!" sagte der General kurz, legte
die beiden Ringe und Medaillons schweigend in die kleine
Schachtel und steckte dieselbe in die Brusttasche seines
Rockes. Dann zu mir sich wendend sprach er mit großem
Ernste: „Ich habe von Ihnen eine Geschichte gehört, die
wie die Erfindung eines Romanes klingt und dennoch
Wahrheit ist. Bitte, fahren Sie fort, mir zu erzählen,
was weiter mit Ihnen geschah."

„Dann muß ich Ihnen zuerst die Leute schildern, Eure
Excellenz, unter denen ich aufwuchs.

Da war zuerst der alte Bauer, Michel Schneeweiß,
dessen Frau schon seit Jahren todt war. Das Besitzthum
desselben war nicht bedeutend, hatte aber die fleißigen Leute
bisher reichlich ernährt. Jetzt aber war die Noth groß.
Das Haus war eine Ruine, die Scheuer war mit dem
Segen der Ernte eingeäschert, die Stallung verbrannt, das
Vieh geraubt, das Hausgeräth zerschlagen und verwüstet;
aber glücklicherweise waren ein paar Hundert Thaler baaren
Geldes gerettet, die man im Walde vergraben gehabt hatte.

Mit diesen geringen Mitteln mußte man jetzt wieder

von vorn anfangen, und es ging im Hause gewaltig knapp
her. Der Knecht und die Magd, welche sich ein paar Tage
später wieder einfanden, wurden entlassen; man hätte sie
nicht ernähren können. Der Vater aber und die beiden
Söhne gingen wacker an die Arbeit, und die beiden Töchter schafften unverdrossen mit, im Hause und auf dem
Felde.

Die älteste Tochter Lisbeth war es, welche sich meiner
mütterlich angenommen hatte. Sie war eine verheirathete
Frau und durch die Kriegsverhältnisse veranlaßt worden,
an den väterlichen Herd zurückzukehren. Sie hatte einige
Jahre vorher einen jungen Mann kennen gelernt, einen
Preußen, der aus Potsdam gebürtig war, und in einer
bedeutenden Druckerei zu Leipzig als Setzer arbeitete. Nachdem Beide sich verheirathet hatten, war sie ihm in seine
Vaterstadt gefolgt, woselbst seine Eltern ein kleines Häuschen besaßen. Dort zogen auch die jungen Eheleute ein,
und der junge Mann arbeitete weiter in seinem Geschäfte.
So verstrich nahezu ein Jahr; da erschien der Aufruf
Friedrich Wilhelm's III.: ‚An mein Volk!‘ Den jungen
Mann hielt es nicht länger mehr hinter seinen Setzkästen,
die allgemeine Begeisterung hatte auch sein Herz entflammt,
und obwohl er in wenigen Monaten die Aussicht hatte,
ein glücklicher Vater zu werden, riß er sich dennoch los
von den klagenden Eltern, dem innig geliebten Weibe, und
stellte sich freiwillig.

Als Lisbeth sah, daß weder ihre Bitten, noch ihre
Thränen ihn von dem gefaßten Entschlusse zurückhalten
konnten, da flehte sie ihn an: ‚Laß mich zurückkehren in

mein Vaterhaus, ich würde hier unter den fremden Leuten vor Gram vergehen! Wenn Du zurückkommst aus dem Kriege, dann hole mich dort, oder schreibe mir, daß ich komme. Bitte, bitte, laß mich ziehen, ich habe Sehnsucht nach den Meinen in dieser schrecklichen Zeit. Dort will ich Gott bitten bei Tag und bei Nacht, daß er Dich in seinen gnädigen Schutz nehme und bald gesund wieder heimkehren lasse zu Deinem armen Weibe und Kinde!"

Lisbeth kehrte heim zu den Ihren, um dort sowohl des Weibes höchstes Glück kennen zu lernen, als auch des Lebens höchste Bitterkeit zu erdulden. Sie wurde Mutter eines schönen, lieblichen Knaben, um denselben zwei Monate später unter den schwersten Schreckniffen des Kriegselendes wieder zu verlieren. Noch waren ihre ersten Schmerzens= thränen nicht versiegt, da fand sie mich und legte mich an ihre Brust, um nimmer wieder von mir zu lassen. Möge Gott ihr vergelten, was sie an mir gethan. Ich habe es leider nicht gekonnt, wie ich es als mein höchstes Glück gewünscht hätte!

Von ihrem Manne kamen aus Frankreich nur spärliche Nachrichten. Sie lauteten tröstlich über sein Befinden, aber seine Wiederkehr verschob sich von Monat zu Monat, von Jahr zu Jahr. Da floß manche stille Thräne der Weh= muth und des Kummers, und unter diesen Thränen bin ich stark und kräftig herangewachsen bis in mein drittes Jahr.

Dann trat eines Tages gegen das Ende des Jahres 1815 ganz unverhofft ein prächtiger, hochgewachsener, blühen= der Kriegsmann in unsere Thüre, dem Lisbeth jauchzend

und weinend an die Brust flog, und wenige Tage später
trug mein Pflegevater mich auf seinen kräftigen Armen
hinaus vor die Thüre und hob mich in einen Planwagen,
in welchem Lisbeth saß, wir fuhren davon — und den
alten Großvater, seine beiden Söhne und die liebe Tante
Minna sah ich niemals wieder.

Ich weiß nicht, um wie viele Tage später wir dann
in Potsdam ankamen und dort wieder die frühere Wohnung meiner Pflegeeltern bezogen; jedoch erinnere ich mich
dunkel noch der beiden Eltern des Pflegevaters, welche
ein Jahr oder anderthalb nach unserem Einzuge starben.
Das ist die früheste Erinnerung, welche ich an irgend eine
Persönlichkeit mir bewahrt habe.

Aber die Großeltern waren es nicht allein, welche er-
krankten und starben. Auch mein Pflegevater, der doch so
stark und kräftig aus dem Kriege zurückgekommen war, fing
bald zu kränkeln an, wurde immer schwächer und schwächer,
so daß er endlich das Bett nicht mehr verlassen konnte.
Er starb, als ich gerade sechs Jahre alt geworden war.

Auch er hatte mich zärtlich geliebt und sich viel mit
mir beschäftigt bis zu den letzten Tagen seines Lebens hin;
und als er gestorben, war ich soweit schon im Lesen,
Schreiben und Rechnen vorgeschritten, daß ich nicht mehr
eine Vorbereitungsschule zu besuchen brauchte, sondern sogleich in die Sexta des Gymnasiums aufgenommen werden
konnte.

Der gute alte Rektor Büttner wies mich zuerst ab,
weil ich noch viel zu jung sei. Als aber die Mutter in
ihrer Trauerkleidung gar nicht abließ ihn zu bitten, mich

doch nur ein ganz klein wenig examiniren zu wollen, entschloß er sich endlich doch dazu. Und je mehr er fragte, und je mehr ich antwortete, um so häufiger klopfte er mir beifällig mit der Hand auf Kopf und Schultern und sagte: ‚Bravo, mein Söhnchen, bravo mein Söhnchen!'

Dann aber klingelte er dem alten Pedell Neutöber und beauftragte ihn, den Herrn Konrektor Bauer und den Herrn Subrektor Schmidt herbeizurufen, und als die beiden Herren erschienen waren, begann die Prüfung von Neuem. Darauf traten die drei Herren zusammen zu leiser Berathung, und das Resultat ihrer Besprechung war, daß ich angenommen wurde und als wohlbestallter Sextaner an der Hand meiner vor Freude weinenden Pflegemutter wieder nach Hause schritt.

Was soll ich aber nun weiter noch von meinem Schul- und Universitätsleben sagen? Durch die Krankheiten und Todesfälle war das kleine Häuslein so tief verschuldet worden, daß die Mutter dasselbe verkaufen mußte. Sie saß Tag und Nacht emsig bei der Näharbeit, ich aber studirte fleißig. Als ich bis nach Quarta gekommen war, begann ich schon damit, einigen meiner Mitschüler, namentlich solchen aus den unteren Klassen, Nachhilfe zu ertheilen. Damals bekam ich freilich nur einen Silbergroschen für die Stunde, später zwei und einen halben, und als Primaner sogar fünf. Das war allerdings nicht viel, aber ich that es gern und freute mich über den Verdienst, den wir gar nöthig brauchten. Als Primus omnium verließ ich die Schule, mit einem ausgezeichneten Zeugnisse versehen, um in Berlin Medicin zu studiren.

Der Direktor und die Lehrer, welche mir sämmtlich wohl wollten, hatten unter den angesehensten Leuten der Stadt für mich gewirkt, so daß mir für jedes Studienjahr eine Unterstützung von einhundert Thalern zugesichert werden konnte. Ich war erst wenig über sechzehn Jahre alt, und einhundert Thaler erschienen mir noch als ein großes Vermögen. Obschon ich aber fast sämmtliche Collegia frei oder gestundet bekam, habe ich doch unsägliche Mühe und Noth gehabt, mich durchzuschlagen und durch Ertheilung von Unterricht, durch Uebersetzung wissenschaftlicher Abhandlungen u. s. w. mir die Mittel zum Unterhalte zu verschaffen.

Daß ich nach vollendetem Studium alsbald mein Doktorexamen machen konnte, verdankte ich ganz allein der nimmer endenden, aufopferungsvollen Liebe und Zärtlichkeit meiner Pflegemutter; denn während meiner Studienzeit war ihr Vater gestorben und ihr dadurch ein kleines Kapital zugefallen, welches sie unter allen Entbehrungen so fest hielt, daß auch nicht ein Groschen davon zu einem anderen Zwecke verwendet wurde.

Ein junger livländischer Baron, dessen Bekanntschaft ich gemacht hatte, nahm mich sofort als Arzt auf seine Güter mit. Zwei Jahre später wurde er auf der Jagd durch Fahrlässigkeit erschossen. Ich kehrte nun in die Heimath, froher Hoffnungen voll, zurück. Ich hatte mir eine kleine Summe Geldes erspart und hoffte, mich mit Hilfe derselben an irgend einer Universität habilitiren zu können. Es sollte anders kommen! Der Reisekoffer, in den ich meine Bücher und Instrumente, mein Geld und meine übrige Habe verpackt hatte, wurde mir unterwegs gestohlen.

Ich rettete nur, was ich in einer Hutschachtel und einem
winzigen Tornister aufbewahrt hatte. Entblößt von Allem
traf ich bei meiner Pflegemutter ein, zeitig genug, um von
der auf dem Sterbebett Liegenden den Segen zu empfangen,
die Ringe und Medaillons an mich zu nehmen und ihr die
Augen zudrücken zu können. Ihre Hinterlassenschaft reichte
eben aus, um die Kosten für die Beerdigung zu decken."

Nachdem ich dem General schließlich noch von der
hilflosen Lage, in welche ich nun gerieth, von dem Edel-
muth meines Freundes v. d. Nahe und von meiner der-
maligen Lage erzählt hatte, sagte er zu mir:

„Sie haben mir da eine eigenthümliche Geschichte zum
Besten gegeben, mein lieber Herr Doktor. Danke Ihnen
bestens für das Vertrauen, das Sie mir damit erwiesen.
Aber nicht verzagen, junger Mann! Kopf hoch, Brust
'raus! Auf Regen folgt Sonnenschein, und die Welt ist
rund und muß sich drehen. Passen Sie auf, Sie kommen
auch noch oben auf!"

Die Thüre öffnete sich, die junge Comtesse kehrte zurück
von ihrem Spaziergange, einen tüchtigen Strauß der ersten
Feld- und Wiesenblumen in der Hand haltend.

„Na, Rexa, wieder da?" rief er der Tochter freundlich
entgegen. „Und sehen Sie einmal da, Doktor, eine ganze
Karre voll Gänseblümchen und sonstigem grünen Gemüse
bringt sie herangeschleppt! War's hübsch draußen, Kind?"

„Prächtig, Väterchen!" sagte das junge Mädchen, indem sie zu dem General trat und ihn zärtlich küßte. „Mach'
nur, daß Du auch bald hinaus kommen kannst in den
herrlichen Sonnenschein!"

„Haſt Recht, Kind," ſagte der alte Herr, „halt's nicht
länger mehr aus. Wollen 'mal gleich eine Attake auf
den Doktor machen und Du kannſt mir zum Sukkurs
heranrücken. Reich' mir gefälligſt die Krücken her, Rexa;
will 'mal dem Doktor einen Parademarſch vorführen!"

Nachdem er mühſam einige Male das Zimmer durch-
humpelt hatte, blieb er vor mir ſtehen und ſagte:

„Na, ſehen Sie, Doktor, das geht! Und nun gehe ich
auch in's Freie — morgen ſchon, nicht wahr?"

„Nein, Eure Excellenz, nicht daran zu denken!" entgegnete ich trocken. „Acht Tage lang muß ich Sie min-
beſtens noch unter den Augen behalten, bis Sie gründlich
ausexercirt ſind. Das iſt immer noch nur eine Rekruten-
leiſtung."

„Sapperlot, Doktor!" rief er. „Ich muß aber fort!
Da ſehen Sie nur einmal die Haufen von Kondolenz-,
Freundſchafts- und Dienſtpapieren, die da rings umher
aufgeſtapelt liegen! Meinen Sie denn, daß ich die ſammt
all' dem Plunder, der noch hinzukommen wird, hier ſchrift-
lich beantworten ſoll? Soll ich vom Schreiben auch noch
ſo lahm werden an den Händen, wie ich's an den Beinen
bin? Nein, mündlich muß das abgemacht werden, und
darum fort, fort, fort von hier! Nicht wahr, Rexa?"

„Ei nun, Väterchen," entgegnete die junge Dame, „es
iſt zwar ganz hübſch hier, aber in Berlin könnte es mir
auch einmal zur Abwechslung wieder recht gut gefallen,
und der Herr Doktor wird ſicherlich nicht ſolch' ein Un-
menſch ſein, mich allein fahren laſſen zu wollen, um Dich
hier reglementsmäßig ausexerciren zu können."

Ich verneigte mich und sprach: „Gnädigste Comtesse, ich habe Seiner Excellenz schon früher gesagt, ich lasse mir nichts abhandeln; wenn aber auch Sie sich auf das Markten verlegen, so will ich versuchen, wie weit ich nachgeben kann. Eure Excellenz sind ein geduldiger, ruhiger und gehorsamer Patient gewesen, das muß ich rühmend anerkennen, und die Fortschritte, welche Sie gemacht haben, haben mich überrascht. Von einer Abreise morgen oder übermorgen kann in keinem Falle die Rede sein. Zeigen sich aber während dieser Zeit derartige Fortschritte, wie ich sie wünsche, so mögen Excellenz am Tage darauf die Reise antreten. Ist das aber nicht der Fall, so würde ich es vor Ihnen und vor mir selbst nicht verantworten können, meine Einwilligung dazu zu geben. Jedenfalls bitte ich indeß darum, daß Eure Excellenz mir gestatten, in Ihrem Reisewagen diejenigen Vorkehrungen zu treffen, die ich für die Schonung des kranken Fußes als nothwendig erachte; und daß Sie weiterhin mir versprechen, pünktlich den Anordnungen Folge zu geben, welche ich während der Dauer der Reise für unumgänglich nothwendig halte. Nachher mag Ihr Hausarzt das Weitere anordnen.“

„Punktum, Doktor, soll ein Wort sein!“ rief der General vergnügt. „Morgen und übermorgen will ich Fortschritte machen, daß Ihnen vor Verwunderung die Haare zu Berge stehen sollen! Lassen Sie den Wagen herrichten, wie es Ihnen gut dünkt, und Ihre letzten Weisungen sollen mit militärischer Pünktlichkeit befolgt werden!“

Am dritten Morgen halfen wir denn auch dem General,

der seelenvergnügt war und mit den herzlichsten Worten
von mir Abschied nahm, in seinen Wagen.

„Sobald Sie nach Berlin kommen, erwarte ich Sie
bei mir, Doktor!" rief er mir noch zu, als die Rosse an-
zogen; und seine Tochter, die mir freundlich Lebewohl gesagt hatte, grüßte noch einmal zum Schlage hinaus und
ließ ihr Taschentuch wehen.

Lange stand ich und sah wehmüthig dem schnell sich
entfernenden Wagen nach. Es war mir, als ob er einen
Theil meines Selbst entführe. Der vertrauliche Umgang
mit dem alten Herrn, hatte mich tiefe Einblicke in Verhältnisse thun lassen, die bis dahin mir fern gelegen
hatten, und meinen Gesichtskreis für Welt und Leben erstaun-
lich erweitert; während das Zusammensein mit seiner
Tochter, in seiner wahrhaft geschwisterlichen Einfachheit,
mein Herz und meine Gefühle wohlthuend angeregt und
auf neue, höhere Bahnen hingeleitet hatte. Ich fühlte
eine unendliche Leere in mir, wie ich dem Wagen nachschaute.

Als ich endlich mein Zimmer wieder betrat, fand ich
auf dem Tische ein versiegeltes Schreiben, dessen Adresse
die kräftigen, charakteristischen Schriftzüge des Generals
trug. In wahrhaft rührenden Worten bedankte er sich
bei mir für die Sorge, die ich um ihn getragen, und
schloß damit, daß er mich mit aller Bestimmtheit bei sich
erwarte, sobald ich nach Berlin kommen würde.

Dem Briefe beigeschlossen, in einem besonderen Um-
schlage, war ein Päckchen Banknoten, deren Betrag mich
in maßloses Erstaunen versetzte. So viel Geld auf einem

Haufen hatte ich noch niemals gesehen, viel weniger mit meinen Händen berührt. Ich wußte kaum, ob das Scherz oder Ernst sein sollte. Diese Summe reichte hin, mich auf ein paar Jahre zu erhalten und vor aller Noth zu sichern. Das Glück war bei mir eingekehrt, reich, überschwänglich reich! Aber ich wußte nicht, daß diese Gabe nur die erste sei aus seinem Füllhorn, und daß bald sein ganzer Inhalt über mich ausgestreut werden sollte.

Vier Tage später, ich hatte kaum erst mich mit der Freude über meinen unverhofften Reichthum auf einen vertraulichen Fuß gesetzt, kam ein zweiter Brief des Generals aus Berlin an mich. Er schrieb:

„Lieber Doktor! Die Reise ist glücklich von Statten gegangen, Dank Ihren Vorkehrungen, und ich glaube, meine Besserung macht Fortschritte. Möchte die Krücken so bald als möglich in die Ecke werfen, weiß aber augenblicklich nicht, wie ich mich ferner verhalten soll. Mein alter Hausarzt, der Geheimrath Rober, ist am Tage vor meiner Rückkehr begraben worden. Sie wollen fort von Emmern, thun Sie mir den Gefallen und verlassen Sie das Nest augenblicklich. Ich kann Ihnen zwar nichts Anderes anbieten, als die bei mir erledigte Hausarztstelle; aber ich denke, es soll nicht lange dauern, bis Sie größere Praxis haben werden. Will nach Kräften dafür sorgen! Um eine Wohnung brauchen Sie sich nicht weiter zu bemühen. Mein Haus ist groß und ein paar unbewohnte Zimmer werden soeben für Ihren Gebrauch hergerichtet. Paßt Ihnen das, so packen Sie Ihre Siebensachen schleunigst. Ich erwarte Sie mit Ungeduld. Reza läßt schönstens grüßen!"

Ob mir das paßte? Patienten hatte ich in diesem Augenblicke sehr wenige, schwer Erkrankte gar nicht. Kein Zeitpunkt als der gegenwärtige konnte günstiger sein, alle Beziehungen in Emmern abzubrechen.

Ich packte, machte meine Abschiedsbesuche, und drei Tage darauf hielt eine Droschke mit mir und meinem Gepäcke belastet, vor dem Hause des Generals.

Der alte Martin empfing mich mit freundlichem Schmunzeln unter dem Thorwege, hieß einen Diener meine Koffer forttragen und sagte während wir die Treppe hinanstiegen:

„Seien Sie willkommen, Herr Doktor! Seine Excellenz haben große Freude gehabt, als gestern Ihr Zusagebrief ankam; sie halten große Stücke auf den Herrn Doktor — hier herein, wenn ich bitten darf!"

Ich fand den alten Herrn, der mich auf's Innigste, ich möchte fast sagen mit Zärtlichkeit empfing, wirklich auf dem Wege der Besserung vorgeschritten. Trotzdem aber vergingen noch Wochen, bevor er die erste, und Monate, bevor er die zweite Krücke wegwerfen konnte. Das hinderte ihn indessen nicht, sich viel außerhalb des Hauses zu schaffen zu machen, obschon es ihm ärgerlich war, dadurch von größeren Reisen abgehalten zu werden, die, wie er behauptete, ihm zur dringendsten Nothwendigkeit geworden seien.

Mir hatte man die prächtig ausgestattete linke Hälfte des unteren Stockwerks zur Verfügung gestellt, mit fünf, sage fünf großen, ineinander gehenden Zimmern, in denen ich mit meinen zwei Koffern, einem Felleisen und einer Hutschachtel mich allerdings recht winzig ausnahm.

Dazu hatte man einen Diener zu meiner alleinigen Verfügung gestellt, nebst einem Pferde, das nach Belieben ge-
ritten oder in ein allerliebstes Cabriolet eingespannt werden
konnte. Kurz, ich wurde behandelt wie ein junger Prinz,
und am Ersten jedes Monats brachte mir Martin eine
höchst ansehnliche Summe zur Bestreitung meiner kleinen
Bedürfnisse in einem verschlossenen Couverte als das verdiente ärztliche Honorar.

Merkwürdig war es, wie ich bald hier, bald dort in
irgend eine hohe aristokratische Familie als ärztlicher Bei-
stand berufen wurde, und meine lohnende Praxis von Tag
zu Tag sich vermehrte. Der General aber liebte es, mich
so viel als möglich um sich zu haben und war, als er erst
wieder die Treppen zu steigen vermochte, auch ein häufiger
Besucher in meinen Zimmern. Sonst empfing ich, außer
meinem treuen Freunde Schrumm, keine Besuche in meiner
Behausung.

In meiner freien Zeit beschäftigte ich mich fleißig mit
wissenschaftlichen Arbeiten, und nun fand ich auch bald
einen Verleger, der mich höchst anständig honorirte. Meine
Schriften erregten Aufsehen in wissenschaftlichen Kreisen,
und nun konnte ich getrost auch daran denken, meinen Lieb-
lingsplan zur Ausführung zu bringen und im nahenden
Wintersemester als Privatdozent aufzutreten.

„Recht so," sagte Excellenz, als ich ihm mein Vor-
haben mittheilte, „aber die Arbeit ist es nicht allein, lieber
Doktor, die den Menschen bildet; dazu gehört auch der
Umgang mit Menschen, und der darf nicht vernachlässigt
werden. Besuchen Sie fleißig Theater, Konzerte, Oper und

alle sonstigen Sehenswürdigkeiten der Stadt. Sie müssen
über Alles ein Urtheil gewinnen; und wenn die Zeit der
Gesellschaften heranrückt, sollen Sie auch unsere Gesellschaften kennen und sich darin bewegen lernen."

Da hatte ich denn allerdings Manches zu lernen, wo-
von ich, armer Kerl in meinen bisherigen Verhältnissen
niemals eine Ahnung gehabt hatte; und da war es denn
nun zu meinem Glücke die junge Comtesse, welche sich die
Mühe nicht verdrießen ließ, den ungelenken jungen Bären
zum wohlbressirten Tanz= und Gesellschaftsbären zurecht
zu stutzen.

Auch sie hatte mich mit der alten Freundlichkeit empfangen, und als sie gelegentlich dahinter kam, daß ich
eine ganz passable Tenorstimme besitze, hatte sie nicht eher
geruht, als bis ich mit ihr ein Duett einstudirte. Das war
der Anfang meiner Civilisirung. Ferner mußte auch meine
verstaubte Geige wieder hervorgeholt werden, um ihr Kla-
vierspiel zu begleiten, und dann machte sie mich auch noch
sogar mit ihren Freundinnen bekannt. Denen mußte ich,
wenn sie zum Besuche kamen, Auskunft ertheilen über
Bücher, welche gelesen werden sollten, über Dichter ?c. und
als lebendiges Konversationslexikon dienen, sobald Auskunft
über einen fremden Gegenstand verlangt wurde, oder ich
mußte auch selbst wohl Gedichte machen für diese oder jene
außerordentliche Gelegenheit. Dabei mag ich mich anfangs
linkisch genug angestellt haben, aber mit der Zeit lernte
ich doch mich in den Verkehr mit Damen finden und verlor bald mit der ersten Schüchternheit auch ein gutes Theil
jener Blödigkeit und Eckigkeit, welche mir bisher eigen waren.

Der General ließ keine Gesellschaft im Hause vorübergehen, ohne daß ich zu derselben eingeladen wurde, später-
hin auch Schrumm, den er bei mir kennen gelernt hatte
und von dem er behauptete, er sei ein wahrer Prachtkerl,
dieser junge Riese und Freiherr v. d. Nahe. Mitunter
konnte es fast zweifelhaft erscheinen, wem er mehr gewogen
war, seinem Schrumm oder mir."

Bis hieher war mein Freund Karl Bernard in seiner
Erzählung gekommen, da trat ein Diener ein und meldete:
„Seine Excellenz, der Herr Staatsminister v. L."

Karl ging demselben bis an die Thüre entgegen und
stellte mich ihm nach der ersten Begrüßung vor.

„Ich bedaure unendlich, Sie zu stören, mein lieber
Graf!" sagte der Minister zu Karl, „und noch mehr habe
ich bedauert, daß Sie heute morgen vergeblich sich zu mir
bemüht haben. Von Ihrer Frau Gemahlin, die ich bei
meiner Frau traf — die Damen hatten eine große Sitzung
in Armenangelegenheiten — erfuhr ich, daß Sie schon
morgen auf Ihre Güter reisen wollen, und da mochte ich
Sie doch nicht scheiden lassen, ohne Ihnen eine glückliche
Reise gewünscht zu haben. Die Frau Gräfin war so gütig,
mir mitzutheilen, daß ich Sie bestimmt zu Hause treffen
würde und ich hatte die Ehre, sie heimbegleiten zu dürfen."

... Der Herr Minister empfahl sich bald wieder; ich aber
hatte in stummem Erstaunen den gewechselten Worten ge-
lauscht, und als mein Freund von der Begleitung seines
Besuches zurückkehrte, trat ich vor ihn hin und sagte:

„Ich habe still und ohne Dich zu unterbrechen, bisher
der Erzählung Deines merkwürdigen Lebensganges zugehört;

jetzt aber, Karl Bernard, seitdem ich Dich „Herr Graf!‘
nennen hörte, kann ich es nicht mehr. Sage mir, wer oder
was bist Du denn eigentlich?“

Karl Bernard lachte. „Eigentlich hat mir der Herr
Minister die Ueberraschung verdorben, welche ich noch für
Dich in petto hatte. Thut nichts! Ueberrascht bist Du
doch! So höre denn: Für Dich, mein alter Fibelis, bin
ich, was ich immer war, Dein treu ergebener Schul- und
Universitätsfreund, der Doctor medicinae Karl Eli Bernard.
Für das profanum vulgus aber bin ich Graf Karl Eli
Bernard v. Zabern, Erb- und Majoratsherr eines der be-
deutendsten Güterkomplexe, Schwiegersohn und Neffe Seiner
Excellenz des Herrn Generals Grafen v. Zabern, der leider
schon vor fünf Jahren das Zeitliche segnete, und der hoch-
beglückte Gatte seiner Tochter Reza, die ich Dir heute als
meine Frau Regina bereits vorgestellt habe!“

Staunend erwiederte ich: „Mir wird von alledem so
dumm, als ging’ mir ein Mühlrad im Kopf herum! Wie
ist es denn möglich, daß Du, der Franzose, den Namen
eines der ältesten deutschen Adelsgeschlechter tragen kannst?“

„Das ist leicht begreiflich,“ erwiederte jener, „denn ich
bin gar kein Franzose, und auch meine Eltern waren keine
Franzosen, sondern Deutsche.“

„Oho!“ sagte ich überrascht. „Wie aber gelangtest Du
zu dieser Entdeckung?“

„Auch das sollst Du erfahren! Bitte, setze Dich und
höre weiter: Nahezu ein Jahr war verstrichen, seitdem ich
in dem Hause des Generals lebte; und von Tag zu Tag
hatte die Zuneigung des alten Herrn zu mir sich vermehrt.

Ich machte meine Krankenvisiten, las mein Colleg, woran der alte Herr seine ganz besondere Freude hatte, besuchte Bälle, Konzerte und sah, was irgend sehenswerth war; ich geigte und sang mit Regina, wurde eingeladen zu Soupers und Diners, kurz, ich führte ein paradiesisches Leben und hatte nur die eine Furcht, unversehens einmal ausgetrieben zu werden aus dem Paradiese; denn ich konnte mir endlich nicht mehr verhehlen, daß ich Regina liebte mit allen Kräften meiner Seele.

Mochte ich mir auch vorhalten, wie groß, wie unübersteiglich groß die Kluft sei zwischen ihr und mir, mein Herz ließ sich nicht zwingen. — Daß die Geliebte mir nicht abgeneigt sei, lag in ihrem ganzen Verkehre mit mir ausgesprochen; zugleich aber auch, daß sie noch nicht wie ich zum klaren Bewußtsein durchgedrungen war. Darin lag einerseits eine Beruhigung, andererseits aber auch die gefahrbrohendste Klippe für mich. Konnte ich mit dem Aufgebote aller Willenskraft es wohl verhüten, daß nicht unversehens einmal ihre unbefangene Vertraulichkeit mich die Schranken würde durchbrechen lassen, die ich einzuhalten mir fest gelobt hatte? Was dann? Schmach und Schande wäre mein wohlverdientes Loos geworden. Ich wollte meinem Wohlthäter nicht mit Undank lohnen. Ich mußte mein thörichtes Herz bändigen, und dazu gab es nur einen Weg — Trennung!

Der Schluß des Semesters und meiner Vorlesungen stand in wenigen Wochen bevor. Ich beschloß, meine Stellung aufzugeben und mich in irgend einer anderen Universitätsstadt niederzulassen.

Der alte General, dem man einen scharfen Blick für Alles, was ihn umgab, nicht absprechen konnte, schien nicht zu bemerken, wie es um mich und seine Tochter stand, sondern im Gegentheil Freude an unserem Beisammensein zu haben. Als ich ihm eines Tages meinen Entschluß ankündigte, Berlin zu verlassen, und ihm alle möglichen Gründe anführte, welche mich dazu bestimmten, außer dem Einen, den ich ihm doch nicht eröffnen konnte, blickte er mir sehr scharf in das Gesicht und sagte dann mit großer Seelenruhe: „Mein lieber Doktor, Alles, was Sie mir da erzählen, sind faule Fische. Nehmen Sie mir's nicht übel! Ich möchte nichts weiter hören als das, was Sie geflissentlich verschweigen und nicht vorgebracht haben!"

Ich protestirte lebhaft gegen die Annahme, daß ich irgend etwas zu verschweigen habe, und er sagte ganz einfach: „Na, na, junger Herr, Ihr Wort in Ehren! — Aber wissen Sie, die Sache pressirt nicht. In drei Wochen werden Sie Ihr Colleg schließen, sagten Sie nicht so? — Bon. In drei Wochen werde ich Sie nochmals gefragt haben, nicht warum Sie fort wollen, sondern ob Sie überhaupt noch fort wollen? Bis dahin wollen wir die Sache ruhen lassen. Jetzt kommen Sie mit hinüber zu Reza, und dann singt mir etwas vor: z. B. ,Schönes Mädchen, wirst mich hassen', oder: ,Mir pocht, mir pocht es hier im Herzen'. Höre das gar zu gern!"

Von meinen Ringen und Medaillons war nicht wieder die Rede gewesen. Der General schwieg darüber, und ich hatte die Sache nicht wieder berührt. Hätte er etwas Näheres in Erfahrung gebracht, so würde er es mir sicherlich mitge-

theilt haben. Im Uebrigen waren ja meine Kleinode gut
bei ihm aufgehoben. Erst wenn ich Berlin verließ, wollte
ich mir dieselben zurück erbitten.

Der alte Herr war jetzt vollkommen wieder hergestellt, hatte
auch in jüngster Zeit verschiedene längere oder kürzere Reisen gemacht und mit dem Justizrath H. mehrere Sitzungen
gehalten, bei denen er durchaus nicht gestört werden durfte.
Das war auch noch am heutigen Tage der Fall gewesen,
und nach dem Fortgange des Justizraths hatte Excellenz
mit großem Interesse verschiedene, wie es schien, höchst
wichtige Dokumente durchgesehen, die er, als ich zu ihm
eintrat, mit anderen Papieren schleunigst bedeckte."

„Guten Morgen, Doktorchen!" rief er mir entgegen,
stand auf und bot mir freundlich die Hand. Als wir ein
halbes Stündchen über gleichgiltige Dinge geplaudert hatten,
und ich mich empfehlen wollte, sagte er: „Na, das hätt'
ich beinahe vergessen! — Thun Sie mir doch den Gefallen,
sich morgen so einzurichten, daß Sie um elf Uhr frei von
Geschäften sind. Hab' da ein kleines Herrenfrühstück, nur
ein paar nahe Verwandte, lauter alte Herren. Wird fidel
hergehen, sag' ich Ihnen! Hab' auch den Schrumm eingeladen, damit Sie junges Blut sich nicht gar zu verlassen
unter den alten Knastern vorkommen. Wollen Sie?"

„Wird mir eine große Ehre sein, Excellenz!" gab ich
zur Antwort, indem ich mich verbeugte.

„Hoffe, Sie werden sich unter uns nicht allzusehr langweilen, obschon da manche alte Geschichte auf's Tapet kommen
wird. Schwatzen immer gerne von alten Geschichten, die
alten Hähne! Amüsirt Sie vielleicht doch! und wenn nicht,

so ist ja der Schrumm da, mit dem Sie die allerneuesten
Standälchen verhandeln können!" —

Als ich am nächsten Morgen mich mit Schrumm zur
alten Excellenz hinaufbegab, fanden wir die Herren bereits
im Frühstückszimmer und im lebhaften Gespräche, das sofort verstummte, als wir eintraten und von dem General
vorgestellt wurden. Wir wurden von der kleinen Ver-
sammlung, es waren nur fünf alte Herren, mit großer
Verwunderung vom Scheitel bis zur Sohle gemustert, und
es entstand alsbald unter denselben ein Geflüster, das uns
hätte verlegen machen können, wenn der General demselben
nicht alsbald durch die Aufforderung, sich zu plaziren, ein
Ende gemacht hätte.

„Kinder," sagte er, „erlaubt, daß ich mich dieser un-
schuldsvollen Jugend hier erbarme. Sie, Herr Doktor
Bernard, nehmen gefälligst den Platz mir zur Rechten. Sie,
Herr v. d. Nahe, zu meiner Linken; und Ihr lieben
alten Jungen setzt Euch, wie und wo es Euch gefällt, und
jetzt an die Arbeit!"

An meiner anderen Seite saß ein hochgewachsener alter
Herr, der sich mit ganz besonderer Lebhaftigkeit mit mir
beschäftigte und dann und wann bedeutsame Blicke mit dem
General wechselte, welcher, nachdem wir wohl ein gutes
halbes Stündchen an der Tafel gesessen haben mochten, sich
zu seinem getreuen Martin umwandte und ihm den Auftrag gab, Comtesse Regina zu ersuchen, sich gefälligst auf
einen Augenblick hieher zu bemühen.

Regina erschien mit ziemlich verwundertem Gesichte.

„Gut, Reza, daß Du da bist!" rief der General, „setze

Dich gefälligst einmal dort drüben hin, mir gegenüber, wo der Platz für Dich leer geblieben. Sollst uns helfen, ein Hoch auszubringen. Martin, sorge für gefüllte Gläser! Ihr beiden Nordlebens wißt, um was es sich handelt. Ihr Anderen aber, die Ihr die Senioren unseres engeren Familienkreises seid, sollt heute auch nicht die Reise nach Berlin umsonst gemacht haben, sondern den Eurigen eine Neuigkeit mit nach Hause bringen, daß sie vor Verwunderung die Hände über dem Kopfe zusammenschlagen sollen!"

Er erhob sich von seinem Sessel, reichte mir die Hand und hieß mich neben sich treten. Ich folgte erstaunt und verwirrt seiner Weisung. Dann begann er mit feierlich erhobener Stimme:

„Ihr lieben Freunde, Vettern und Brüder! In diesem jungen Manne, dem Doktor Karl Eli Bernard, habe ich die Ehre, Euch meinen Neffen, den Majoratsherrn Grafen Karl Eli Bernard v. Zabern vorzustellen. Daß die Herrschaft, welche ich bisher verwaltet, nunmehr auf ihn übergeht, haben Seine Majestät unser Allergnädigster König und Herr durch diese Urkunde bestätigt; und die übrigen Urkunden, welche seine Geburt, seine Person und sein Anrecht legitimiren, liegen daneben bereit für Jeden, der sie einzusehen wünscht. Jetzt bitte ich Euch, Eure Gläser zu erheben und mit mir ein Hoch auszubringen auf das Wohl und Gedeihen meines lieben Neffen, des Grafen Karl Eli Bernard v. Zabern. Er lebe hoch, hoch und abermals hoch! —"

Allgemeine Verblüffung! Und keiner war verblüffter als ich.

„Was? Wie? Wo? Wer?" fragte man von allen
Seiten, und der alte Herr v. Rauhen rief: „Nur keine
schlechten Witze, Alter!"

Da erhob sich mein Nachbar, der greise Herr v. Nordleben und rief, sein Glas erhebend:

„Ruhe da! Ich trinke auf das Wohl meines Enkels
hier, des Grafen Karl Eli Bernard v. Zabern. Er lebe
hoch, hoch und abermals hoch!"

„Er lebe hoch, hoch und abermals hoch!" riefen nunmehr die erstaunten Gäste; ich aber stand erstarrt, vor
Ueberraschung keines Wortes fähig, bis der General mich
an seine Brust riß, und seine Freudenthränen über mein
Gesicht flossen, als er mich herzte und küßte. „Junge,
habe ich Dir nicht schon in dem Neste gesagt: ‚Du wirst
noch obenauf kommen?' He, bin ich ein richtiger Prophet
oder nicht? —"

Noch immer war ich wie betäubt, stieß mit den Herren
mechanisch an und ließ mich von ihnen an das Herz drücken.
„Und das ist Dein Großvater Nordleben, der Vater Deiner
Mutter, und das Dein Onkel Nordleben, Deiner Mutter
Bruder!" rief der General, als die Beiden mich umarmten.
„Und dieser ist Dein Vetter Rauhen, und der da Dein
Vetter Hartwitz," fuhr er fort: „Und ich bin Dein Onkel,
Deines Vaters Bruder, und das ist Rexa, Deine Cousine!
Komm', Rexa, wünsche Deinem Vetter Glück und gib ihm
einen Kuß! Und Du, lieber Junge, laß' Deine Cousine
nicht warten!"

Da stand sie vor mir in all' ihrer Schöne und Lieb-
lichkeit, zitternd wie Espenlaub und vor innerer Erregung

bald bleich, bald roth werbend. Ihre Augen glänzten und über ihre Wangen rollten langsam ein paar schwere Thränen hinab. Mir aber war, als schösse mir Alles Blut aus dem Herzen in das Antlitz; ich sah nicht mehr, was um mich her vorging, ich sah nur sie, nur sie! Wortlos umfaßte ich sie mit meinen Armen, schloß sie an mein Herz und drückte meinen Mund auf ihre Lippen, fest, innig, wie zu ewiger Dauer, und — sie wehrte mir nicht, sondern hing schluchzend an meiner Brust.

Der alte General rief fröhlich: „Bravo, Bravo!" — Regina schreckte zusammen, riß sich los aus meinen Armen und stürmte hinaus, von hoher Röthe übergossen.

Ich starrte ihr nach, bis der General wuchtig seine Hand auf meine Schulter legte, mich ein paar Schritte bei Seite zog und mit schelmischem Blinzeln mir in das Ohr flüsterte: „Junge, jetzt frage ich Dich, ob Du noch fortwillst von Berlin? — Was antwortest Du mir heute?"

„Vielleicht, vielleicht auch nicht, Onkel, ich muß erst selbst darnach fragen!"

„Frage, mein Sohn, aber bald, und dann laß' mich die Antwort wissen!"

Dann wandte er sich nun gegen die Gesellschaft und rief: „He, sagt, war das eine richtige Ueberraschung, die ich Euch da bereitet habe? — Nun aber, Ihr Herren, an Eure Plätze, damit wir uns Alle erst ein wenig erholen und beruhigen. Dein Wohl, alter Norbleben!"

Da kam Schrumm mit dem vollen Glase auf mich losgesteuert und sprach: „Und ich bin Dein alter Freund und Bruder Schrumm, der zwar von alledem nichts be-

greift, aber von ganzem Herzen bereit ist, auf Dein Wohl
zu trinken!" — Der gute brave Schrumm, ich hatte in
all' der Aufregung nicht an ihn gedacht, und er hatte mich
nicht erreichen können, so lange ich von den alten Herren
in Beschlag genommen war.

Die Gesellschaft hatte wieder Platz genommen, lebhaft
kreisten die Flaschen, und immer lebhafter wurde die Unterhaltung. Der General sollte berichten, wie, wo und wann
er mich entdeckt habe. Da stahl ich mich fort von der
Tafel. Zu Regina's Zimmer führten mich die Schritte;
aber vor der Thüre wollte mich mein Muth verlassen,
kaum wagte ich, mit schüchternem Finger anzuklopfen.

„Herein!"

Sie saß am Fenster vor ihrem Nähtischchen hinter den
Blumen, hatte das Haupt in die Hand gestützt und trock-
nete mit dem feinen Battisttuche eine Thräne.

„Störe ich Sie, liebe Cousine Regina?" fragte ich
zagend.

„Nein, Vetter," sagte sie leise; „nehmen Sie Platz, und
erklären Sie mir, wie das Alles so plötzlich und unerwartet
geschehen konnte?"

„Das weiß ich ja selbst nicht, theure Regina! Noch
ist mir Alles wie ein Traum, ein ungelöstes Räthsel,
aber —"

Aber was wir weiter sprachen, das weiß ich wahrlich
selbst nicht mehr. Ich weiß mich nur noch darauf zu be-
sinnen, daß ich schließlich vor Regina niederkniete, plötzlich
aufsprang, sie laut jubelnd an mein Herz zog und tausend
Küsse auf ihren Mund drückte, die feurig erwiedert wurden;

auch, daß ich plötzlich mich losriß aus ihrer Umarmung und hinüberstürzte in den Speisesaal, mich an meinen Platz setzte und dem Onkel in das Ohr raunte: „Ich habe gefragt — ich bleibe!"

„Alles richtig und in Ordnung?" fragte der General zurück.

„Ja Onkel, wenn Du auch mein Vater sein willst, so ist Alles richtig und in Ordnung!"

„Komm'!" sagte der alte Herr, und zu der Gesellschaft sprach er: „Bitte einen Augenblick um Entschuldigung, meine Herren! Dringender Fall! — Werde in zwei Minuten wieder da sein!"

Wir gingen zu Regina, die hocherröthend ihr Köpfchen an des Vaters breiter Brust barg. Er richtete sanft ihr Haupt empor, beugte sich hinab und küßte sie auf die Stirn. Dann sagte er sanft: „Ist es so, Regina, daß Du dieses Mannes Gattin sein willst?"

„Ja, mein lieber Vater!" entgegnete sie leise.

„Dann reichet Euch die Hände! Ich segne Euch und Euren Entschluß, der lange schon meines Herzens innigster Wunsch gewesen ist. Regina, Du bist ein braves Kind, und dieser hier ist ein braver Bursch und Deiner würdig. Ihr werdet glücklich sein miteinander bis an Euer Lebensende. Das hoffe ich, und das walte Gott!"

Dann schritten wir, der Graf voran, Regina und ich Arm in Arm ihm folgend, hinüber zu den fröhlichen Gästen, denen wir als Brautpaar vorgestellt wurden.

Hell und freudig klangen die Gläser aneinander, und

jubelnd erscholl ein dreifaches Hoch auf das Wohl des Brautpaares, und nochmals eines auf den Brautvater, dann, als noch einmal eines auf den Großvater kam, schlich sich Regina leise davon, während man mich festhielt und nicht entwischen ließ. Schrumm aber stieß über den Tisch hinüber mit mir an, und nachdem er auf mein Wohl getrunken, sprach er ernst und feierlich: „Karl, Du segelst mit vollem Winde in Fortuna's Nachen auf dem Lebensstrome daher. Es ist fast zu viel des Segens an einem einzigen Tage, für das Haupt eines Sterblichen. Möge nie Dein Glück sich wenden!"

„Hätte beinahe noch etwas vergessen!" rief plötzlich der General, zog ein Schächtelchen aus der Tasche und nahm aus demselben die Ringe meiner Eltern. „He, Ihr da, Rauhen, Steinow, Hartwitz, seht Euch doch einmal die Ringe hier an, erkennt Ihr die Wappen?"

„Versteht sich!" rief der dicke Rauhen. „Auf diesem hier ist das Zabern'sche und Norbleben'sche Wappen!".

„Und dieser Ring gehörte einst meiner Tochter Elise," fiel Herr v. Witzleben ein.

„Na und den hier," fuhr Herr v. Rauhen fort, „den kenne ich ganz genau. War der Siegelring von Zabern's Vater, ein altes Erbstück in der Zabern'schen Familie. Wie oft habe ich gescholten über das alte Eisen in der Platte!"

„Wahrhaftig ja, so ist's, so ist's!" riefen Steinow und Hartwitz, und der General fügte hinzu:

„So ist's! — Der Ring gehörte meinem Vater, und nach seinem Tode meinem älteren Bruder. Als der Doktor

Bernard mir diesen Ring zeigte und mir nachher seine Geschichte erzählte, da wußte ich mit einem Male, wer er sei!
Schon vorher hatte mich die Aehnlichkeit zwischen ihm und
meinem Bruder in Gang, Haltung und Stimme frappirt, und
als ich nun gar noch die Bilder seiner Eltern sah, da war kein
Zweifel an seiner Abstammung mehr möglich! Freut mich
aber doch, daß Ihr alten Burschen noch ein so gutes Gedächtniß habt! Seht Euch nun einmal die beiden Bilder
hier an, vielleicht wißt Ihr auch zu sagen, wem die wohl
ähnlich sehen?"

„Wahrhaftig," rief alsbald Herr v. Hartwitz, „das ist
ja Bernhard Zabern, Dein Bruder, wie er leibte und lebte!"
und zu gleicher Zeit rief Herr v. Steinow: „Das hier ist
Elise v. Norbleben, Bernhard's Frau!" — Und Herr v.
Nauhen fügte hinzu: „Ja freilich ist das der Bernhard
und meine Nichte Elise, die Beide 1813 verschollen sind;
der Kukuk soll mich holen, wenn der da drüben nicht ein
ganzer und echter Zabern ist! Wie sieht der Junge doch
in Allem seinem Vater ähnlich, aber die Augen hat er von
seiner Mutter! Norbleben, hast Du die Bilder schon gesehen?"

„Jawohl!" sagte der alte Herr v. Norbleben, „Zabern
brachte sie uns selbst, und da kam es zu Tage, wo die Unglücklichen geblieben, und daß sie uns den Karl als Enkel-
kind hinterlassen haben. Da sind wir denn, der General,
mein Sohn und ich, nach Leipzig gefahren und haben auf
dem Kirchhofe von Plagwitz ihre Gräber gefunden, und
haben das Kirchenbuch eingesehen und die Leute verhört,
in deren Hause sie starben, und die, welche die Leichen noch
gesehen hatten, soviel ihrer davon noch lebten. Allen Spuren

haben wir nachgeforscht und uns gefreut, daß wir ihr einziges Kind unzweifelhaft aufgefunden hatten."

„Woher hatte denn Zabern aber die Bilder?" fragte
einer der Herren, und Herr v. Nordleben fuhr fort:

„Hm! als Zabern in Emmern krank lag, entdeckte er
sie bei seinem Doktor, der sie als die einzigen Erbstücke
seiner Eltern in Besitz hatte, deren Namen er nicht einmal wußte. Der arme Junge! — Zabern aber erkannte
sie sofort, lieh sie sich aus von dem Doktor und verfolgte die Fährte. Wir hätten Euch auch den Karl, der
keine Ahnung von alledem hatte, schon längst als meinen
Enkel vorstellen können, wenn Zabern nicht darauf bestanden hätte, daß ihm dabei sogleich auch das Majorat
übergeben werden müßte. Das verursachte Verzug und
Aufschub, Scherereien und Schreibereien in Menge. Na,
Gott sei Dank, nun ist ja Alles in Ordnung gebracht!
— Karl Zabern, wann wirst Du mich und die Groß-
mutter, welche sich nach Deinem Anblicke sehnt, besuchen?"

Ich erwiederte: „Lieber Großvater, sobald der Onkel
Regina und mir Urlaub ertheilen. Vielleicht begleitest Du
uns auch selbst, lieber Onkel?"

„Kann geschehen!" sprach der General, „und wenn Du,
Nordleben, Dich noch ein paar Tage hier aufhältst, können
wir Dich sogar heimbegleiten." —

Die Unterhaltung ward allgemeiner und lebhafter unter
den Herren und es begann gar munter und fröhlich her-
zugehen. Der General saß schweigend, stillvergnügt um sich
herschauend. Da sagte ich zu ihm: „Lieber Onkel, möchtest

Du mir nicht erklären, wie mein Vater in französische Dienste kam?"

Der General erwiederte: „Ist bald gesagt! — Sieh', mein lieber Sohn, unser Stammgut liegt in der Mark, das Majorat aber, welches meinem Vater durch Erbschaft zufiel, lag in dem Gebiete des nachherigen Königreiches Westphalen, von welchem 1811 ein Theil mit Frankreich vereinigt wurde. Als mein Vater starb, erbte mein Bruder, als der Aelteste, das Majorat und wurde somit französischer Unterthan. Ich aber erhielt das Stammgut in der Mark und trat in preußische Dienste. Nachdem mein Bruder und seine Frau spurlos verschollen waren, ohne einen Erben zu hinterlassen, fielen jene Güter an mich. Als ich darauf Dich und Deine Geschichte kennen lernte, mußte es natürlich mein Bestreben sein, Dich in Deine Rechte wieder einzusetzen. — Morgen werden Dir die Abschlüsse und Rechnungen übergeben werden und Du wirst finden, daß ich Dir alle die Jahre hindurch ein getreuer Verwalter gewesen bin. Natürlich mußte auch mit den Nordlebens, als den zunächst Berechtigten, Rücksprache genommen werden, um Deine Anerkennung zu bewirken und Deine Rechte zu wahren. Da hat sich Dein Onkel Nordleben, Deiner Mutter Bruder, auf den nach meinem Tode das Majorat übergegangen wäre, als ein echter und richtiger Edelmann bewährt. Keiner hat Deine Interessen eifriger verfochten, wie er! Bist ihm viel Dank schuldig! — Wenn Dein Großvater einmal nicht mehr leben wird, trittst Du in alle Rechte Deiner verstorbenen Mutter ein und erlangst eine schöne Vermehrung Deines Vermögens. Du wirst ein reicher

Mann sein, lieber Karl; aber ich hoffe von Dir, Du wirst
Dein Glück in Demuth und Bescheidenheit tragen. Ich habe
Zeit genug gehabt, Deinen Charakter auch unter wider-
wärtigen Verhältnissen zu erproben und habe Kopf und
Herz stets auf der richtigen Stelle gefunden. Möge es für
immer so bleiben!"

Größtentheils halte ich mich jetzt auf meinen Gütern
auf, verlebe aber gern mit Regina einige Monate des Jahres
in Berlin.

Da wir an frische Luft gewöhnt waren, wollte uns der
Aufenthalt in dem Hause in der Stadt, namentlich während der Sommerszeit, nicht mehr recht behagen, und so
entschloß ich mich, hier im Parke diese Villa zu erbauen,
und hatte meine Freude daran, unsre jugendlichen Luft-
schlösser dabei zu realisiren. Dem Baumeister war vieles
daran nicht recht, aber ich ließ nicht nach. Und nun sitze
ich oft hier und denke der Träume unserer Jugend, der
Freunde, die ich einst gehabt und namentlich Deiner, Du
Guter! Wie ist doch Alles so anders gekommen, als wir
in unseren jugendlichen Schwärmereien uns die Zukunft
vorstellten!

Wie gern hätte ich Dich eingeladen, die Zeit Deines
Urlaubs bei mir zu verbringen, aber, wie Du hörtest, muß
ich morgen schon auf meine Güter zurückkehren; bitte Dich
jedoch bringend, mir die Freude zu machen, mich dort recht
bald und auf recht lange Zeit zu besuchen. Versprich mir
das!"

Ich gab ihm mein Wort.

„Nun komm herüber zu meiner Frau!" bat er.

In traulichen Gesprächen verlebten wir den Abend, und als ich schied, mußte ich auch der Frau Gräfin das feste Versprechen ablegen, meinen Besuch recht bald abzustatten. Es ist geschehen, wiederholt geschehen, und ein reger, brief= licher Verkehr hat sich zwischen uns entwickelt. —

Karl's und Regina's Locken sind inzwischen grau gewor= ben. Freilich liegen auch fast dreißig Jahre zwischen jetzt und unserem ersten Zusammentreffen in Berlin, aber die Herzen sind unverändert geblieben.

Die Kinder, die ich damals sah, sind längst verheirathet, und eine fröhliche Enkelschaar hat den Familienkreis er= weitert. Ob ich es erleben werde, daß wir uns noch ein= mal wiedersehen werden? — Wer weiß es! Geht Alles nach Wunsch, so soll es schon im nächsten Jahre geschehen, wenn nicht, so seid mir herzlich gegrüßt Ihr Lieben, für Zeit und Ewigkeit!

Der erste Khedive.

Biographische Skizze

von

Schmidt-Weißenfels.

Nicht ohne Grund hat man die ursprüngliche Ent=
stehung des Königthums darauf zurückgeführt, daß kriege=
rische Erfolge einem Heerführer die Macht gaben, sich zum
Beherrscher seines Landes aufzuwerfen. Auch in der neueren
Geschichte fehlt es nicht an Beispielen dafür, von welchen
wir besonders zwei nebeneinander stellen können, die trotz
aller Verschiedenheit der politischen Verhältnisse der be=
treffenden Länder doch nicht wenig Aehnliches bieten. Me=
hemed=Ali, der Sohn eines Nachtwächters von Kavala,
einer kleinen Stadt in der türkischen Provinz Macedonien,
sollte in dieser Weise um dieselbe Zeit emporkommen, wie
in Frankreich der General Bonaparte. Im Jahre 1806
ernannte der Sultan den Ersteren, welcher damals als
Oberst des in Kairo stehenden Albanesencorps fungirte,
zum Pascha von Egypten, wozu ihn seine Leute eigentlich
schon vorher ausgerufen hatten, so daß Mehemed Ali nur
mit seiner erfolgreichen Rebellion gegen den bis dahin im
Amte gewesenen Pascha allerhöchsten Ortes anerkannt wurde.
Muth, Tapferkeit, vor Allem aber List und Tücke hatten

den damals siebenunddreißigjährigen türkischen Offizier auf
diesen Platz gebracht, und er nahm ihn mit dem Ehrgeiz
ein, es dem Korsen Napoleon nachzumachen, welcher sein
Kaiserreich im Abendlande aufgerichtet hatte. Er war 1769
geboren, also genau so alt wie dieser; er kannte ihn als
den Eroberer Egyptens und hatte noch gegen die hier zu-
rückgelassenen Franzosen im Jahre 1800 das Gefecht von
Rahmanieh geliefert, wodurch er sein Glück als Offizier
gemacht. Wiewohl er so ungebildet war, daß er weder
lesen noch schreiben konnte und es sich erst als Statthalter
des Pharaonenlandes aus zwingenden Gründen lehren ließ,
so hatte er doch als Knabe von einem französischen Han-
delsmann in seiner Vaterstadt Kavala genug gelernt, um
die Vorgänge in Frankreich und die Rolle zu verstehen, die
Napoleon in denselben bisher gespielt. Unter Berücksich-
tigung der besonderen orientalischen Verhältnisse wollte er
nun in Egypten dieselbe Rolle spielen. Als Pascha des
Landes war er unter dem Großherrn von Stambul fast
so unabhängig wie ein König. Es kam nur auf sein Geschick und auf Glück an, um als Pascha mehr Macht und
Spielraum für die Verwirklichung seiner ehrgeizigen Pläne
zu gewinnen.

Der Sultan, sein Oberherr, machte ihm wenig Sorge.
Wenn er dem ein ergebenes Gesicht zeigte und pünktlich
den Tribut ablieferte, so kümmerte sich derselbe wenig darum,
was der Pascha in Egypten trieb. Viel unbequemer und
gefährlicher waren ihm die Mamluken im Lande, eine
hoffärtige, wilde, kriegslustige und zahlreiche Sippe, die
sich allmächtig fühlte. Als im 13. Jahrhundert Dschingis-

Khan den größten Theil Asiens verheerte und viele Ein-
wohner als Sklaven wegführte, kaufte Sultan Nedschmed-
din Ejjub von Egypten ihm zwölftausend dieser Sklaven
(Mamlukken auf Arabisch) — Mingrelier, Tscherkessen und
Türken aus Kiptschak — ab und bildete aus ihnen seine
Leibwache. Nach hundert Jahren hatten sie die arabischen
Sultane dann vom Thron gestoßen und einen aus ihren
Reihen darauf gesetzt. So waren sie die Herrscher Egyptens geworden, und ihre zwei Dynastien regierten fast dreihundert Jahre, bis 1517 der türkische Sultan Selim ihr
Reich stürzte und das Land durch einen seiner Paschas beherrschen ließ. Aber er ließ die Mamlukkenbehs als Unter-
statthalter der Provinzen fortbestehen, und dadurch blieben
sie die großen Herren im Lande, die eng zusammenhielten
und sich immer noch als die eigentlichen Machthaber be-
trachteten. Sie besaßen den Grund und Boden, die Ern-
ten, den Reichthum; die eingeborenen Fellahs waren ihnen
als Sklaven untergeordnet; sie standen hoch zu Rosse in
prächtiger Kleidung, mit dem weißen Turban auf dem
Haupt, an der Spitze der Kriegsschaaren und bildeten die
Rathsversammlung, welche dem Pascha die Gesetze vor-
schrieb, nach denen er wohl oder übel sich richten mußte.
Bonaparte hatte die Mamlukken in der Schlacht bei den
Pyramiden 1798 noch keineswegs vernichtet; im Gegentheil,
ihr fanatischer Haß hatte die französische Eroberung überall durchbrochen und schließlich ihren kläglichen Ausgang
bewirkt. So fühlten sie sich mächtiger als je unter der
türkischen Paschawirthschaft, und Mehemed Ali war ihnen
ganz recht, so lange er ihren Willen that.

Der schlaue Macedonier gab sich auch als Pascha noch
den Schein, als ob es dabei bleiben solle, doch sann er
darüber nach, wie er sich diese egyptischen Janitscharen
gründlich vom Halse schaffen könne. Was hatte Bonaparte
gethan, um Konsul und alleiniger Herr über Frankreich zu
werden? Er hatte durch den Staatsstreich des 18. Bru-
maire die Volksvertretung auseinander gejagt. Aehnliches
konnte Mehemed Ali auch; die Mamluken waren das ihn
hindernde Element, und er beschloß, sie auf seine, den türkischen Sitten angemessene Weise abzuschaffen.

Im Jahre 1811 veranstaltete er in Kairo ein glänzen-
des Fest zu Ehren seines Sohnes Tussun auf der alten
Citadelle. Alle Mamlukenbeys waren dazu geladen. Zu
Hunderten stellten sie sich auch ein. Es wimmelte in den
in maurischer Pracht schimmernden Sälen von ihren stol-
zen Gestalten. Der Pascha zeichnete sie mit ausgesuchter
Artigkeit aus; seine Sklaven bewirtheten sie fürstlich, gluth-
äugige Weiber spielten ihnen auf, sangen und tanzten, bis
die Sonne sich zum Wüstensande in der Ferne neigte.
Dann verließen die Gäste die weiten, herrlichen Räume
und stiegen in die engen Gänge hinunter, die zu der Außen-
pforte führten. Hier aber begrüßten sie plötzlich krachende
Salven, in Strömen floß das Blut durch den engen Gang,
und Hunderte erschossener Mamluken wälzten sich darin.
Es entrannen nur wenige dem verruchten Ueberfall, zu
dem der Pascha seine ihm blind ergebenen albanesischen
Soldaten mit reichen Geschenken bestimmt hatte. An fünfhundert der angesehensten Beys verröchelten hier, nicht
weniger fielen noch draußen und auf der Flucht unter den

Schüssen und Säbeln der Schergen Mehemed-Ali's. Er
war ihrer ledig. Was es noch an Mamlukken gab, rettete
sich in die Felsengebirge von Nubien und hielt sich dort
verborgen.

Der erste Streich zur Ausführung seiner Pläne war
dem Pascha gelungen. Er herrschte allein, unumschränkt,
als Despot im Lande. Auch die Fortsetzung des Werkes
war schon bedacht worden. Er mußte eine Armee haben,
auf die er sich verlassen konnte, selbst dem Sultan gegenüber, und um sie zu schaffen und auszurüsten, brauchte er
Geld. Die Mannschaften ließ er massenhaft von seinen
Häschern greifen und auf grausame Weise zu Soldaten
drillen; das Geld verschaffte er sich durch den schamlosesten
Raub, den er an den Mamlukkengütern, dem Eigenthum
der Moscheen und frommen Stiftungen beging, und durch
den Handel mit den schwarzen Menschen, die in Ober-
egypten unter seiner Herrschaft lebten, oder die er aus dem
Sudan in Karawanen geliefert erhielt. Alles war jetzt
sein Eigenthum im Lande, Menschen, Vieh, Acker und
Frucht. In so harter Sklaverei, wie sie die Mamlukken
niemals verhängt, ließ er die Fellahs für sich arbeiten.
Was sie ernteten, gehörte ihm, sei's durch die Steuer, sei
es durch erzwungene Ablieferung des Ertrages gegen will-
kürlich festgesetzten Preis, so daß sein Volk nur aus Armen
bestand, denen kaum die Mittel elendester Ernährung gelassen wurden. Kanäle wurden gegraben, Land ward ur-
bar gemacht, die Anpflanzung von Baumwolle befohlen —
kein anderer Pascha war so rührig für seine Provinz, kein
Türke hatte jemals schon so viel Sinn für eine tüchtige

Verwaltung gezeigt und, wie Mehemed-Ali, gar Europäer, meist Franzosen, dafür berufen. Aber dies Alles geschah nur, um noch mehr Geld herauszuschlagen, den Segen, der geerntet wurde, in die gierigen Hände des Gewalthabers zu bringen, die gesteigerte Arbeitskraft seines armen Sklaven- volkes für den Ehrgeiz aufzubieten, eine eigene, ihm willen- los ergebene Heeresmacht zu haben, mit der er den Napo- leon in Egypten und, wenn möglich, im ganzen türkischen Orient spielen könne.

Diese eigenthümliche Regierungsweise gefiel dem Sultan in Konstantinopel aber durchaus nicht, und Mehemed-Ali hatte überdem dort seit der Mamlukenschlächterei erbitterte Feinde, welche Argwohn gegen seinen immer offener her- vortretenden Ehrgeiz nährten. Wozu brauchte er als Pascha eine eigene Armee, eine eigene Flotte sogar? Und bezahlte er dies Vergnügen auch aus seiner eigenen Tasche, die er sich durch die schamlosesten Erpressungen von seinen Unter- thanen füllen ließ, so mußte doch ein solcher Aufwand eines Reichsbeamten für militärische Zwecke als verdäch- tige Liebhaberei erscheinen. Man hatte ja schon Beweise genug, daß er vor keinen Bedenken zurückschreckte, um an sein Ziel zu gelangen, und dies Ziel, so witterte man am Bosporus, sollte die Rebellion gegen den Sultan und die Losreißung Egyptens von dessen Herrschaft bilden. Schon war der Pascha viel zu mächtig, um ihn einfach durch ein Absetzungsdekret beseitigen zu können. Er würde mit den fünfzigtausend Soldaten, die er sich ausgerüstet hatte, ein solches Dekret einfach verlacht haben, und um es mit Ge- walt etwa durchzuführen, dazu hatte der Sultan, in dessen

europäischen Staaten ein Aufstand dem anderen folgte,
keine Armee übrig, die der egyptischen irgendwie ebenbürtig
gewesen wäre.

Daher plante man, mit List durch die Rechnung Mehemed's einen Strich zu machen. Da er nun doch einmal
im Besitz einer so schönen Armee war und den Befehlen
der Pforte gehorsam sein mußte, so beschloß man, diese
Armee im Interesse des Reiches zur Verwendung zu bringen und sie dadurch zu schwächen, wo möglich zu ver-
nichten. In Arabien hatte sich der große Stamm der
Wahabiten empört. Mehemed-Ali wurde also beauftragt,
sie niederzuwerfen. Obwohl er des Sultans Absichten
durchschaute, so war Mehemed doch der Mann, der dabei
nicht zu kurz zu kommen fürchtete.

Er unternahm also den befohlenen Krieg, und sein
Sohn Ibrahim mußte ihn leiten. Binnen zwei Jahren,
1816 bis 1818, gelang es diesem, die Wahabiten niederzuwerfen und einen großen Theil Arabiens zu erobern.
Diese Eroberung schlug der Pascha einfach zu Egypten
und machte sich derartig für seine Dienste bezahlt, ohne
daß man in Konstantinopel es wehren konnte. Nebenbei,
da seine Armee doch nun im Kampfe erprobt war, ließ
er sie auf dem Rückmarsch einen Abstecher nach Nubien
zu den dort noch befindlichen Mamlukkennestern unternehmen, die zerstört wurden. Nubien und Kordofan wurden eine andere neue Provinz Egyptens, ein sehr werthvoller Zuwachs für dessen Pascha, da sie prächtiges Neger-
volk in Masse zum Verkauf an die amerikanischen Sklaven-
händler darbot. Zufrieden mit diesem Verlauf der Dinge,

empfahl er sich dem Sultan in tiefster Ehrfurcht gelegentlich für ähnliche Dienstleistungen mit seiner militärischen Macht.

Bald danach erfolgte der Aufstand der Griechen. Abermals trug der Sultan seinem gefährlichsten Pascha die Unterwerfung dieses Volkes auf. Die Aufgabe war viel schwieriger, weil Mehemed seine Truppen mit der Flotte übersetzen lassen mußte, und weil die Griechen insgeheim von den Russen, Engländern und Franzosen unterstützt wurden, die sogar ihre Kriegsschiffe aussandten. Daher scheiterte der Plan: Griechenland wurde nicht besiegt, und in der Seeschlacht von Navarin 1827 vernichteten die Engländer, denen Mehemed-Ali schon längst unbequem geworden war, die ganze unter Führung seines Sohnes Ibrahim ausgesandte egyptische Flotte mitsammt der türkischen.

Das war wohl ein schwerer Schlag für Mehemed, wenn er sich auch gegen finanziellen Verlust durch Erlangung des Paschaliks über Kreta im Voraus schlau zu sichern gewußt hatte. Tröstete man sich am Bosporus über das Fehlschlagen des Unternehmens mit der Ueberzeugung, daß der egyptische Pascha dadurch bedeutend geschwächt worden sei, so wußte die türkische Schlauheit desselben viel besser, daß des Sultans Herrlichkeit mit einer starken Truppenmacht bald über den Haufen zu stoßen sei. Und das wollte er beweisen; damit wollte er Rache an der Kamarilla in Stambul nehmen, die ihm Fallen zu stellen gedacht hatte. Gerade jetzt, da man ihn für schwach und ungefährlich hielt, bereitete er die Verwirklichung des lang gehegten Planes vor, im Orient die Rolle eines Napoleon zu spielen, aus Egypten ein großes und unabhängiges Reich und aus seiner Familie eine königliche Dynastie zu machen.

Rastlos ging er zu diesem Zweck an die Neugestaltung seiner Flotte, wie seines Heeres, wozu er französische Offiziere berief. Seine in den Fabriken und beim Ackerbau beschäftigten Sklaven wurden noch mehr angestrengt, um ihm die Mittel für den ungeheuren Aufwand zu liefern; in Nubien ließ er große Jagden auf die schwarzen Eingeborenen veranstalten, die er verkaufte. Diejenigen, welche ihm nichts an Geld einbringen konnten, aber noch für den Kriegsdienst brauchbar waren, steckte er in seine Regimenter. Und als er mit dieser Rüstung fertig war, schlug er einen anderen Ton gegen den Sultan an. Er forderte, sein Sohn Ibrahim sollte Pascha von Damaskus werden, womit ihm Syrien zugefallen wäre. Er wußte sehr wohl, daß man es ihm nicht geben würde, und darum wartete er nicht lange auf die Antwort, sondern brach mit seiner Macht auf, um es sich zu erobern. Das geschah 1831.

Sultan Mahmud wurde wüthend, als er von diesem Zuge seines egyptischen Pascha's hörte. Er schleuderte auf ihn und seinen Sohn den Bannstrahl des Khalifen und erklärte sie aller Aemter und Würden für verlustig. Indeß, was machte sich Mehemed-Ali daraus? Er war mächtiger, als der bedrängte Großherr in Konstantinopel, der nach der verrätherischen Niedermetzelung der Janitscharen, worin er dem egyptischen Pascha nachgeahmt hatte, nur eine elende Armee besaß. Schnell drang der Rebell vor und brachte ganz Syrien in seine Gewalt. Er rückte weiter mit seinen siegreichen Fahnen bis nach Kleinasien und seine Flotte segelte dem Bosporus zu. Wahrlich, in Konstantinopel selbst war der Sultan von dem Verwegenen bedroht, und Mehemed verstand keinen Spaß. Alles, was man an Truppen zusammenraffen konnte, warf man ihm noch entgegen. Bei Konieh in Kleinasien stieß man auf die Egypter, und hier vernichteten diese die letzte Armee des Sultans. Der Marsch nach dem Meer, die Einschiffung auf seiner Flotte stand dem Sieger frei, und mit der Spitze seines Schwertes konnte er im Palast der hohen Pforte zu Stambul dekretiren, daß die Dynastie Mahmud's aufgehört habe zu regieren, und diejenige Mehemed-Ali's den Thron der Khalifen besteige.

In dieser verzweiflungsvollen Nothlage verstand sich der Sultan dazu, seinen Todfeind, den russischen Kaiser, um Rettung anzuflehen. Und wirklich kamen die Russen und geboten am Bosporus den Heerschaaren des Egypters Halt. Dieser scheute sich vor dem Kampf mit dem neuen Gegner, hinter dem außerdem die europäischen Großmächte standen. Aber wenn er sich zum Frieden verstand, so sollte er denselben doch als Sieger schließen.

Der Sultan mußte daher in die Schmach willigen, die Aechtung gegen den Rebellen zurücknehmen, ihn im Besitz nicht nur von Egypten, Nubien, einem Theil Arabiens und von Kreta, sondern auch von Syrien bestätigen, während Ibrahim zum Statthalter von Cilicien ernannt wurde. Einen grimmigen Fluch schleuderte Mahmud auf diesen Friedensvertrag, der seiner Ehre so sehr zuwider war; indeß nicht anders wollte ihn Mehemed unterschreiben.

Beide schieden mit der Absicht, sich für neuen Kampf zu rüsten. Das drohende Wetter stand Jahre lang zwischen ihnen, ohne daß es sich entlud. Nur einzelne Blitze züngelten von einer Seite zur anderen herüber, und dumpfer Donner grollte fort und fort, bis endlich die unabwendbare Katastrophe erfolgte. Der Sultan hatte seine Armee neu gebildet; gleich der egyptischen war sie von europäischen Offizieren geschult worden. Nun sollte sie sich mit der des trotzigen, unbotmäßigen Pascha auf Tod und Leben messen.

Bei Nisib in Syrien stießen die beiden Heere am 24. Juni 1839 aufeinander; 30,000 Türken gegen 40,000 Egypter, welche wieder Ibrahim, der Sohn Mehemed's, befehligte. Mit seinem Geschützfeuer jagte er binnen einer Stunde die ganze Armee des Sultans auseinander; in wilder Flucht löste sie sich auf und nur der sechste Theil sammelte sich auf türkischem Boden wieder. Der Krieg war damit zu Ende; abermals war Mehemed Sieger. Sein Großherr erfuhr es nicht mehr; der Tod bewahrte ihn vor diesem Stoß in die alte brennende Wunde. Mit seinem letzten Athem hatte er noch gefragt, ob kein Tatar aus Syrien gekommen sei, der ihm den Sieg über den Verhaßten melde. In der Hoffnung darauf war er gestorben.

Und wieder bedrohte der Rebell Konstantinopel und die Existenz der Dynastie des Sultans. Wieder segelte seine Flotte dem Bosporus zu, und um seinen Triumph vollständig zu machen, ging die türkische Flotte, die ihm den Seeweg verlegen sollte, zu ihm über. Der neue Sultan Abdul-Medschid schickte Boten über Boten, die Mehemed den

Frieden antrugen, und dieser diktirte ihn abermals: ganz
Egypten mit Allem, was er dazu erobert, sollte ein erbliches Königreich für sein Geschlecht bilden.

In Stambul war man auf eine solche Forderung gefaßt gewesen; aber listig, wie immer, hoffte man durch
Winkelzüge aus der Klemme zu kommen. England und
Rußland traten für die bedrängte Pforte ein, wogegen
aber Frankreich mit Entschiedenheit für Mehemed Partei
nahm. Es war 1840 nahe daran, daß um seinetwillen
ganz Europa in Brand gerieth. Vor der Allianz, welche
die vier größten Staaten gegen Frankreich schlossen, wich
dasselbe jedoch zurück und überließ es Mehemed, sich der
ihn bedrohenden Waffengewalt selber zu erwehren. Die
englischen, türkischen und österreichischen Schiffe bombar-
dirten bereits seine festen Seeplätze in Syrien und an der
Nilmündung. Da wurde es ihm klar, daß er gegen solche
Uebermacht den Kampf nicht aufnehmen könne, und so erklärte er sich denn zur Unterwerfung bereit, wenn man
ihm Egypten lassen wolle. So zerrann der Traum seines
maßlosen Ehrgeizes, in dem er sich dreißig Jahre lang
gewiegt, vor der feindselig sich ihm entgegenstellenden Wirklichkeit.

Im Februar 1841 kam der Friedensvertrag zu Stande.
Mehemed wurde als Vasall des Sultans zum Vicekönig
von Egypten ernannt, und in solcher Form sollte die Statt-
halterschaft darüber erblich auf seine Nachkommen übergehen. Er hatte einen jährlichen Tribut an die Pforte zu
zahlen, sich den allgemeinen Gesetzen des osmanischen Reiches
gehorsam zu erweisen und durfte ohne Erlaubniß des Sul-

tans seine Streitkräfte nicht vermehren. Um ihm seine
persönliche Niederlage in etwas zu mildern, ernannte ihn
der Sultan dann zum Ehrengroßvezier der Pforte, zum
erlauchtesten seiner Unterthanen und zum K h e d i v e, ein
alter persischer Titel, der für ihn allein wieder in Anwendung kommen sollte.

Für einen Rebellen, der er gewesen, war Mehemed-Ali
noch gut genug weggekommen. Immerhin war Egypten
doch sein erbliches Reich geworden, er ein Herrscher, und
damit hatte er den festen Boden unter sich, auf welchem
er für die Zukunft weiter arbeiten konnte. Am Herzen
nagte es ihm indessen gleichwohl, daß er vor dem lang
erstrebten, schon zum Greifen nahen Ziele auf halbem
Wege hatte stehen bleiben müssen. 130,000 Mann stark
hatte er seine Armee gemacht, zur schönsten und tüchtig-
sten in der mohammedanischen Welt. Jetzt durfte er nur
18,000 Mann halten. Elf Linienschiffe, sieben Fregatten,
fünf Korvetten hatten seine Flotte gebildet und sich dem
Sultan furchtbar gezeigt. Jetzt sollten sie ungenutzt in
den Häfen von Alexandria und Abukir verfaulen.

Leer war sein Schatz, ausgesogen das durch seine Aus-
hebungen entvölkerte Land, verarmt das Volk durch sein
Erpressungssystem. Da war nun genug zu thun, um diese
Wunden zu heilen und die Hilfsquellen wieder zu heben.
Und das sollte geschehen. Französisches Abenteurervolk
stellte sich ihm genug zu Diensten, um noch mehr aus
dem Lande herauszupressen. Er ließ Fabriken anlegen;
allerhand europäische Neuerungen wurden eingeführt, eine
neue Eintheilung des Landes vorgenommen, Provinzial-

versammlungen wurden berufen, die Gesetzgebung reformirt,
eine gute Polizei organisirt. Es sah aus, als sei das
alte Pharaonenland vor allen heruntergekommenen Herr-
schaften der Sultane zu neuem civilisirten Leben erstanden.
Aber es war nur täuschender Schein. In Wahrheit bildeten die meisten dieser Kulturmaßregeln neue Mittel des
Despoten, um sein Volk sich reichlicher zinsbar zu machen,
orientalische Gewaltherrschaft durch europäische Regierungs-
künste zu verhüllen. Die Welt sollte geblendet werden.

Mehemed-Ali konnte es noch immer nicht verwinden,
mit der Ernennung zum Khedive seine Rolle ausgespielt
zu haben. Der siebenzigjährige Greis verfiel immer wieder
in die alten Träume, in denen er sich schon auf dem Thron
der Sultane gesehen. Und dann, so viel Mord und Blut
trat ihm aus seiner Vergangenheit entgegen und berauschte
vergiftend seine Sinne. Der Wahnsinn jagte ihn durch
die Säle und durch die Gänge seiner Burg in Kairo;
überall starrten sie ihm entgegen, die wüthenden dunklen
Augen der tausend blutigen Mamlukenköpfe. „Nach Mekka!
Nach Mekka!" schrie er in wilder Angst. Dort, am Grabe
des Propheten, wollte er Buße thun, aber man litt es
nicht; man schloß den Rasenden in seiner Wohnung ein.
Er wollte abbanken, er verfluchte seinen Vicekönigthron,
diese falsche Herrlichkeit eines Khedive. Er regierte schon
nicht mehr, da sein Sohn ihn von jedem Verkehr abschloß;
er lebte nur noch, ein Gespenst, ein ruheloser Schatten, ein
Greis ohne Verstand.

Im Jahre 1848 übernahm Mehemed's Sohn, Ibrahim
Pascha, mit Genehmigung der Pforte förmlich die Regie-

rung. Als derselbe schon ein paar Monate danach an Lungenschwindsucht starb, athmete der alte Khedive noch immer in dem Stumpfsinn, in den er verfallen war; er verstand es nicht mehr, daß nun sein Enkel Abbas zur Regierung seines Reiches vom Sultan berufen wurde. Achtzig Jahre hatte er vollendet, als ihn im August 1849 endlich der Tod erlöste aus der geistigen Nichtigkeit, in welche all' sein Ehrgeiz, sein Glück, sein verbrecherisches Leben und sein kriegerischer Glanz sich auflösten. Aber er hatte als der erste Khedive nicht nur seinem Geschlecht ein Vice-königthum erobert, sondern auch trotz aller Leiden, die er über sein Land verhängt, sich das Verdienst erworben, das-selbe zu einer wichtigen politischen Stellung emporgehoben zu haben.

Neujahrsbräuche.

Von

Oswald Heim.

Der Neujahrstag hatte schon in den ältesten Zeiten eine hohe, festliche Bedeutung. Von den Urbewohnern des alten Landes Jran in Asien, von den Parsen, wissen wir, daß sie den Beginn jedes neuen Zeitabschnittes mit Lustbarkeiten begingen. Die alten Römer feierten am ersten Jahrestage das Fest ihres Götterpaares Janus (des Beschützers alles Anfangs) und der Jana (als Göttin des Mondes auch Luna genannt); sie brachten dabei dem Janus Opfer, nannten diesen Tag dies faustus (Tag von günstiger Vorbedeutung) und nahmen an demselben gerne wichtige Geschäfte vor, um das Glück an die verrichteten Handlungen zu fesseln.

Das neue Jahr begannen viele christliche Nationen noch bis in die neuere Zeit hinauf nach alter heidnischer Sitte mit dem Frühlingsanfang. Unter Karl dem Großen begann das deutsche Jahr am 25. März; erst unter den letzten Karolingern setzte man den Jahresanfang auf den 1. Januar fest. Spanien und die Niederlande feiern das Neujahrsfest erst seit 1575, England seit dem 13. Jahrhundert, Frankreich seit 1564, Venedig seit 1653, Florenz erst seit 1745. Der Grundsatz des klugen Papstes Gregor des Großen, daß man die Feste der Heiden allmählig in christliche verwandeln und in manchen Stücken nachahmen müsse, hat auch auf die Gebräuche des christlichen Neujahrstages, beziehungsweise der Sylvesternacht, seine volle Anwendung gefunden. Bereits zur ersten deutschen Christenzeit wurde die Sylvesternacht, die letzte Nacht des christlichen Jahres, durchwacht mit der Erzählung von Sagen und Märchen, über deren heidnischen Ursprung die ältesten deutschen Bischöfe so erzürnt waren, daß sie — allerdings ohne besonderen Erfolg — contra garrulationes (gegen das Geschwätz am Sylvesterabend) eiferten.

Eine Hauptformalität, welche sich von den alten Neujahrsfesten erhalten hat, ist der Gruß und Glückwunsch. Jeder beeilt sich, dem Anderen den Neujahrs-Glückwunsch zuerst zu bringen, als Nachklang der alten Sitte, daß der Begrüßte dem Grüßenden ein Geschenk machte. Zur Zeit der antiken Welt war es, soweit Rom seine Herrschaft ausgedehnt hatte, eine beliebte Sitte, als sogenannte strenae, d. h. Neujahrsgeschenke, den lieben Freunden frischgrünende Zweige, als ein Zeichen des Umschwunges im Pflanzenreiche, wie des neu beginnenden jugendlichen Jahres, zugehen zu lassen. Bald aber wurden die Geschenke werthvoller und kostbarer. Besonders brachte man den Magistratspersonen Gratulationen dar, wohl um sie für das beginnende Jahr zu Freunden anzuwerben. Wenn ein armer Klient seinem reichen Patron das Neujahrsgeschenk überbrachte, so mußte er demselben noch eine Silbermünze beifügen, wie es seine Mittel erlaubten. Der Senat und die Ritter u. s. w. ermangelten nie, am Neujahrstage dem Kaiser Augustus die strenae zu bringen; war er abwesend, so ließen sie ihre Gaben auf dem Kapitol zurück. Tiberius schaffte diese Geschenke ab, weil es ihm zu kostspielig war, den Dank dafür auszudrücken. Caligula führte sie aber wieder ein und ließ sich sogar jene noch erstatten, welche sein Vorgänger abgelehnt hatte; er schämte sich nicht, in höchsteigener Person diese Gaben vor den Thoren seines Palastes entgegenzunehmen, ohne jemals Gegengeschenke zu machen. Die Neujahrsgeschenke erhielten sich trotz der Gegenagitation der ersten Christen; man verlegte sie zeitweilig auf das Osterfest, doch machte man sie später wieder am ersten Januar.

Eine hervorragende Rolle spielen die Neujahrsgeschenke, „les étrennes", in Frankreich. Bekannt ist die Leidenschaft der Franzosen für Bonbons, ebenso die Sitte, zu Neujahr eine Bonbonnière in das Haus zu senden, welches uns gastfrei seine Pforten öffnet. Es ist das eine Huldigung, die den Frauen dargebracht wird. Wochen lang vor dem Neujahrstage schmücken kleine Wunderwerke von Bonbonnièren die Schaufenster der ersten Confiseure, und selbst der kleine Epicier putzt seinen Laden mit den niedlichsten Schächtelchen. Außer Bonbons bestehen die Etrennes auch wohl aus Vasen, Bronzen, seltenem Porzellan oder irgend welchen anderen Kunstgegenständen.

Die Glückwunschkarten zum Beginn eines neuen Jahres, welche mit Hilfe der in neuerer Zeit zu so großer Ausbildung gelangten vervielfältigenden Künste gegenwärtig in großen Massen und in außerordentlicher Mannigfaltigkeit

hergestellt und am ersten Tage des Jahres an Familien-
angehörige, Freunde und Bekannte versendet werden, haben
bereits eine ältere Geschichte, als wohl die Meisten glauben,
die sie heute benützen, denn ihre Anfänge gehen bis in die
Wiegenzeit der ältesten der reprodujirenden Künste, der
Holzschneide- und der Kupferstecherkunst zurück. Im Jahre
1439 erschien der erste (natürlich mit Holztafeln) gedruckte
Kalender, und bald darauf verkaufte man auch gedruckte
Neujahrswünsche. Das Verlangen, den Angehörigen und
Freunden beim Jahreswechsel ein das ganze Jahr über
sichtbares Zeichen der dargebrachten Glückwünsche überreichen
zu können, veranlaßte die Formschneider und Briefmaler,
sich mit der Herstellung von Neujahrswünschen zu befassen.
Der älteste uns bekannte gedruckte Neujahrswunsch ist ein
Kupferstich vom Jahre 1466; auf einer sehr reich gehaltenen
Blume von phantastischer Form steht das Christuskind, das
ein Spruchband hält mit der Umschrift: „Ein gout selig
jor (Jahr)." Im 15. Jahrhundert wurden die Neujahrswünsche mitunter auch mit den Wandkalendern verbunden
und standen dann an der Spitze derselben. Einen ganz
anderen Charakter zeigen die Neujahrswünsche des 17. Jahrhunderts, als an Stelle der verfeinerten Sitte und des frischen
Volkslebens des vorhergehenden Jahrhunderts, sowie der
Verwilderung während des dreißigjährigen Krieges ein
steifes, ceremonielles Wesen getreten war. Die religiösen
Darstellungen verschwanden; an ihre Stelle traten die damals so überaus beliebten Allegorien, während schwülstige,
oft überschwängliche Verse den eigentlichen Glückwunsch ent-
hielten. Eine vollständige Umwälzung auf dem Gebiete

der gedruckten Neujahrswünsche brachte der im Laufe des
18. Jahrhunderts sich einbürgernde Gebrauch der Visiten-
karten hervor; sie waren die Veranlassung, daß die Glückwünsche die Form von Karten annahmen, so daß die Erst-
linge unserer heutigen Gratulationskarten eigentlich erst
diesem Jahrhundert entstammen. Im 18. und im Beginn
unseres Jahrhunderts waren vorzugsweise in Kupfer ge-
stochene und sodann kolorirte, sowie ferner in Papier er-
haben gepreßte, oder auch mit rosa, grünem und blauem
Atlaß überzogene Karten in Mode; sie zeigten blumen-
spendende Genien, die das Füllhorn ausleerende Fortuna
und besonders häufig den Altar der Freundschaft, welcher im
Zeitalter der Sentimentalität und überschwänglichen Gefühls-
äußerung, in dem man die Schließung von Freundschafts-
bündnissen mit feierlichen Schwüren, rührenden Ceremonien
und strömenden Thränen so sehr liebte, natürlich hier nicht
fehlen durfte.

Besonders interessant sind die verschiedenartigen Bräuche,
welche bei der Vorfeier des Neujahrs am Sylvesterabend
oder in der Neujahrsnacht im Schwange sind.

Der Sylvesterabend, welcher in jene Zeit fällt, die dem
Gotte Fro (Freyr) besonders heilig war, soll nach dem
Volksglauben für Liebesorakel und vornehmlich für die
Brautschau äußerst günstig sein. In den verschiedenen
Gegenden Deutschlands gibt es zahllose hierauf sich be-
ziehende Bräuche, welche aber alle in dem Kultus des Fro,
als des Gottes der Ehe, ihre Quelle haben. Vor Allem
ist es das Schwimmenlassen von Nußschalen und das Bleigießen, was an diesem Abend von Liebenden geübt wird.

Bei Ersterem setzt jede der anwesenden Personen ein aus
einer Nußschale bestehendes Schiffchen, in welchem ein
brennendes Lichtchen befestigt ist, in eine mit Wasser gefüllte Schüssel; aus denjenigen Personen, deren Fahr-
zeuge sich vereinigen, wird nun im nächsten Jahre ein
Paar, während ein verlöschendes Licht einen Todesfall an-
zeigt. Bei dem Bleigießen wird die Form des in's Wasser
gegossenen Bleies gedeutet; die Mädchen können daraus den
Stand ihres Zukünftigen erfahren. Aus welcher Gegend
der Bräutigam kommen wird, läßt sich sehr leicht ermitteln,
wenn das Mädchen in der Mitternacht in Begleitung eines
Hundes an einen Zaun geht, diesen schüttelt und dabei
spricht: „Tuunke (Bäumchen), ich schebber (schüttle) bi!"
Der Hund fängt darauf zu bellen an, und nach welcher
Gegend er dabei sieht, aus der kommt der Bräutigam. Von
welcher Gestalt der Geliebte sein wird, erfährt die Betref-
fende, sobald sie um Mitternacht ohne Licht in den Holz-
stall geht und einen Kloben Holz aus dem Holzstoße zieht.
Nach der Form des herausgezogenen Klobens richtet sich
die Gestalt des künftigen Liebsten; ist sie z. B. krumm, so
wird er verwachsen sein.

Im Samlande deckt das Mädchen am Sylvesterabend
einen Tisch in der Stube neben ihrem Schlafzimmer und
stellt ein Glas Wein, ein Glas Bier und ein Glas Wasser
darauf. Des Morgens sieht sie nach, aus welchem Glase
getrunken ist: fehlt Wein, so bekommt sie einen reichen
Mann, fehlt Wasser, einen armen Schlucker, fehlt Bier,
so wird ihr Mann zwischen beiden die Mitte halten. Wen
ein Mädchen heirathen wird, entscheidet sich in folgender

Weise. Mit zwei brennenden Lichtern tritt sie vor einen Spiegel und ruft dreimal den Namen des Geliebten; sieht sie dann im Spiegel sein Bild, so wird er sie freien, sieht sie einen Anderen, wird es dieser thun. Ob ein Mädchen überhaupt im kommenden Jahre heirathen werde, läßt sich sehr leicht erfahren, wenn es um Mitternacht in den Schaf- stall geht und im Finstern ein Schaf greift. Ist das ergriffene Thier ein Mutterschaf, so wird aus der Heirath nichts; ergriff es jedoch einen Hammel oder gar einen Bock, so kommt die Heirath sicher zu Stande. Zieht man in der Mitternachtsstunde eine Handvoll Stroh aus dem Dache, so heirathet man im kommenden Jahre, wenn die Zahl der dabei ergriffenen Halme eine gerade ist; ist sie ungerade, so muß man sterben. Auch kann man drei Namen auf ebenso viele Zettel schreiben, in einen Strumpf stecken und diesen dann unter das Kopfkissen legen. In der Nacht greift man in den Strumpf, zieht einen Zettel und erfährt durch ihn den Namen des bestimmten Bräutigams, beziehungs- weise der Braut.

Die geliebte Person erscheint im Traume, wenn man beim Schlafengehen Hafer und Leinsamen unter das Kopf- kissen streut und dabei spricht:

> „Ich säe Hafer und Lein!
> Wer mein Geliebter (Geliebte) soll sein,
> Komme im Traum und erschein':
> Wie er geht,
> Wie er steht,
> Wie er in die Kirche geht!"

Ebenso wichtig ist der Sylvesterabend für die Entschei-

dung der Frage, ob ein Liebespärchen im Laufe des kommenden Jahres Hochzeit machen werde. Man träufelt zu
diesem Zwecke in eine Schale mit Wasser zwei Tropfen
Talg oder Wachs, von denen der eine den Bräutigam, der
andere die Braut darstellt. Kommen sie schwimmend zusammen, so gibt's im neuen Jahre Hochzeit. Geht man
in der Mitternachtsstunde dreimal rückwärts um das Haus,
und sieht nach beendetem Gange auf das Dach, so wird
man im Laufe des neuen Jahres heirathen, wenn man
einen Kranz erblickt; nimmt man dagegen einen Sarg
wahr, so stirbt einer der Liebenden; einen Storch, so gibt's
Kindtaufe; einen Hahn, so brennt das Haus ab. Auch
legt die Braut beim Zubettgehen ein Gesangbuch unter
das Kopfkissen, kneift beim Erwachen in der Nacht ein Ohr
in ein Blatt und sieht am Morgen nach, wo das Zeichen
steht; hat es ein Hochzeitslied getroffen, so gibt es unfehl-
bar Hochzeit im Laufe des Jahres; traurig jedoch wäre es
für die Braut, wenn sie ein Todtenlied bezeichnet hätte,
denn dann würde sie im Laufe des neuen Jahres sterben.
Andere gehen unter das Fenster einer Stube, in welcher
eine laute Unterhaltung gepflogen wird, und fragen: „Werde
ich heirathen?" Erfolgt auf diese Frage zufällig ein „Ja!"
als Antwort, so ist die Hochzeit sicher, hört man dagegen
ein „Nein!" so wird aus derselben nichts.

Obstbäume werden nach mecklemburgischem Volksglauben
fruchtbar gemacht, wenn man ihnen am Neujahrstage gra-
tulirt oder sie in der Neujahrsnacht mit einem Silberstück
beschenkt, welches man unter die Rinde steckt. Man geht
aber ebenso sicher, wenn man die Bäume in der Sylvester-

nacht einfach durchprügelt. In der Pfalz wird in der Neujahrsnacht zwischen elf und zwölf Uhr jeder Baum mit einem Strohseile umwickelt und ihm das Neujahr angewünscht: „Ich wünsche euch das Neujahr an, daß ihr gute Früchte tragen sollt!" Die Strohseile verbleiben, bis sie abfallen; wer sie abreißt, der gilt für einen großen Frevler. In der Altmark wird vor dem Aufgang der Neujahrssonne in den Gärten geschossen, damit die Bäume, besonders die Kirschbäume, recht reichlich tragen.

Will man am Sylvesterabende sehen, wer aus einer Familie im nächsten Jahre stirbt, so muß man in einem Zimmer, in das Niemand mehr hineingehen wird, auf einem Tische einen Fingerhut mit Salz umstürzen. Ist das Salz am anderen Morgen eingedrückt, so stirbt Derjenige, für welchen man das Häufchen bestimmt hat. In Alvensleben glaubt man: wenn man am Sylvesterabende zwischen elf und zwölf Uhr in ein Zimmer geht, wo das Licht nur dürftig brennt, und seinen eigenen Schatten ohne Kopf sieht, so muß man in dem neuen Jahre sterben. Formt man in der Sylvesternacht aus Teig so viele Kuchen, als Leute im Hause sind, gibt jedem Kuchen den Namen eines Hausbewohners und drückt in alle ein Loch, so wird das Loch dessen, welcher im Laufe des nächsten Jahres stirbt, beim Backen zugehen. Nach uraltem Brauche geht man noch jetzt häufig in Mitteldeutschland in der Nacht zum ersten Januar auf einen Kreuzweg und stellt sich dabei nach geschehener Bekreuzung und Anrufung der heiligen Dreieinigkeit auf, um irgend einen Ton, welcher dann gedeutet wird, zu vernehmen, oder nur irgend etwas zu sehen. Man erfährt z. B. den Tod

gewiſſer Perſonen, indem man einen Leichenzug aus dem
Hauſe des Betreffenden kommen ſieht; ferner erhält man
Kenntniß eintretender Verheirathungen, Kriege u. ſ. w.

Kinder, die in der Neujahrsnacht geboren werden, haben
nach der Volksſage beſonderes Glück, natürlich, wie bei
allen derartigen Prophezeiungen, unter gewiſſen Bedingungen. Wenn es Mädchen ſind, müſſen ſie der Mutter
gleichen, die Knaben ſollen dem Vater ähnlich ſehen, ſonſt
trifft die Vorausſetzung nicht zu. In Weſtphalen gilt dieſer
Volksglaube auf den meiſten Dörfern; man betrachtet dort
die Neujahrskinder allgemein als bevorzugt, wie anderswo
die Sonntagskinder, und findet die glückverheißende Aehnlichkeit auch dann heraus, wenn ſolche gar nicht vorhanden
iſt. Auch das Wetter des nächſten Jahres kann man in
der Sylveſternacht erfahren; bläſt der Wind in dieſer Nacht
von Oſten, ſo hofft man auf ein geſegnetes Obſtjahr; von
Süden, ſo gibt es viel Korn; von Weſten verheißt er
Milch und Fiſche, von Norden aber Stürme und Kälte.
In manchen Orten nagelt man in der letzten Nacht des
Jahres die Ställe zu und legt etwas Schneidendes in das
Viehfutter, das ſchützt gegen Hexen. Vielfach begegnet
man auch dem Gebrauche, am erſten Januar Heringe zu
eſſen, denn dann hat man das ganze Jahr hindurch Geld.
Die Niederſachſen, welche das Land der „rothen Erde“ bewohnen, haben, wie ſo vieles Andere, auch die von den
alten Kulturvölkern überkommenen Bräuche am treueſten
bewahrt. Im Lande Weſtphalen herrſcht noch heute die
Sitte, zum Neujahrstage ein beſonderes Gebäck zu bereiten,
die ſogenannten Eiſerkuchen. In kreisrunden Waffelformen

werden am Vorabende des Neujahrstages dünne Waffeln aus Honig und Weizenmehl gebacken. Auf jedem Bauernhofe, in jedem Dorfe sitzen junge Mädchen und Frauen am Herde und backen Eierkuchen, die, in mehr oder weniger korrekter Cylinderform aufgerollt, in ungeheueren Quantitäten an die Herrschaft, die Dienerschaft, kurz an alle Hausgenossen gespendet werden.

In allen Ländern des Ostens und Nordens, wo der alte Julianische Kalender noch in Geltung ist, beginnt der Karneval schon um Weihnachten und wird in eigenthümlicher Weise gefeiert, welche von der Feier im Abendlande wesentlich verschieden ist. Der russische Karneval z. B. zerfällt in zwei Theile, in die Neujahrsfeier, welche mit Tanz, Scherz und Mummenschanz begangen wird, und in die sogenannte Butterwoche oder die Schmausezeit, welche den strengen Fasten vorangeht. Bei der russischen Neujahrsfeier spielen jene derben Scherze, Neckereien, Spiele und Belustigungen, wie sie einst bei den römischen Saturnalien üblich waren, noch heute eine große Rolle, und haben sich trotz aller Veränderungen, welche im Laufe der Zeit mit den Volksbräuchen vor sich gegangen sind, unter dem Landvolke noch in vollem Schwange erhalten. Eine der beliebtesten Vermummungen besteht darin, daß einige Bursche sich als Wolf, Bär, Pferd, Kameel, Ochse u. s. w. maskiren und in Begleitung von Musikanten Abends durch das Dorf ziehen, drollige Lieder singen und komische Tänze aufführen, namentlich aber den Tanzbären möglichst lebenswahr nachahmen, wofür sie dann von den Bauern mit Dünnbier, Meth oder Schnaps bewirthet und mit einigen Kopeken

beschenkt werden. Aehnliche Scherze treiben auch die Dienstboten in den Städten.

Am ersten Tage des Jahres eilen in den vereinigten
Staaten von Nordamerika die Männer von früher Morgen-
stunde bis zum späten Abend bei allen ihren Bekannten
umher, während die Damen in großer Toilette in ihren
Gesellschaftszimmern sitzen und die Besuche empfangen, stolz,
wenn die Zahl ihrer Gäste eine so bedeutende, daß sie
hoffen dürfen, ihre Rivalinnen zu überflügeln. Alles
schaart sich um den großen gedeckten Tisch, beladen mit
feinen Weinen, Liqueuren, kaltem Geflügel, Gelées, Crêmes,
Früchten, feinen Salaten und allen möglichen Delikatessen,
er ist das eigentliche Centrum und jedenfalls der anziehendste
Punkt, da bei der Hast, mit der die Gäste ihre ausgedehnte
Runde zu erledigen bemüht sind, von wirklicher Konversation
selbstverständlich nicht die Rede sein kann. Bei den zu
machenden wie entgegen zu nehmenden zahllosen „calls"
(Besuchen) ist darum der Neujahrstag ein für alle Theile
anstrengender, mühevoller Tag, ein geschäftiger Müßiggang
ohne Vergnügen und Erholung. Alle Welt freut sich,
wenn er überstanden ist.

Für die amerikanischen Neger gehört die Neujahrsfeier
zu den hervorragendsten religiösen Ceremonien. Wenn das
Neujahrsfest herannaht, sieht man von weit herum durch
Wald und über Feld, durch Dickicht und Schluchten Neger,
Mann, Weib und Kinder ihrem Bethause zuwandern, zu
Fuße, auf Wägelchen, mit Laternen oder nur geleitet vom
Mondschein. Man hört überall auf Weg und Steg das
Geplauder, Gesinge, Gelächter und Gejauchze des stets er-

regten schwarzen Volkes. Der Betsaal, in welchem sie
zusammenkommen, ist nur schwach erleuchtet; bald ist er
zum Erdrücken gefüllt, und aus den dunklen Ecken leuchten
freudige Augen und schimmern die weißen Haare ehrwür-
diger Negerhäupter. Es herrscht jetzt noch Stille, und nun
steigen die ältesten und angesehensten Mitglieder der schwarzen Gemeinde auf die Tribüne. Sie beginnen eine Hymne
anzustimmen, und die geputzten Mädchen, Burschen und
Männer fallen ein. Der Aelteste zieht die Uhr und ver-
kündet die zwölfte Stunde. Nun nimmt ein wildes Treiben
seinen Anfang. Alles ruft durch einander, man schüttelt
sich die Hände, wünscht sich Glück, betet überlaut, Kinder
weinen, die jungen Leute machen Spaß, Andere liegen auf
den Knieen, erflehen Vergebung für Sünden, geloben
Besserung. Es wird mit den Händen geklatscht, mit den
Füßen gestampft, und dazwischen erschallen von der Redner-
bühne Ermahnungen zur Buße, Predigten und Hymnen
besonders inspirirter Mitglieder.

Für die Mohammedaner ist das Neujahrsfest, Muharram
genannt, ein Freudenfest, welches sich am besten mit unserem Karneval vergleichen läßt und mehrere Tage dauert.
Wie bei den Hindus, ist auch bei den Mohammedanern
der Kalender auf das Mondjahr von 355 Tagen gegrün-
det; die Ersteren bringen ihr Jahr durch Schaltmonate in
einige Uebereinstimmung mit dem Sonnenjahr; den Be-
kennern des Islams wurde dies aber von Mohammed ausdrücklich verboten. So stellt sich ihr Neujahrsfest gegen
unseren Kalender jährlich um elf Tage früher ein als im
Vorjahre, und macht in dreiunddreißig Jahren die Runde.

Für die Schiiten, wie im Gegensatze zu den Sunniten bei den Mohammedanern alle Diejenigen heißen, welche Mohammed's Schwiegersohn, den vierten Khalifen Ali als dessen rechtmäßigen Nachfolger betrachten und daher die drei ersten Khalifen nicht anerkennen, sind die beiden letzten Tage des Muharrams die Hauptfesttage. Prozessionen gehen durch die Ortschaften, wobei unter großem Lärm und mit Musikbegleitung die Tâzias (d. h. Nachbildungen der Gräber der beiden Heiligen Hassan und Hasain, der Söhne Ali's), umhergetragen werden. Diese Tâzias sind Holzrahmen, mit geöltem Papier überzogen, die Seiten bemalt, mit Glimmer und buntem Glas belegt, das Ganze mit natürlichen und künstlichen Blumen bekränzt; innen brennen Lichter und erleuchten die Wände. Wohlhabende lassen Tâzias von bedeutender Größe und künstlerischer Ausstattung herstellen, den Rahmen von Sandelholz, Silberblätter statt Glimmer, Elfenbeinspitzen auf den Thürmen u. s. w. Das Umhertragen dieser Tâzias bildet den Glanzpunkt des Muharrams; am Schlusse wirft man die Tâzias von geringerem Werthe in's Wasser.

Bei den Chinesen ist der Neujahrstag ein bewegliches Fest und fällt meist in den Februar, oft in den Januar, zuweilen in den März. Er gilt für einen der größten Feiertage. Schon zehn bis zwölf Tage vorher werden alle öffentlichen Bureaux geschlossen und bleiben es einen ganzen Monat hindurch, während welcher Zeit die Beamten Festlichkeiten und Unterhaltungen veranstalten. Unmittelbar vor dem eigentlichen Neujahrstage werden die Feuerherde zu Ehren des Hausgottes gereinigt. Um Mitternacht, wenn das alte Jahr scheidet, wird ein wohlriechendes Bad genommen und die besten Gewänder werden angethan. Die Familienmitglieder besuchen die Tempel oder begeben sich an die möglichst glänzend erleuchteten Hausaltäre, um dort die nöthigen Ceremonien vorzunehmen. Bis zur Morgendämmerung wechseln religiöse Uebungen mit Abbrennen von Raketen, Weihrauch und buntem Papier ab. Bei Tagesanbruch beginnt der Austausch der Besuche und die Verzierung der Häuser mit Sprüchen und Transparenten; auch Geschenke spielen an diesem Tage eine nicht unbedeutende Rolle.

In Birma wird beim Wechsel des Jahres, der in den Monat April fällt, das sogenannte Wasserfest gefeiert, welches vier Tage lang andauert. In der Morgenfrühe strömt alles Volk zuerst zu den Pagoden, die man mit Wasser besprengt, während die Gottheit um ein glückliches und gesegnetes neues Jahr angefleht wird. Auch bringt man den Priestern Krüge mit Wasser und bittet dabei um Vergebung aller im verflossenen Jahre begangenen Sünden. Nach dieser religiösen Feier beginnt nun eine Art Karneval, bei dem man sich aber nicht, wie in Italien, mit Confetti (kleine Gypskügelchen) und Blumen bombardirt, sondern gegenseitig, wie dies auch in manchen südamerikanischen Ländern üblich, mit Wasser, das häufig parfümirt ist, zu begießen sucht. Aus den Häusern gießt man Wasser auf die Vorübergehenden, und in den Straßen sammeln sich überall Gruppen von jungen Leuten beiderlei Geschlechtes, die sich unter Scherzen und Gelächter gegenseitig aus irdenen Krügen und Gefässen aller Art, sowie mit kleinen Spritzen

möglichst naß zu machen suchen. Oft treffen auch mehrere
solcher fröhlichen Gesellschaften auf einander und liefern sich
dann zu allgemeinem Jubel förmliche Wassergefechte. Wer
sich nur immer auf den Straßen blicken läßt, wird be=
sprißt, ohne Ansehen der Person oder des Ranges, so daß
man während der ganzen Dauer des Festes kaum einen
Menschen zu sehen bekommt, der nicht mehr oder weniger
durchnäßt wäre. Die diesem originellen Feste zu Grunde
liegende Idee ist unstreitig die, durch das Begießen mit
Wasser die unrein machenden Sünden des Vorjahres abzu=
waschen.

So sehen wir unter den verschiedenen Himmelsstrichen
auch die verschiedensten Bräuche bei der Vorfeier des Neu=
jahrsfestes und an diesem Tage selbst im Schwange, um
dem Gefühle, daß der Jahreswechsel einen wichtigen Ab=
schnitt im Leben eines Jeden bedeute, auch äußerlich Aus=
druck zu geben.

Die Stadt Peter's des Großen.

Bilder aus der russischen Metropole.

Von
Hasso Harden.

(Nachdruck verboten.)

Noch nicht zweihundert Jahre sind verflossen, seit Peter der Große den Grundstein zu der heutigen Hauptstadt Rußlands legte und ihr den Namen seines Schutzpatrons gab. Das hölzerne kleine Häuschen, in dem er während des Beginns des Baues wohnte und von welchem aus er mit ebensoviel Energie wie Härte das Fortschreiten der Arbeiten förderte, ist noch heute erhalten und ein rühmenswerthes Zeichen der Pietät, mit der das Andenken des großen Despoten von seinen Nachfolgern bewahrt wird.

Wenn Sankt Petersburg mithin auch die jüngste unter den europäischen Hauptstädten ist, so kann man doch nicht umhin, sie als eine der interessantesten, und in vieler Beziehung als eine der schönsten zu bezeichnen. Der allmächtige Wille einer Reihe unumschränkter Herrscher Rußlands, die ihren Stolz darein setzten, die neue Hauptstadt zu verschönen und zu vergrößern, hat dazu ebensoviel beigetragen als die dem Handel günstige Lage der Metropole am finnischen Meerbusen und der Mündung der wasserreichen Newa. Es ist bezeichnend, daß St. Petersburg, das um die Wende

des vorigen Jahrhunderts kaum mehr als 200,000 Einwohner besaß, jetzt über 700,000 Bewohner zählt, und die
Stadt daher ein Wachsthum der Bevölkerung aufzuweisen
hat, wie kaum eine zweite; aber — und hierin liegt die
Kehrseite des glänzenden Bildes — diese schnelle Zunahme
ist ein künstliches Produkt, hervorgebracht durch fortwäh-
rende Einwanderung. Die deutsche Kolonie allein zählt
zwischen 50,000 und 60,000 Mitglieder.

Peter der Große übersah, oder wollte vielmehr absichtlich übersehen, daß seine Gründung bei allen Vortheilen
ihrer Lage eine höchst ungesunde Stadt werden mußte.
Der Grund und Boden, auf dem St. Petersburg steht,
ist ursprünglich ein Sumpfterrain gefährlichster Gattung,
und noch heute, trotzdem es sich in der unmittelbarsten
Umgebung der Stadt längst in Wiesen und Gärten verwandelt hat, die Hauptursache der hohen Sterblichkeitsziffer.
Der mangelhafte Gesundheitszustand wird außerdem noch
durch zahlreiche Ueberschwemmungen verschlimmert, denen
einzelne Stadttheile fast alljährlich ausgesetzt sind; die
höchsten Punkte der Stadt liegen nämlich nur 18 Meter,
die niedriger gelegenen kaum 5 Meter über dem Meeresspiegel, und die herrschenden Westwinde stauen nur zu
häufig die Newa derart an, daß sie über ihre Ufer tritt,
wodurch bisweilen Katastrophen von geradezu schrecken-
erregendem Umfange herbeigeführt werden, wie z. B. jene
plötzlich hereinbrechende Ueberschwemmung des Jahres 1824,
bei der 500 Menschen ihr Leben einbüßten und Millionen
an Werthen verloren gingen.

St. Petersburg ist thatsächlich eine Inselstadt, wenn

auch die zahlreichen Brücken, deren es einige neunzig gibt, dies weniger empfinden lassen. Die Straßen, deren man mehr als fünfhundert zählt, sind durchgehends schnurgerade angelegt und lassen die Entstehung der Riesenstadt nach einem einheitlichen Plan erkennen; ausnahmslos sind sie sehr breit und lustig, einige erreichen eine Breite von über 45 Meter, und selbst die schmalsten sind immer noch min= destens 12 Meter breit. Die 64 großen Plätze werden an Umfang und Ausdehnung in keiner Residenz der Welt ihres Gleichen finden, auf dem mit dem Standbilde des russischen Nationalhelden Suworow geschmückten Zarhynplatz, dem Petersburger Marsfelde, können z. B. 40,000 Mann Truppen zu gleicher Zeit manövriren, und der Semenowski= platz, der Alexander= und der Preobraschenskiplatz geben ihm an Größe nicht viel nach — Rußland ist eben ein Land, in dem Alles kostbar sein mag, nur der Raum nicht. Den Straßen und Plätzen reihen sich die prächtigen, mit mächtigen Granitquadern umsäumten Quais an; der eng= lische Quai, am linken Ufer des Hauptarmes der Newa, und die Quais des Fontanka=Kanals, sind die Sammel= plätze der eleganten Welt, und werden in Bezug auf die Großartigkeit der an ihnen gelegenen Bauten vielleicht nur noch von der Hauptstraße der ganzen Stadt, dem weltberühm= ten Newski=Prospekt übertroffen. Der Newski=Prospekt ist allerdings die eigentliche Pulsader der Stadt, und für Petersburg das, was für London „Regentstreet", für New= York der „Broadway", für Wien die „Ringstraße" und für Berlin die Straße „Unter den Linden" ist. Auf einer Strecke von 13 Kilometer Länge reiht sich hier Palast an

Palast, und das Gewühl von Fuhrwerken der verschiedensten
Konstruktion, von Fußgängern, Pferdebahnen und Reitern
würde nicht zu ertragen sein, wenn der sinnbetäubende
Lärm nicht durch die Verwendung von Holzpflaster gemin-
dert wäre. Der Newski-Prospekt nimmt seinen Anfang im
Centrum der Stadt, von dem am englischen Quai gelegenen
Admiralitätsplatze, durchschneidet sie von Nordost nach Nord-
west und endigt an dem riesigen Alexander-Newskikloster.
Am Newski-Prospekt ist u. A. die prächtige Kasan'sche
Kathedrale, eine Nachahmung der Peterskirche zu Rom, bele-
gen, deren Allerheiligstes sammt Thüren und Geländern aus
massivem Silber ist und in welcher sich eine Diamantkrone
des Muttergottesbildes befindet, deren Werth auf Millionen geschätzt wird; ferner die Duma, das Rathhaus mit
seinem geschmackvollen Thurm, der Gostinnoi-Dwor, der
Kaufhof, in dessen zahlreichen Läden und Magazinen,
Speichern und Kellereien sämmtliche Bedürfnisse der Noth-
durft und des Luxus aufgestapelt sind. Unmittelbar an
diesen permanenten Riesenmarkt stößt das Anitschkow-Pa-
lais, die Residenz der russischen Thronfolger, und jenseit des
Fontanka-Kanals, der von der mit vier kolossalen ehernen
Rossebändigern gezierten Anitschkow-Brücke überspannt wird,
liegt das schöne, im Style der edelsten Renaissance erbaute
Palais des Fürsten Bjeloselski. Hoch interessant ist endlich unter den Gebäuden des Newski-Prospekts die kaiserliche Bibliothek mit über einer Million Bände und einer
höchst werthvollen, theilweise einzig in ihrer Art dastehen-
den Handschriftensammlung. Auf einem Ehrenplatz liegt
hier ein kleiner Foliant in massiv silbernem Einband:

das erſte in Rußland gedruckte Buch mit dem Datum des 1. März 1564.

Aber wenden wir uns zurück zum Admiralitätsplatz. Wir ſtehen an der rauſchenden Newa, von deren jenſeitigem Ufer die Wälle und Baſtionen der heute inmitten der Stadt gelegenen Peter-Paulsfeſtung herüberſchimmern, weit überragt von der in ihren Umwallungen gelegenen gleich⸗ namigen Kirche. Links dehnt ſich die mächtige, 500 Schritt lange Front des Admiralitätsgebäudes aus, deſſen Grundſtein noch Peter der Große ſelbſt legte, rechts ſchweift der Blick längs des Quais bis hinunter zu dem Rieſenbau des Winter⸗ palaſtes, ſchräg gegenüber auf der Waſſili-Oſtrow-Inſel erheben ſich die Säulenreihen der Börſe, die langgeſtreckte Univerſität, das mächtige Zollhaus mit einem umfang⸗ reichen Handelsmuſeum und das Kadettenhaus. Hüben wie drüben leuchtet zwiſchen all' den großen öffentlichen Bau⸗ ten das friſche Grün der Gärten hindurch. Drüben auf dem Glacis der Feſtung iſt der ſchöne Alexandergarten, der Hauptſammelplatz der einfacheren Volksklaſſen, hüben die reizenden Anlagen um die Admiralität, in deren Mitte ſich die Koloſſalſtatue Peter's des Großen auf einem ge⸗ waltigen Granitblock erhebt, weiter zur Rechten der ſoge⸗ nannte Sommergarten, nahe dem Marsfeld, welcher die feinere Welt zum Luſtwandeln einladet.

Ganz beſondere Aufmerkſamkeit verdient das Winter⸗ palais. Peter der Große beſaß an Stelle deſſelben ein kleines, zweiſtöckiges Haus, erſt unter der Kaiſerin Anna wurde 1732 der Grundſtein zu jenem Wunderbau gelegt, der, unter ihrer Nachfolgerin Katharina II. vollendet, unter

den Residenzschlössern jener Zeit ohne Gleichen dastand.
Fast genau hundert Jahre nach seiner Vollendung, im
Jahre 1837, brannte der Riesenpalast ab, wurde aber
in der kurzen Zeit von 15 Monaten nach den ursprüng-
lichen Plänen des Italieners Rastrelli wieder aufgebaut,
es war ein Bau, wie er nur in Rußland, nur unter der
despotischen Machtvollkommenheit des Zaren Nikolaus
möglich war. Tag und Nacht, Sommer und Winter,
jedem Wechsel der Jahreszeit trotzend, wurde gearbeitet,
viele Arbeiter erlagen den übergroßen Anstrengungen, und
Hunderttausende kostete die erzwungene Beschleunigung,
aber General Kleinmichel, der Leiter des Ganzen, der sich
dem Kaiser gegenüber für die Vollendung innerhalb der ge-
gebenen Frist verbürgt hatte, erreichte sein Ziel. Ob das
Winterpalais eigentlich schön ist, darüber sind die Ansich-
ten sehr getheilt; die Höhe des Gebäudes von etwa 70 Fuß
ist zu gering für die kolossalen Fronten des mächtigen
Vierecks, der Unterbau gilt als zu niedrig, die Façade
als überladen. Jedenfalls ist der Eindruck des massigen
Ganzen aber, ungeachtet aller dieser Bedenken, ein über-
wältigender, besonders von der Newaseite aus, von der
eine mächtige Auffahrt und eine unvergleichliche Marmor-
treppe bis zur Höhe des ersten Stockes hinaufführt, der
die großen Festsäle enthält. Den zweiten Stock bewohnt
meist die kaiserliche Familie, das Erdgeschoß und die Souter-
rains die Beamtenschaar und die Dienerschaft. Am sehens-
werthesten sind die Räume des ersten Stockwerks; hier befindet sich die prachtvolle Georgshalle, in der die Gesandten
empfangen werden, die Militärgallerie, der Feldmarschall-

saal und der sogenannte weiße Saal, in welchem die großen Hoffeste abgehalten werden. Vom zweiten Stock aus ge= langt man direkt in einen reizenden Wintergarten von be= deutendem Umfang. Das Dach des Palais wölbt sich über einer Einwohnerschaft von gegen 1200 Personen, eine kleine Stadt für sich. Man erzählte sich früher mit Vor= liebe Anekdoten, wie einzelne Domestiken sich Jahre lang auf den Dächern Kühe und Schafe gehalten haben sollten, ohne daß dieser mindestens originelle Einfall entdeckt worden sei; jetzt, nach den wiederholten nihilistischen Attentaten ist die bei der ungeheuren Ausdehnung des Gebäudes allerdings sehr schwierige Kontrole eine strengere. Durch bedeckte Gallerien ist das Winterpalais mit der Eremitage verbun= den, einem schönen Gebäude von ebenfalls riesigen Dimen= sionen, das in seinem Inneren die reichsten und wichtigsten Denkmäler der Kunst vereinigt, welche überhaupt in russi= schem Besitze sind.

Wenn wir das Winterpalais durch das Südportal ver= lassen, fällt uns auf dem freien Platz, der sich zwischen jenem und der halbmondförmigen siebenhundertfenstrigen Front des Generalstabsgebäudes erstreckt, die wunderbar schöne Alexandersäule auf. Es ist dies ein 23 Meter hoher Monolith von rothem finnischen Granit, dessen Sockelmantel und Kapitäl aus eroberten türkischen Kanonen gegossen ist. Die ganze Säule erreicht eine Höhe von 48 Meter, auf der Spitze des Monolithen steht ein bronzener Engel, das reich mit Armaturen und Trophäen bekleidete Piedestal trägt die Inschrift: „Alexander dem Ersten das dankbare Rußland."

Wir überschreiten noch einmal den Newski-Prospekt und wenden uns dem Inneren der Stadt zu. Es ist Winter; der unfreundliche, naßkalte Herbst ist gewichen, sein unvermeidlicher Begleiter, der zollhohe Schmutz, ist verschwunden, feste glatte Schneebahn bedeckt das Pflaster, und Tausende von leichten Schlitten beleben die Straßen. Noch ist es nicht empfindlich kalt, die Nasen der Spaziergänger beweisen es, denn sie blicken munter und röthlich angehaucht aus dem köstlichen Pelzwerk heraus, das man in solcher Reichhaltigkeit nur in Petersburg sieht. Aber es ist doch kalt genug, um die Winterverproviantirung der Hauptstadt vornehmen zu können; überall sieht man lange Schlittenreihen mit Vorrath für Mensch und Thier beladen daherziehen, und wenn wir auf unserem Gang durch die Stadt den Heumarkt passiren, erblicken wir ganze Berge von gefrorenem Fleisch aufgethürmt. Die Theehäuser und Schenken machen gute Geschäfte, besonders die letzteren, denn es ist leider Thatsache, daß in Petersburg jährlich jeder Einwohner durchschnittlich für 20 Rubel Spirituosen verbraucht; aber ihr Hauptgeschäft konzentrirt sich doch auf die Festwochen, besonders auf die Zeit der „Butterwoche" und auf die Osterwoche. Diese Zeit wird von Alt und Jung, von Arm und Reich durchjubelt und durchtobt; die Theater geben täglich doppelte Vorstellungen, auf den öffentlichen Plätzen sind Karoussels, Menagerien, Schaukeln und Panoramas aufgefahren, und Riesen und Zwerge, Bänkelsänger und Tausendkünstler produciren sich in buntem Durcheinander. Auf dem spiegelglatten Eise der Newa entfaltet sich das bunteste Leben; die feine Welt gleitet auf

leichtbeſchwingten Stahlſchienen nach dem Takt der Muſik-
corps von Ufer zu Ufer, das Volk beluſtigt ſich auf den
beliebten Rutſchbergen aus Schnee und Eis, und als In-
begriff des Vergnügens gilt eine Wettfahrt mit dem echt
nationalen Dreigeſpann, der Troika. Ja, wer St. Petersburg ſehen will, muß es im Winter beſuchen — dann iſt es
eine Stadt voll unbeſchreiblichen Zaubers. Und iſt es im
Sommer intereſſant durch den ewigen wechſelvollen Reiz
des buntbewegten Lebens, ſo iſt es geradezu märchenhaft
ſchön in ſeinem weißen Schneegewande, wenn die Dämme-
rung herabſinkt und der Mond ſeinen klaren Schein auf
das weiße glitzernde Gewebe wirft. Wie Feenbogen wölben
ſich dann die Brücken über den geſeſſelten Strom, auf dem
tauſend und abertauſend Lichter aufblitzen und ein fröh-
liches Menſchengewühl der Nacht und der Kälte ſpottet;
einer funkelnden mächtigen Diamantnadel gleich ſchimmert
die blanke Spitze der Peter-Paulskirche von jenſeit der
Newa herüber, auf den Plätzen, vor den Theatern lohen
in eiſernen Behältern große Feuer, um die ſich die harren-
den Kutſcher, Erwärmung ſuchend, in dichten Schaaren
drängen, und an den langen Fronten der Paläſte iſt Fenſter an Fenſter erleuchtet. Es iſt ja die Zeit der eigentlichen „Saiſon". Diners, Soupers und Bälle jagen einander,
die Nacht wird zum Tage, der Tag zur Nacht gemacht
— es iſt eine Hetzjagd, die nur ruſſiſche Nerven ver-
tragen können.

Aber kehren wir zu unſerer Wanderung durch die Stadt
zurück. Vom Heumarkt gelangen wir in den Wosneſſenski-
(Auferſtehungs-)Proſpekt, der gewiſſermaßen als Gegen-

stück zum Newski-Prospekt die Stadt von Nordost nach
Südwest durchschneidet und uns zur schönsten und präch-
tigsten Kirche der Stadt, zu der Isaakskathedrale, führt.
Von Katharina II. im Jahre 1786 begonnen, ist der Bau
erst im Jahre 1859 unter Leitung des berühmten Mont-
ferrand vollendet worden, und muß jedenfalls zu den be-
deutendsten architektonischen Werken nicht nur Rußlands,
sondern der Neuzeit überhaupt gezählt werden. In Gestalt
eines Kreuzes aufgeführt, ist die Kathedrale nahezu 350 Fuß
lang und 300 Fuß breit, während die in der Mitte des
Kreuzes befindliche gewaltige Kuppel, welche wieder von
vier kleineren Kuppeln umgeben ist, zur gleichen Höhe hinan-
steigt. Das Innere ist mit höchster Pracht und mit einer
wahren Verschwendung der edelsten Materialien geschmückt;
glänzend polirte Monolithen aus rothem Granit wechseln
mit Pfeilern und Pilastern von Marmor, Malachit und
Lapislazuli ab, die Wände sind mit weißen Marmortafeln,
die Kuppeln mit vergoldeten Kupferplatten bekleidet —
der ganze Bau hat über 25 Millionen Rubel gekostet.

Und wieder stehen wir an der Newa. Der Frühling
ist gekommen, frei fluthet der Strom, belebt von unzäh-
ligen Dampfern und Booten, zwischen seinen Ufern dahin.
Die Zeit des Eisganges ist vorüber, schon hat der Kom-
mandant der Peter-Paulsfestung dem Zaren im Winter-
palast die alljährliche Meldung, „die Schifffahrt ist
frei", gemacht, und die ersten grünen Knospen lugen
verstohlen aus den Anlagen hervor. Wir gehen über die
prächtige Nikolaibrücke, in deren Mitte eine kleine mit ungeheuren Reichthümern ausgestattete Kapelle steht, hinüber

nach der Inſel Waſſili-Oſtrow, deren Oſtſpitze mit zahlreichen, zum Theil ſchon erwähnten Krongebäuden bedeckt iſt, und die hauptſächlich von Deutſchen, Künſtlern,
Beamten u. ſ. w. bewohnt wird, während die nordöſtlicheren
Stadttheile, die ſogenannte Petersburger Inſel, Groß- und
Klein-Ochta u. ſ. w. meiſt von dem ärmeren Theil der
Bevölkerung bewohnt ſind; hier dehnen ſich noch in langen,
endloſen Reihen die alten baufälligen Holzgebäude aus,
welche aus den inneren Stadtvierteln in den letzten Jahr-
zehnten längſt verſchwunden ſind, und während dort der
Reichthum ſich brüſtet, zeigt ſich hier ſtellenweiſe das Elend
in ſeiner kraſſeſten Geſtalt.   Das iſt das Charakteriſtiſche
von Petersburg, daß es die Stadt der Gegenſätze iſt: Oſten
und Weſten, alte und neue Zeit, europäiſche Kultur und
aſiatiſche Rohheit, größter Reichthum mit allen ſeinen Ge-
nüſſen und tiefſte Armuth treffen hier zuſammen! Wer
einmal in den Straßen der Stadt — und täglich bietet
ſich überall die Gelegenheit dazu — den Tataren neben
dem langbezopften Chineſen, den Bergſohn des Kaukaſus
neben dem Kinde des finniſchen Landes, den eleganten
Lebemann auf feurigem Roſſe, neben dem mühſam dahin-
ſchleichenden, in Lumpen gehüllten Invaliden der Arbeit
geſehen hat, wer einmal am gleichen Tage durch die gold-
ſtrotzenden Gemächer des Winterpalaſtes ging und in eine
Hütte am äußerſten Ende von Ochta trat — nur der kann
dieſe Gegenſätze und ihre Bedeutung für die Zuſtände Rußlands erfaſſen und würdigen!

Aber, das iſt nicht zu leugnen, es geſchieht auch in
St. Petersburg ſehr viel zur Hebung des ſozialen Elends.

Die Schulen sind zahlreich und gut, und an Wohlthätigkeits-
anstalten ist kaum eine Stadt reicher als die russische Metropole. Das großartige kaiserliche Findelhaus, das mit
seinen weitläufigen Gebäuden, Höfen und Gärten einen
ganzen Stadttheil einnimmt, gewährt jährlich 8000 Kindern
Aufnahme und Erziehung, die vielen Hospitäler und Kran-
kenhäuser können zwischen 9000 bis 10,000 Kranke gleichzeitig aufnehmen, und die private Wohlthätigkeit ist un-
unterbrochen rege. Trotzdem ist in einzelnen Vorstädten
das Elend groß, und die vorhandenen Mittel reichen zeit-
weise, besonders bei Beginn des Frühlings und Winters
nicht aus, wozu freilich die ungesunde Lage der Stadt viel
beiträgt; bezeichnend ist, daß nach statistischen Nachweisun-
gen jährlich in den Petersburger Apotheken über zwei
Millionen Rezepte angefertigt werden!

Aber wenden wir uns zum Schluß unserer Skizze zu
einem erfreulicheren Bilde, zu den reizenden Inseln, die
von den verschiedenen Newa-Armen im Norden der Stadt
gebildet werden, und die anziehendste Eigenthümlichkeit
Petersburgs, mindestens für den Sommer, bilden. Niemand, der einigen Anspruch darauf machen möchte, zur
guten Gesellschaft zu gehören, wird im Hochsommer in
der Hauptstadt bleiben, Alles rettet sich vor der erstickenden
Hitze und dem fürchterlichen Staub auf das Land, auf die
„Datsche" (Villa), welche zu besitzen oder wenigstens zu
miethen, für jede Petersburger Familie die Quintessenz
aller Wünsche ist. Und diese Villen sind in der That
reizend; längs des Stromes inmitten der herrlichsten Gärten gelegen, versetzen sie den Ahnungslosen, der die Haupt-

ſtadt des nordiſchen Zarenreiches beſuchen wollte, ſcheinbar
plötzlich in ein tropiſches Land, die Terraſſen und Veran-
den ſind mit den im Treibhaus gezogenen Gewächſen einer
ſüdlichen Zone bedeckt, mächtige Palmen wiegen ſich im
Freien und kleine Orangenhaine ſenden ihre würzigen Düfte
über das klare, helle Waſſer. Die Apothekerinſel, die In-
ſeln Jelagin, Kameni-Oſtrow und Kreſtowski ſind in den
Sommermonaten die Sammelpunkte des ganzen Verkehrs;
Petersburg iſt anſcheinend nach ihnen ausgewandert und
vergnügt ſich an den ländlichen Freuden des Angelns, der
Jagd, am Baden und Bootfahren! Leider iſt dieſe angenehme Zeit nur kurz, im Juni wandert man hinaus nach
den kaum grünenden Landſitzen — Ende Auguſt treiben
die herbſtlichen Stürme die Emigranten bereits wieder in
die geſchützten Mauern der Stadt zurück, zurück zur raſt-
loſen Thätigkeit, zurück zum nimmerſatten Vergnügen!

Der Buchsweiler Weiberkrieg.

Eine geschichtliche Begebenheit aus dem Elsaß.

Von

Anton Ohorn.

Um die Mitte des 15. Jahrhunderts saß auf dem Schlosse zu Buchsweiler im Elsaß Herr Jakob der Bärtige aus dem Geschlecht der Lichtenberge, ein guter, leutseliger und gerechter Mann, den seine Unterthanen liebten und ehrten und seine Nachbarn hochachteten. Das zeigte sich zumal, als seine wackere Ehefrau verschieden, und man ihm von allen Seiten das lebhafteste Bedauern kundgab.

Herr Jakob war nicht mehr jung an Jahren, als sich dies zutrug, aber er war weichen Gemüthes, und der Verlust des treuen und guten Weibes machte ihn trübgesinnt, so daß es männiglich leid that um den lieben Herrn. Man rieth ihm Zerstreuung an, und um solche zu finden, ritt er vielfach allein und unerkannt durch das Land und mischte sich bei den Festen unter das Volk.

So kam er einst auch in das freundliche Dorf Uttenheim im Badener Land, just als daselbst die Kirmeß begangen ward. Es war ein wunderbar schöner Herbsttag, und das Völkchen tummelte sich im Freien auf der Wiese vor der großen Herberge, erlustigte sich mit Ringelstechen

und Tanz und saß im Grünen oder an den rohen Eichen-
tischen beim Wein. Herr Jakob hatte sein Rößlein eingestellt und ließ sich an einem Tische nieder, von welchem
er das Gewühl der Tanzenden einigermaßen überschauen
konnte. Es waren muntere Burschen und frische, roth-
wangige Dirnen, die nach den Tönen der kreischenden Fiedel
und quietenden Klarinette fröhlich und jauchzend den grünen
Anger zerstampften. Auf allen Gesichtern lag sonnige Hei-
terkeit, nur der Edelherr saß mit seinem trüben, melancholi-
schen Gesichte dabei.

Da trat eine frische Bauernmaid an ihn heran. Lange
braune Zöpfe, mit rothem Seidenband durchflochten, fielen
ihr über den Rücken, das Antlitz war von lichter Farbe,
die Wangen glühten und aus den Augen loderte ein lustig
schelmisches Feuer. Das geschmückte Mieder saß knapp und
drall, und der hellfarbige Rock fiel in zierlichen Falten um
die Knöchel der kleinen schlanken Füße. Sie redete Herrn
Jakob an:

„Mit Vergunst, Herr Ritter, Ihr seht so trübe drein;
heute muß Alles bei uns lustig sein, schüttelt ab, was Euch
drückt, und tanzt einen Reihen mit mir!"

Er sah sie erstaunt an und fand, daß sie hübsch war;
er lächelte müde und entgegnete:

„Hab' Dank, mein schönes Kind; das Tanzen sollt' mir
übel anstehen, ich hege noch Trauer um meine Hausfrau
und bin ein alter Mann, der dem jungen Blut zum Ge-
spött dienen würde."

„Hoho, Herr Ritter, da thut Ihr Euch selber Unrecht,
Ihr seid noch gar nicht alt und ein hübscher, stattlicher

Mann dazu, der einem Mädchen warm um's Herz machen könnte!"

„Ei, ei, das klingt ja sehr freundlich," sagte Herr Jakob und lächelte dazu, aber nicht mehr so müde und trübe, wie zuvor; „wie heißest Du denn?"

„Bärbel, lieber Herr!"

„Nun, Bärbel, willst Du mir eine Freude machen? Ja? Nun, so laß einmal den Reigen sein und setze Dich so lang an meine Seite und trinke von meinem Wein und plaudere mir eins vor, Du hast eine gar liebe, freundliche Stimme."

„Wenn's Euch Freude macht, Herr, so thu' ich's gerne. Die Burschen und Dirnen werden freilich schelten, aber was thut's, kann ich einen Trübgestimmten heiter machen, so hab' ich die größte Kirmeßfreude."

Dabei setzte sie sich neben ihn und traulich und munter wie ein Kind erzählte sie ihm vom Leben und Treiben der Dörfler, so daß er mitunter, was ihm lange nicht geschehen, hell auflachte und die Stunden ihm ungemein schnell vergingen.

Als die Sonne sank, erhob er sich, und wie er von ihr Abschied nahm, zog er ein Ringlein von seinem kleinen Finger der linken Hand und wollte selbiges ihr zum Danke geben. Aber sie lehnte es ab und sprach:

„Das nehme ich nimmer, Herr Ritter; ein Ringlein nimmt eine Dirne nur von ihrem Schatz oder Bräutigam."

„Und Du hast wohl einen Schatz?"

Sie lächelte lustig.

„Nein, und ich mag auch keinen; ein frei' Herz, ein lustig' Herz."

Da grüßte er sie noch einmal recht freundlich, sie nickte ihm zu und dann ritt er mit recht heiterem Angesicht durch die stille Dorfgasse hinaus.

Er kam nun öfter nach dem Dorfe Uttenheim und versäumte niemals in dem Hause vorzusprechen, wo Bärbel mit ihrer Mutter lebte, und seine Leute daheim fanden, daß er zusehends heiterer wurde.

Eines Tages aber erstaunte das gute Buchsweiler über die Maßen; in dem prächtigen alten Galawagen der Lichtenberger, in welchem man bei absonderlichen Gelegenheiten die hochselige Herrin gesehen, hielt ein in Seide und Flitterstaat geputztes junges Weib seinen Einzug in das stattliche Schloß, und Herr Jakob ritt mit strahlendem Antlitz zur Seite des Gefährts und redete lächelnd mit der blühendschönen Frau, die mit blitzenden Augen umhersah und sich offenbar an dem Erstaunen der guten Buchsweiler waidete. Niemand in der Stadt hatte etwas vernommen von einer neuen Vermählung Herrn Jakob's, und kein Mensch wußte zu sagen, woher die schöne junge Frau mit dem trotzigen Zug um den kleinen rothen Mund und mit den heiß blitzenden Augen komme und wer sie sei.

Bald nannte man sie jedoch im ganzen Orte die schöne Bärbel und bewunderte sie, wenn sie, wie es oft geschah, sich in ihrem Putz und Schmuck sowohl auf der Gasse als auch an den Fenstern des Schlosses zeigte, aber schon nach wenigen Wochen flüsterte Einer dem Anderen zu, sobald man sie sah: „Die böse Bärbel!" Die Leute wichen ihr auf der Gasse aus, um ihr keine Reverenz bezeigen zu müssen, und der Ingrimm, welchen man gegen sie hegte, entzog leider auch dem sonst so guten Herrn Jakob viel von der Liebe seiner Unterthanen.

Er war ein schwacher Mann, der dem schönen jungen Weibe gegenüber keinen Willen besaß, so daß sie eigentlich das Land nach ihrer Willkür beherrschte.

Besonders erzürnt waren die Weiber von Buchsweiler über den frechen Uebermuth der Fremden, die jeder Hausfrau eine Steuer auflegte und sich von jeder ein Pfund Garn jährlich abliefern ließ, die da verlangte, daß die Sahne der Milch von sämmtlichen Kühen des Städtchens ihr gebracht werde, die ihre heimlichen Spione im Orte hielt, welche ihr jedes schlimme Wort hinterbringen mußten, das gegen sie gesprochen wurde, und das sie durch Gefängnißhaft bestrafte, und welche die armen Leute zwang, ihr wöchentlich einige Tage ohne das geringste Entgelt in der Frohne zu arbeiten.

Es kam auch manche Gewaltthat vor, die wohl noch ärger war, so daß eines Tages Frau Gundel, das Weib des angesehenen Taschners Veit Bockelmann, in ihrem Ingrimm laut auf der Straße rief: „Dieses freche Weib richtet das Land zu Grund; möchte sie der Büttel bald mit dem Staupbesen vom Schlosse fegen!"

Am anderen Morgen kamen bewaffnete Knechte und nahmen, trotzdem Meister Bockelmann und seine Gesellen sich wehren wollten, Frau Gundel gewaltsam mit sich fort, schleppten sie auf den Markt, wo der Pranger stand, schlossen sie mit dem Halseisen an das Schandholz und hingen ihr eine Tafel um mit der Aufschrift: „Sie hat ihre Herrin gelästert." Landsknechte standen den ganzen Tag über da-

neben, aber die Buchsweiler, die sonst bei derartigen Be-
strafungen schaarenweis zusammenliefen, machten lieber
einen großen Umweg, als daß sie an dem Tage über den
Markt gegangen wären, und so war der Platz todtenstill,
selbst die Fenster in den meisten Häusern auf dem Markte
waren verhängt an jenem Tage. Das erbitterte die böse
Bärbel nur noch mehr.

Frau Gundel aber hat ihr den Schimpf niemals vergessen, und sie war's, die ihren Mann unablässig antrieb,
etwas zu unternehmen, um den Uebermuth des herrsch-
süchtigen Weibes zu brechen.

Im Jahre 1462 war abermals ein Frohntag ausge-
schrieben, und das arme Volk zog in Schaaren nach dem
Schlosse, um dort die verschiedensten Arbeiten zuertheilt zu
erhalten. Es war ein glühend heißer Tag, die armen Leute
verschmachteten vor Durst, aber es ward ihnen kein Labe-
trunk geboten, keine Schattenrast gegönnt. Das böse Weib
war bald da, bald dort mitten unter ihnen, scheltend, kei-
fend, drohend und strafend. Eine arme Frau, die trotz
ihres Schonung heischenden Zustandes zur Arbeit gezwungen
wurde, erklärte sich endlich außer Stande zu derselben, und
da sie trotz alles Scheltens ermattet und unthätig dalag,
ließ die böse Bärbel sie greifen und in's Gefängniß werfen.

Da murrten sie Alle, die armen Leute, trotz der finsteren
Blicke und der Drohworte des herrischen schönen Weibes,
und Frau Gundel sprach selbigen Tages zu ihrem Eheherrn:

„Wenn Ihr Männer solches duldet, dann seid Ihr
feige und erbärmlich und müßt Euch schämen vor Weib
und Kind, die Ihr nicht zu schützen im Stande seid."

Aehnlich redeten auch andere Frauen, und die Männer kamen endlich im Haus des Stadtältesten Traugott Vobacher zusammen, um zu berathen. Sie wollten nicht sofort zu einem Gewaltakt greifen, denn Jakob v. Lichtenberg war doch ihr rechtmäßiger Herr, dem sie Unterthanentreue gelobt und der auch selbst allzeit gut gegen sie gewesen. Sie beschlossen darum, ihre Klagen gegen die böse Bärbel erst vor ihn zu bringen und von ihm Abhilfe zu erbitten. Dazu ernannten sie aus ihrer Mitte fünf Männer, darunter den alten Vobacher und Meister Bockelmann, und diese begaben sich schon am nächsten Vormittage in ihrem besten Sonntagsstaat nach dem Schlosse. Sie ließen Herrn Jakob um eine Unterredung bitten, was ihnen auch gewährt ward, aber da sie in das hohe Gemach eintraten, sahen sie in einem Polsterstuhle an der Seite ihres Herrn das schlimme Weib in seinen flitternden Gewändern und mit einem bösen Lächeln um den Mund.

Da wollte anfangs Keiner von ihnen reden, und wie sie einige Augenblicke schweigend standen, schlug die böse Bärbel ein lautes höhnisches Lachen auf; das reizte den Ingrimm der Männer, und Jeder drängte jetzt näher an Herrn Jakob, der alte Vobacher aber nahm das Wort:

„Herr, Ihr wisset, daß wir allzeit getreue und folgsame Unterthanen gewesen und Euch geliebt und verehrt haben als unseren guten Herrn. Bereitwillig hat Euer Ohr jederzeit unsere Klagen angehört und Eure Gerechtigkeit hat uns in unserem Recht geholfen. Wir mögen's nicht glauben, daß das anders geworden im Buchsweiler Land. Recht und Schutz heischen wir von Euch, Herr, wie

in alten Tagen, denn wir, unsere Weiber und Kinder werden unwürdig behandelt, wie wir es nicht gewohnt sind
und wie es niemals Brauch gewesen unter der Herrschaft
der Lichtenberge. Ihr wißt, wie wir mit Euch getrauert
haben in den Tagen der Trübsal, da Eure edle Gattin
starb, und wie wir uns freuten, als Ihr aus Eurem Trüb-
sinn Euch aufrafftet; damals haben wir dem Weibe an
Eurer Seite gedankt und wir hätten es gesegnet, wenn es
Euer Engel und der des Landes zugleich geworden wäre.
Aber sie ward es nicht; wir seufzen und stöhnen unter
ihrer harten Hand und rufen zu Euch: Herr, helft uns
in unserer Noth! Seid unser Regent und Vater, wie Ihr
es allzeit gewesen, und gebt das Regiment nicht in die
Hand des fremden Weibes, auf daß Eure Unterthanen nicht
aufhören müssen, Euch zu segnen!"

So sprach der schlichte alte Mann, und Herr Jakob
war sichtlich ergriffen. Die böse Bärbel aber war blaß
geworden vor Ingrimm und sendete wüthende Blicke nach
den Männern, die im tiefsten Schweigen verharrten. Hilflos und eines Entschlusses unfähig, ließ der Ritter seine
Augen von ihnen nach dem schönen Weibe an seiner Seite
schweifen, als ob er von ihr ein Wort der Rechtfertigung
erwarte. Aber sie schwieg hartnäckig, und da die peinliche
Pause lang genug gewährt, sagte endlich Herr Jakob:

„Geht heim, Ihr guten Leute, ich will Eure Klagen
untersuchen und will Euch bald Bescheid sagen lassen."

Da senkten sie trübe die Häupter und schritten stumm
hinaus, denn sie wußten Alle, daß es beim Alten bleiben würde, auch wenn sie nicht das höhnische Lächeln ge-

sehen hätten, das über das Angesicht des herrischen Weibes
ging.

Dieses aber wendete sich nun zu dem Ritter, stemmte
die Arme frech in die Seiten und sagte:

„Nun, Jakob, was denkst Du denn zu thun? Deine
Buchsweiler sind ja recht liebenswürdige Leute. Siehst Du
nun ein, daß Du allezeit viel zu gut gewesen bist, und
daß Dir das Volk über den Kopf gewachsen ist? Hier
heißt es, die Zügel schärfer anziehen, wenn dieser Geist
nicht zur Empörung führen soll. Thue meinethalben, wie
Du magst, aber das Eine sag' ich Dir: wird nur ein
Titelchen geändert an den Dingen, wie sie jetzt sind, so
gehe ich auf Nimmerwiederkehr und mit uns ist's aus!"

Sie wandte sich ab, und vergebens suchte er sie zu be-
schwichtigen und zurückzuhalten. Als er allein war, dachte
er einen Augenblick daran, sie ziehen zu lassen, aber seine
Leidenschaft hatte ihn dermaßen verblendet, daß er nicht
von ihr zu lassen vermochte, und schon der Gedanke, sich
von ihr zu trennen, war ihm entsetzlich. Und so kam es
denn, daß den Bürgern der Bescheid ward, ihre Klagen
seien grundlos und Herr Jakob verlange nach wie vor Gehorsam und Unterthanenpflicht.

Aber auch der stärkste Geduldfaden zerreißt einmal, und
so war's auch bei den Buchsweilern. Dem Meister Bockelmann schwoll bei den fortwährenden spitzen Reden der Frau
Gundel der Kamm, und er that sich mit anderen Hand-
werksmeistern und Gesellen zusammen zu entschlossener That.
In einem der Stadtthorthürme befand sich die Rüstkammer
und daselbst waren die Waffen aufgespeichert. An einem

dunklen Abend rückten die Bürger von allen Seiten gegen dasselbe heran, die Wachen wurden, ehe sie sich dessen versahen, überwältigt, man bemächtigte sich unter lautem Jubel der Waffen, und, geführt von Bockelmann, zogen nun beim Zwielicht der Sterne die entschlossenen Buchs=weiler hinaus aus der Stadt, um anderwärts sich Hilfe und Unterstützung zu suchen.

Als die Kunde von dem Aufstande nach dem Schlosse kam, erschrak Herr Jakob, die böse Bärbel aber gerieth in den heftigsten Zorn. Wenn die Männer böswillig die Stadt verlassen und sich gegen ihren rechtmäßigen Herrn aufgelehnt hätten, rief sie, so hätten sie damit selbst sich ihres Eigenthums für verlustig erklärt. Recht und billig wäre es darum, auch die Weiber und Kinder aus der Stadt zu vertreiben und sich ihrer Habe zu bemächtigen.

Der milde Sinn Herrn Jakob's sträubte sich längere Zeit gegen eine solche Zumuthung, aber das schlimme Weib drang immer heftiger in ihn, bis er, längst schon zu einem Widerstand gegen ihre Wünsche unfähig, auch hier nachgab. Schon am nächsten Morgen früh verkündete ein Herold durch die Gassen den harten, unmenschlichen Befehl, aber seine Vollziehung sollte nicht so leicht werden.

Am nächsten Tage ritt die böse Bärbel selber in die Stadt, um den Auszug anzusehen und schadenfroh daran sich zu ergötzen. Sie schickte den Amtsvogt mit Knechten in die Häuser, um, wenn es nöthig sei, gewaltsam die Weiber und Kinder zu vertreiben. Aber da begab sich ein gar seltsames Schauspiel.

Von allen Seiten liefen die Frauen zusammen, wo

immer der Vogt sich sehen ließ, und die Eine trug eine
Axt, die Andere eine Heugabel, eine Dritte einen alten
Spieß, die Vierte eine Holzkeule, die Fünfte einen Knittel,
kurz, was eine Jede eben finden konnte, in der Hand und
sie schlugen in blinder Wuth auf die Knechte ein, die kaum
im Stande waren, sich ihrer Haut zu wehren. Immer
mehr wuchs der Haufe an, immer toller ward das Lärmen,
immer dichter fielen die Streiche, Steine flogen nach den
Männern, sowie nach dem bösen Weibe, das vor ohnmäch-
tiger Wuth bebte und zitterte und mit genauer Noth wieder hinter die schützenden Mauern des Schlosses kam, wohin
beinahe das wilde Heer der Frauen ihr nachgedrungen
wäre. Das war der Buchsweiler Weiberkrieg.

Indeß waren die ausgewanderten Männer nach dem
zwei Stunden von der Stadt entfernten Schlosse Lichtenberg gezogen, wo Jakob's Bruder Ludwig, ein biederer und
leutseliger Herr, saß. Dem klagten sie ihre Noth, baten
ihn um Hilfe, und er erklärte ihnen, daß er bereit sei, die
böse Bärbel zu verjagen.

Er sammelte seine Knechte, erhielt auch noch einige
Mannschaft von dem Bischof von Metz, sowie von dem
Markgrafen von Baden und den Bürgern aus Straßburg,
und so rückte er mit Fußvolk, Reitern und Geschütz vor
Buchsweiler. Da die Männer der Stadt im Lager Ludwig's waren und die Weiber eine drohende Haltung annahmen, sah sich Herr Jakob bald genöthigt, die Stadt
selbst preiszugeben und sich mit seinen Knechten auf die
wohlbefestigte und mit Mundvorrath versorgte Burg zurückzuziehen. So kamen die Buchsweiler Männer wieder zu

ihren tapferen Frauen und halfen gleichzeitig ihren bisherigen Herrn und Gebieter belagern.

Diesem wurde es auf die Dauer unbehaglich auf seinem
Schlosse, trotzdem die schöne Bärbel ihre Liebe gegen ihn
zu verdoppeln schien, denn die Geschütze der Belagerer machten gewaltige Breschen in die Mauern und die Mundvor-
räthe gingen, da man nicht allzu sparsam gewesen, auf die
Neige. Trotz alledem war Herr Jakob nicht geneigt, zu
kapituliren, da sein Bruder verlangt hatte, daß er das
böse Weib, die Ursache alles Haders, von sich thue. Als
dieser aber drohte, daß er ihn weder an Gut noch an Leib
schonen wolle, wofern er nicht seinen Unterthanen Friede
und Recht gebe, und als selbst die Vertrauten Jakob's
demselben bringend zur Nachgiebigkeit riethen, da kam es
zu einer sehr aufregenden Scene zwischen ihm und der
Bärbel. Sie beschwor ihn mit Bitten und Thränen, mit
den heißesten Liebkosungen, sie nicht zu verstoßen, so daß
Herr Jakob froh war, endlich einen Ausweg gefunden zu
haben.

Er schlug ihr vor, sie solle darein willigen, Buchsweiler
zu verlassen, dann wolle er ihr ein reiches Jahrgeld aus-
setzen, davon sie gleich einer Herrin leben könne, wolle ihr
auch ein stattlich Haus schenken in der Reichsstadt Hagenau,
und versprach, recht oft sie in ihrer Verbannung zu besuchen. Darauf ging Bärbel endlich ein, und im sicheren
Geleit von Kriegsknechten zog sie, umhallt von dem Ge-
spötte der Buchsweiler Männer und Weiber, hinaus aus
der Burg und dem Städtchen, und der Friede war wieder
hergestellt.

Die beiden Lichtenberger Brüder söhnten sich indeß erst im Jahre 1471 aus, als es mit Ludwig zu Ende ging, und Jakob ließ diesem nach seinem Tode eine großartige Leichenfeier in Straßburg veranstalten.

Er war wieder den Seinen ein milder Herr und verzieh ihnen ihre Empörung, aber die schöne Bärbel vergaß er nicht. Diese saß in ihrem Edelhause in Hagenau, trug wie vorher Gewänder von Sammt und Seide, und Herr Jakob kam oft genug sie zu besuchen. Ihr Hochmuth und ihre Prunksucht machte sie auch in Hagenau verhaßt, so daß sie hier gar keinen Umgang hatte, aber sie suchte sich an den Frauen dadurch zu rächen, daß sie bemüht war, an Glanz und Prunk Alle zu übertreffen.

Herr Jakob v. Lichtenberg starb im Jahre 1480, und von da ab wurde der um seinetwillen einigermaßen verhaltene Haß gegen Bärbel ein offener und unverhohlener. Wo sie sich öffentlich zeigte, wurde sie verspottet und verhöhnt, aber zum Trotz der Menge erschien sie öfter als vordem und glänzender als vorher in der Oeffentlichkeit.

Da wollte es das Geschick, daß auch Meister Bockelmann, der Taschner, von Buchsweiler nach Hagenau übersiedelte, wo er ein Haus geerbt hatte und bald zu den angesehensten Leuten gehörte. Frau Gundel hatte es noch immer nicht vergessen, daß sie einst um der bösen Bärbel willen am Pranger gestanden hatte, und sie wurde jetzt die Seele der feindlichen Bewegung, die gegen Letztere im Gange war.

Unglücksfälle, welche in Familien vorkamen, die ihrem Abscheu gegen das Weib keinen Zwang angethan, einige zufällige Erkrankungen in Häusern, welche Bärbel betreten hatte, und manches Andere gaben Anlaß, daß man sie in Hagenau für eine böse Zauberin und Here ausschrie; Frau Gundel sorgte dafür, daß diese Berichte noch durch analoge Vorfälle aus Buchsweiler vermehrt und erweitert wurden, und sie war es auch, die es offen aussprach, daß Bärbel durch Zauberkünste den alten Jakob v. Lichtenberg berückt und seinen Unterthanen entfremdet hatte. Und da die böse Bärbel auf ihrem Hochmuth beharrte, und je mehr man sie anfeindete, desto trotziger, höhnischer und schadenfroher ward, so wuchs die Erbitterung dermaßen, daß der Rath von Hagenau sich veranlaßt sah, sie wegen offenkundiger Zauberei zu verhaften.

Sie leugnete allerdings die widersinnigen Anschuldigungen, welche man gegen sie erhob, aber als man sie nach der rauhen Forderung des hochnothpeinlichen Halsgerichts auf die Folter spannte, da gestand sie Alles, was man nur von ihr hören wollte, und das Gericht verurtheilte sie demgemäß zum Tode durch Feuer.

An einem klaren Herbstmorgen ward vor dem Thore der Stadt der Scheiterhaufen errichtet; das Armensünderglöcklein klang, und begleitet von einem Mönche kam ein bleiches, gebrochenes Weib auf einem Karren daher, das keine Aehnlichkeit mehr hatte mit der schönen Bärbel. Mit wankenden Knieen stieg sie den Holzstoß hinan und wurde an dem Pfahle festgebunden, dann ward ihr noch einmal das Urtheil verlesen und das weiße Stäbchen zerbrochen. Ein Henkersknecht zündete das dürre Reisig um die Scheiter an und prasselnd lohte die Flamme empor.

Da trat aus der Menge ein Weib mit haßglühenden Augen und schrie hinauf zu der Verurtheilten:

„Heute stehst Du am Pranger, Hexe von Buchsweiler!"

Es war Frau Gundel, die aber im selben Moment einen derben Schlag auf die Wange erhielt von der Hand Herrn Bockelmann's, der ihr zurief:

„Schäme Dich, Weib!"

Die Bärbel aber richtete sich bei der Stimme Gundel's hoch auf, kein Zug ihres Gesichts verrieth Schmerz oder Seelenangst, die Erinnerung an Buchsweiler gab ihr in den letzten Minuten noch einmal ihren ganzen bösen Trotz wieder und lautlos stand sie noch, als schwarzer Rauch und rothe Lohe sie in ihren schauerlichen Mantel hüllten. So starb die böse Bärbel im Jahre 1480.

Die Büsten Jakob's v. Lichtenberg und der bösen Bärbel, angefertigt von der Hand des berühmten Bildhauers Niklas v. Leyen, befinden sich noch heute auf der Stadtbibliothek in Straßburg. Sie waren ursprünglich angebracht auf dem Treppenaufgang der im Jahre 1463 in Straßburg erbauten neuen Kanzlei, und lassen das gutmüthig lächelnde Antlitz des schwachen Grafen, sowie das energisch geschnittene herrische Gesicht des schlimmen Weibes noch deutlich erkennen.

––––––––

Der hygienische Nutzen der Zimmerpflanzen.

Von

Dr. Boehnke-Reich.

(Nachdruck verboten.)

Es ist mehrfach behauptet worden, daß lebende Pflanzen in Zimmern, namentlich wenn diese als Schlafräume benutzt werden, schädlich wirken. Es gibt aber nicht wenige Gründe, welche gegen diese Annahme sprechen, wie dies besonders von Dr. Anders in Philadelphia näher ausgeführt worden ist.

Drei Hauptfunktionen des Pflanzenlebens, welche bei dieser für die Gesundheitspflege nicht unwichtigen Frage in Betracht kommen, sind: Einathmen von Kohlensäure, Ausathmen von Sauerstoff, Entwickelung von Ozon. Nun ist es erwiesen, daß Schwankungen in der Menge dieser drei Gase infolge des Vorhandenseins einer beliebigen Anzahl von Pflanzen keinen wahrnehmbaren Einfluß auf die Qualität der Luft eines Zimmers haben; das Aus- und Einathmen derselben geschieht viel zu langsam, um die Luft binnen kurzer Zeit zu verbessern oder zu verschlechtern.

Es findet aber in den Pflanzen noch ein anderer Vorgang statt, der vom Gesichtspunkte des uns beschäftigenden Gegenstandes viel wichtiger ist, nämlich die Transpiration, b. h. die Ausdünstung von Feuchtigkeit aus den

Blättern. Um einen Begriff von der Größe dieser vierten Funktion zu geben, sei erwähnt, daß die Washington-Ulme zu Cambridge in Massachusetts mit ihren 200,000 Quadratfuß Blätterfläche innerhalb 12 Stunden 7¾ Tonnen Wasser ausdünstet. In 24 Stunden transpirirt eine Zimmerpflanze mehr als ein halb mal so viel, als eine in freier Luft. Aus diesen Thatsachen scheint naturgemäß zu folgen, daß lebende Gewächse das Verhältniß von Wasserdampf in der Luft eines umschlossenen Raumes erhöhen müssen. Und dies wurde durch Versuche in einem Spitale erwiesen.

Während der Sommermonate, in welchen Fenster und Thüren viel geöffnet waren, zeigte sich die Wirkung der Pflanzenausdünstung kaum wahrnehmbar; andererseits jedoch, wenn der Luftwechsel nicht so begünstigt war, hatte das Aufstellen einer genügenden Anzahl gut bewässerter Gewächse, falls die Luft nicht schon hinlänglich feucht war, die Wirkung, daß die Feuchtigkeitsmenge in derselben beträchtlich zunahm. Dies ist von spezieller Wichtigkeit, wenn die Gebäude durch Trockenluft-Heizung erwärmt werden.

Obgleich die Wissenschaft nicht genau anzugeben vermag, wie viel relative Feuchtigkeit in der Luft der Gesundheit am zuträglichsten ist, so ist doch nach den ersten Autoritäten in dieser Hinsicht anzunehmen, daß sieben Achtel dessen, was die Luft bei einer bestimmten Temperatur überhaupt enthalten kann, die normale Menge sind. Bei wiederholten Versuchen fand Anders, daß in Philadelphia der Feuchtigkeitsgrad der Luft gewöhnlich unter diesem Normalgehalt ist. Es wurde ferner gefunden, daß durch offenes Kaminfeuer oder Dampfheizung der Luft viel Feuchtigkeit

entzogen wird; noch größer war bei derselben Temperatur
der Unterschied in den durch Trockenluft-Oefen geheizten
Räumen. Hieraus ergibt sich, daß die Luft eines mit
trockener Luft erwärmten Zimmers viel zu wenig Feuchtig=
keit besitzt, um der Gesundheit zuträglich zu sein.

Es ist zwar richtig, daß bei gewissen Körperzuständen,
z. B. bei chronischem Rheumatismus, trockene Hitze sehr
wohlthätig wirkt, aber dies beweist nichts dagegen, daß ein
passender Feuchtigkeitsgehalt der Luft für das allgemeine
Leben vortheilhaft ist. Wenn nun die Anwesenheit einer
bestimmten Anzahl kräftig lebender Pflanzen im Stande
ist, die relative Feuchtigkeit eines mit trockener Luft geheiz=
ten Zimmers zu vermehren, so ist es klar, daß wir in
ihnen ein sehr bequemes Mittel haben, üble Folgen abzu=
wehren. In allen Fällen, in welchen künstliche Hitze,
namentlich trockene Luft, angewandt wird, werden Pflanzen
unter sorgsamer Aufsicht hygienische Mittel von großem
Werthe.

Wir wollen Alles übergehen, was über die Annehm=
lichkeiten der Gewächse für unsere Sinne und über die
Aesthetik derselben gesagt werden könnte, und uns nur auf
die gesundheitliche Seite unseres Gegenstandes beschränken.

Hauptsächlich in chronischen Krankheiten, ganz besonders
bei Leiden der Athmungsorgane, lassen sich gute Wirkungen
erwarten, wenn wir die Krankenzimmer mit lebenden
Pflanzen ausstatten, denn gerade bei solchen Leiden thut
trockene Hitze den größten Schaden. Zimmerpflanzen üben
außerdem noch bei manchen Leiden einen günstigen Einfluß,
der mit der atmosphärischen Feuchtigkeit in keinem Zu=

sammenhange steht. Bei Nervenleiden, bei Melancholie
und Bleichsucht, bei eigentlichen Gemüthskrankheiten, bei
großem Kummer und Langeweile u. s. w., wo es nöthig
wird, den Geist zu zerstreuen und von düsterem Brüten
abzulenken, gibt es nichts Besseres, als Beobachtung und
Pflege von Pflanzen.

In der heimlich hinraffenden Krankheit Lungenschwindsucht (Phthisis) sind Zimmergewächse dem Patienten ganz
besonders zuträglich. Als Beweis sei folgende Beobachtung
angeführt, welche Dr. Hiram Corson in Conshohocken (Penn-
sylvanien) mittheilt:

„Meine Mutter, ihre beiden Schwestern und ihr einziger Bruder starben Alle noch nicht fünfzig Jahre alt an
der Schwindsucht. Die Kinder meines Onkels und meiner
Tanten lebten zwar länger und in anscheinend guter Gesundheit, aber schließlich fielen auch sie Alle der Schwindsucht zum Opfer. Auf Seiten der Familie meines Vaters
war keine Spur dieser Krankheit, sondern strotzende Lebens-
kraft vorhanden. Dennoch starben drei meiner Brüder —
kräftige, rüstige Männer bis in die letzten Jahre vor ihrem
Tode — an der Schwindsucht im Lebensalter von fünfund-
fünfzig, sechsundfünfzig und achtundsiebzig Jahren, und
eine meiner Schwestern starb sechsundsechzig Jahre alt an
derselben Krankheit. Ich erwähne diese Fälle nur als
Beweis der Vererbung dieser Krankheitsanlage. Vor dreißig
Jahren wurde meine älteste Schwester, damals über fünfzig
Jahre alt, von ihrem Hausarzte für ein unrettbares Opfer
der Schwindsucht erklärt und ihr Tod für den nächsten Sommer prophezeit. Sie liebte Blumen und Pflanzen ungemein

und kultivirte diese im Zimmer und im Freien. Der Winter hielt sie im Hause, bisweilen Wochen lang im Bette fest. Ihr Krankenzimmer glich fast einem Gewächshause. Freunde und Bekannte tadelten oft, daß sie so viele lebende Pflanzen im Zimmer habe, und wiesen auf die von denselben ausgehende Gefahr hin. Aber es trat keine Verschlimmerung ein,. — im Gegentheil: jeder folgende Frühling fand sie wieder im Garten, die Blumen pflegend. So lebte sie Jahr für Jahr, bis sie erst achtundzwanzig Jahre nach jener ärztlichen Prophezeiung im Alter von fünfundachtzig Jahren starb. Ich habe viele Leute gekannt, welche blühende Gewächse in den Zimmern hatten, aber Niemand, der so wie meine Schwester vollständig mit ihnen lebte. Winter für Winter waren wir auf ihren Tod gefaßt, der Husten, der Auswurf, die Körperschwäche berechtigten uns zu diesen Befürchtungen, und dennoch fand ihr fünfundachtzigstes Jahr sie fröhlich und glücklich mit ihren Pflanzen und ihren Freunden. Sollen wir hienach nicht annehmen, daß die Ausdünstungen der Pflanzen in diesem Falle heilkräftig wirkten und ihr Leben verlängerten?"

Wenn auch das Halten von Pflanzen deutlich vorhandene Lungenschwindsucht nicht heilt, so ist es doch sehr förderlich zur Verlängerung des Lebens und macht durch Erleichterung der Symptome die Existenz wenigstens erträglich, was bei dieser weitverbreiteten, langwierigen Krankheit sehr hoch zu schätzen ist.

Beobachtung hat gelehrt, daß vorgeschrittene Fälle von Phthisis günstig beeinflußt werden durch eine Atmosphäre von größerem Feuchtigkeitsgehalt, als es in gesundem Zu-

stande erforderlich ist; folglich müssen solche Lungenschwind-
süchtige eine größere Anzahl Pflanzen um sich haben, als
Diejenigen, welche erst im Anfangsstadium dieser Krankheit
stehen.

Die Pflanzen müssen gut ausgewählt und in gutem
Gedeihen erhalten werden. Bei der Auswahl ist in's Auge
zu fassen, daß die Gewächse weiche dünne Blätter haben
müssen, daß Pflanzen mit großer Blattoberfläche zu bevor-
zugen sind und daß endlich starkriechende Pflanzen vermieden
werden müssen, weil sie oft Kopfschmerzen und andere un-
angenehme Symptome hervorrufen.

Um die praktische Anwendung der aus Versuchen ge-
wonnenen Ergebnisse zu erleichtern, ist folgende Vorschrift
als die beste ermittelt worden.

Ein Zimmer, welches etwa 20 Fuß lang, 12 Fuß breit,
12 Fuß hoch ist und mit Trockenluft-Heizung erwärmt
wird, sei mit einem Dutzend kräftiger Pflanzen, welche weiche
dünne Blätter haben, ausgestattet, jedes Gewächs habe
etwa eine Gesammtblätterfläche von 6 Quadratfuß; die
Pflanzen sind gut zu bewässern und so aufzustellen, daß
sie die direkten Strahlen der Sonne (Morgensonne ist vor-
zuziehen) mindestens einige Stunden erhalten, wodurch das
Verhältniß des Wasserdampfes in der Luft ziemlich auf
den Stand gebracht wird, welcher für den Gesunden als
normal anzusehen ist.

Um die möglichst besten Resultate zu erhalten, müssen
nicht nur die bei Tage bewohnten Räume, sondern auch
das Schlafzimmer mit Pflanzen besetzt sein. Es war lange
Zeit die allgemeine Ansicht wissenschaftlicher Forscher, daß

Pflanzen in Schlafzimmern der Gesundheit schädlich seien, weil sie während der Nacht Kohlensäure ausathmen, aber es ist durch Experimente bewiesen worden, daß zwanzig Gewächse im kräftigsten Wachsthum nur so viel Kohlensäure ergeben, wie ein schlafender Säugling ausathmet. Dies ist demnach kein stichhaltiger Einwand gegen die Aufstellung von Pflanzen im Hinblick auf den aus ihrer Gegenwart entspringenden Nutzen.

Neue klimatische Kurorte werden dem Publikum beständig anempfohlen, aber nur zu oft bringt ein Versuch mit ihnen nur Enttäuschung, und der Schwindsüchtige wird nur noch elender durch die Anstrengungen der Reise und durch das drückende Gefühl, von der liebevollen Pflege der Verwandten zu Hause getrennt zu sein. Und selbst wenn eine günstige Wirkung der Reise vorauszusehen wäre, ist letztere in den weitaus meisten Fällen aus pekuniären oder anderen Gründen nicht ausführbar.

Hienach muß es dem Kranken als ein unschätzbarer Gewinn erscheinen, ein so leicht erreichbares, vollständiges und angenehmes Gesundheitsasyl nahe zur Hand zu haben, wie es ihm zu Hause durch ein mit erfrischenden Pflanzen ausgestattetes Zimmer dargeboten wird.

Mannigfaltiges.

Antwort einer Königin. — Walther Scott schildert im Roman „Kenilworth" sehr anziehend das erste Zusammentreffen der Königin Elisabeth von England (1558 bis 1603) mit Sir Walther Raleigh. Elisabeth hatte ihren Palast verlassen, um in einem Boote eine Ausfahrt auf der Themse zu unternehmen. Da es jedoch die ganze Nacht geregnet hatte, so war der Erdboden am Strande so aufgeweicht, daß sie keinen Schritt wagen durfte, ohne mit ihren zierlichen Schuhen tief einzusinken. Zufällig befand sich Sir Walther Raleigh, ein junger Edelmann, in der Nähe. Derselbe hatte kaum die Verlegenheit der Königin bemerkt, als er ohne Säumen seinen kostbaren Mantel von den Schultern warf und als improvisirten Teppich auf dem Boden ausbreitete. Er hatte keine Undankbare verpflichtet! Elisabeth reichte dem ritterlichen Jünglinge, den sie mit Wohlgefallen betrachtete, einen Diamantring, den sie vom Finger zog, und ernannte ihn zum Mitgliede ihres adeligen Gefolges.

An einem der nächsten Abende, als die Königin im Schloßparke zu Greenwich lustwandelte, theilte ihr eine ihrer Ehrendamen mit, sie habe vor wenigen Augenblicken den jungen Cavalier belauscht, als er, sich vorsichtig umsehend, einen nahegelegenen Pavillon betreten und dort auf eine der Fensterscheiben mit seinem Diamantringe einige Worte geritzt habe. Neugierig begab sich Elisabeth in den Pavillon, wo sich Sir Raleigh bei ihrer Annäherung in einen versteckten Winkel zurückzog, und las an der bezeichneten Stelle folgende Worte:

„Gern schwäng' ich mich zu lichter Höhe auf,
Doch droht ein jäher Sturz — das ist der Dinge Lauf!"

Eine Weile betrachtete die jungfräuliche Königin diese bedeutungsvollen Worte, dann setzte sie mit scharfem Diamant als Antwort darunter:

„Entsinkt der Muth Dir vor der schwanken Leiter,
So krieche Du getrost am Boden weiter!"

Diese Scene hat dem Maler Follingsby den Stoff zu einem werthvollen Gemälde geliefert.   R.

Die letzten Augenblicke des französischen Generals Moreau, der von Amerika herüber gekommen war, um den Verbündeten gegen den Kaiser Napoleon zu dienen und in der Schlacht bei Dresden dadurch tödtlich verwundet worden war, daß ihm eine Kanonenkugel beide Beine wegriß, sind höchst merkwürdig. Als er sein Ende herannahen fühlte, rief er Herrn Spinine und diktirte ihm folgenden Brief an den Kaiser Alexander von Rußland: „Sire, ich gehe mit den nämlichen Gefühlen der Ehrfurcht, Bewunderung und Ergebenheit, die Eure Majestät mir vom ersten Augenblick an, als ich das Glück hatte, mich Ihrer Person zu nähern, immer einflößten — in das Grab." Moreau hielt bei diesen letzten Worten inne und schloß die Augen. Eine Weile wartete Herr Spinine ganz ruhig, in der Meinung, daß Moreau über die Fortsetzung des Briefes etwas nachdenken wolle. Als er endlich zum Lager des Generals herantrat, war dieser bereits in die Ewigkeit hinübergeschlummert.
                                                        J.

Abenteuer eines Schafes. — Das originelle Geschöpf, dessen Geschichte wir nach dem Berichte des englischen Seelieutenants Bagnold erzählen, wurde noch ganz jung von einem englischen Landgut auf das Kriegsschiff „Arab" versetzt und besuchte nacheinander Island, Grönland und Norwegen; hier schickte man es zur Waide auf's Land. Als es den Tag hernach

das Boot vor der Stelle, wo es behaglich waidete, vorbeirudern
sah, schien es plötzlich von einer Art Heimweh befallen zu werden.
Es sprang nämlich in's Wasser und schwamm nach dem Boote
infolge eines kühnen Entschlusses, der sein Leben nun für immer
vor den Nachstellungen der Fleischer schützte. Vor Boulogne
wohnte es hernach 13 Gefechten der englischen Marine mit den
Franzosen bei, ohne Schaden zu erleiden. Bedenklicher war das
14. Rencontre, denn gelegentlich desselben verlor es das eine seiner
großen Hörner. Hierauf fuhr es längs der Küste des westlichen
Afrika's hin, kam nach Brasilien und langte später in West-
indien an. Endlich besuchte es Irland, worauf es nach England
zurückgebracht wurde. „Tom" — so der Name, welchen die Matrosen des „Arab" ihrem Liebling gaben — war so zahm, daß
er aus der Hand fraß und seinem Beschützer, dem erwähnten
Marinelieutenant, wie ein Hund folgte; hielt man ihm ein Kohl-
blatt hin, so tanzte Tom und machte närrische Kapriolen, auch hielt
er sich lieber in der Kajüte oder auf dem Lande am Kamine
auf, als im Stalle. Mehrere Monate lang verzichtete das Thier
auf Heu und Gras, verschlang dagegen die Schalen von Kar-
toffeln und Aepfeln mit Gier, liebte es auch, an den Enden von
Stricken und Packleinwand zu nagen und von dem mit Grog
angefeuchteten Pudding der Matrosen zu naschen. Die Gelehrigkeit
dieses Thieres war außerordentlich und machte den Zuschauern viel
Vergnügen. Tom fraß von dem Teller, steckte den Kopf durch
den Arm Desjenigen, der bei Tische saß, trank Wein, Genever,
Bier und Thee — letzteren jedoch nur, wenn er recht süß gemacht war. Tom rannte die Treppen auf und ab; kam er in
die Küche, so liebte er es, den Deckel vom Topfe abzuheben und
neugierig hineinzugucken. Es war dem originellen Geschöpfe,
welches den größten Theil seines Lebens auf der See zubrachte,
nicht vergönnt, sein Leben auch auf dem „Arab" zu beschließen.
Tom's Protektor schenkte das Thier, welches so manche Stürme

und Mühseligkeiten glücklich überstanden hatte, bald nach seiner Heimkehr einer Dame in Salisbury, wo aber Tom bereits einige Tage nach seiner Ankunft, wohl aus Heimweh nach der See, starb.
                                                              B.

Eine Urtheilsfällung des Kaisers Rudolph von Habsburg. — Es erschien einst ein Kaufmann vor Kaiser Rudolph und klagte, er habe einem Gastwirthe zu Nürnberg einen Sack mit Geld (200 Mark) aufzuheben anvertraut; der Wirth aber stelle dies in Abrede, Zeugen wären keine vorhanden gewesen und da der Wirth ein reicher, angesehener Mann sei, könne er nichts gegen ihn ausrichten. Einige Zeit verging; der Kaiser kam nach Nürnberg, die Stadt sandte eine Deputation zur Begrüßung des Herrschers, und unter diesen Abgesandten befand sich auch jener verklagte Wirth. Der Kaiser sprach sehr freundlich mit den Männern, zu dem Wirthe aber sagte er: „Du hast einen hübschen Hut hier, mein Freund, ich gäbe Dir gern den meinigen dafür." Das machte dem Wirth große Freude, er gab seinen Hut her und empfieng denjenigen des Kaisers. Dieser behielt die Gesandten noch eine Zeit lang bei sich, dann entließ er sie, mit Ausnahme des Wirthes. Vorher aber hatte Rudolph an die Wirthsfrau den Hut ihres Mannes mit dem angeblichen Auftrage desselben gesandt, sie möchte den ledernen Sack, der so und so aussehe, an ihn einsenden, und zum Wahrzeichen dafür sende er ihr seinen Hut. Gleichzeitig hatte der Kaiser den Kaufmann vorgefordert, dem das Geld vorenthalten worden war, und dieser mußte seine Klage dem Wirthe in's Angesicht wiederholen. Letzterer behielt jedoch seine ganze Kaltblütigkeit bei und sagte: der Kaufmann sei ein thörichter Mann und mit sonderbarer Phantasie behaftet; hoch und theuer vermesse er sich, daß nichts bei ihm hinterlegt worden sei. Da hielt der Kaiser dem Betrüger den ledernen Sack, welcher unterdessen hergesandt worden war, vor die Augen. Zitternd und tobtenblaß gestand der Wirth sein

Verbrechen und flehte fußfällig um Gnade. Rudolph legte ihm eine hohe Buße auf und befahl, daß dem Kaufmann sein ganzer Schaden vergütet werde, was natürlich vollständig geschah.

G. Sch.

Ueber die Höhengrenzen des Baumwuchses, mit besonderer Bezugnahme auf die Gebirgssysteme der vereinigten Staaten, hat die Akademy of Natural Science in Philadelphia höchst interessante Nachforschungen angestellt, deren Ergebniß wir Folgendes entnehmen: In den Gebirgen Colorado's hat der Nadelholzgürtel eine Breite von etwa 4000 Fuß und hört 11,000 Fuß über dem Meeresspiegel plötzlich auf. Die Fichten kommen vor bis zu einer Höhe von 3000 bis 4000 Fuß, über diese Waldgrenze hinaus findet man sie nur noch als kaum 4 Fuß hohe Krüppel und die meisten sind sogar nur 1 bis 2 Fuß hohe Büsche; aber was diese Koniferen an Höhe verlieren, das suchen sie in der Breite wieder zu gewinnen, indem sie ihre fast den Boden berührenden Aeste weit hinausstrecken. In diesem Zustande findet man sie bis zu einer Höhe von 12,500 Fuß. Die Waldgrenze des Mount Washington in New-Hampshire, welcher wenig über 6000 Fuß mißt, ist in einer Höhe von 4000 Fuß zu finden, während der das Südende des nämlichen Gebirgsstockes bildende Mount Webster bei einer Höhe von 4000 Fuß nur bis zu 3000 Fuß bewaldet ist. Auf dem sich 6300 Fuß über die Meeresfläche erhebenden Roan Mountain in Nord-Carolina erstreckt sich der Wald an mehreren Stellen bis auf den Gipfel und noch in einer Höhe von 6000 Fuß wurde eine Schwarzeiche mit einem Stammumfang von 5 Fuß (3 Fuß über dem Boden gemessen) gefunden, welche volle 40 Fuß in der Höhe maß.

Diese Thatsachen stoßen die alte Theorie, daß die Waldgrenze in den Gebirgen durch klimatische Verhältnisse, wie durch das Durchschnittsquantum des Feuchtigkeitsniederschlages und durch die örtliche Durchschnittstemperatur bestimmt werde, vollständig über den Haufen. Auf dem Mount Washington angestellte Beobachtungen ergaben dagegen, daß dort die Waldgrenze vor Zeiten weit höher als gegenwärtig gelegen hatte, und daß sie immer noch langsam aber stetig, herabsinkt. Dieses Phänomen ließ sich indessen leicht erklären, denn ein bei dem Bau der bis auf den Gipfel des Berges führenden Bahn gemachter Durchstich auf der gegenwärtigen Waldgrenze ergab, daß das dort bereits eingetretene Absterben der Fichten auf das Schwinden des Erdreiches zurückzuführen sei, denn der eine üppige Vegetation ermöglichende gute Waldboden war nur 1½ bis 2 Fuß dick und war durch dichtes Wurzelgewebe zusammengehalten, sonst wäre er, gleich den einst tiefer gelegenen Erdschichten, von den thalwärts strömenden Wassern, welche von dem Gipfel zur Zeit der Schneeschmelze und nach starken Regengüssen herniederbrausen, auch bereits fortgeschwemmt worden. Diese dünne Schicht Humuserde genügte zur Ernährung des üppig wuchernden Gesträpps und der massenhaft emporgeschossenen Fichtenschößlinge, aber sie reichte nicht aus für die ausgewachsenen Bäume, welche dort schon massenhaft abgestorben sind. Der junge Baumnachwuchs wird dort natürlich verkümmern und verkrüppeln und die Höhengrenze der Wälder wird tiefer und tiefer herabgedrückt.   Dr. St.

Kriegsgebräuche. — Unter Kaiser Karl V. kam der Gebrauch auf, daß eine Stadt, welche durch die Artillerie des Belagerers eingenommen wurde, ihre Kirchenglocken oder ihre Positionsgeschütze an die feindliche Artillerie verlor, von welcher sie die genannten Gegenstände durch eine größere Summe wieder einlösen konnte. Gegen Ende des dreißigjährigen Krieges war dieser Gebrauch noch in Uebung, wie folgender Auszug eines Schreibens an den Bürgermeister und Rath der Stadt Butzbach in der Wetterau beweist:

„Dieweil es aber bräuchlich, auch von Kaiser Carolo quinto

solches verwilligt worden, so eine Stadt oder Vestung durch die Artollerey-Personen eröffnet wird, deßwegen ihnen Satisfaction zu thun, oder die Glocken oder große Stück verfallen sein sollen. Alß gelangt an H. Bürgermeistern vnd Rath vnser bienstl. Ersuchen, vns hierinnen auch Satisfaction zu erweisen vnd vns also alle Gerechtigkeit nit absprechen. Verbleiben d. H. ihre Willige allezeit:

Sämptliche fürstl. heff. Petarbirer vnd Feuerwerker.

Signat. b. 28. Oktober 1645.

An den Rath zu Butzbach." —

Durch eine für die damalige Zeit hohe Summe hat der Rath von Butzbach auch bald darauf die Kirchenglocken wieder eingelöst.   G. Sch.

Ein Heirathsvermittler, welcher übel ankam, war Jean François Sarrasin, ein bekannter französischer Schriftsteller und Sekretär des Prinzen Conti. Der Minister Mazarin hatte Sarrasin 20,000 Thaler versprochen, wenn er eine Heirath zwischen seinem Herrn, dem Prinzen, und der Nichte des Ministers, Mademoiselle Martinosi, zu Stande brächte. Dies gelang dem schlauen Sekretär; als er aber von Mazarin die versprochene Belohnung forderte, lachte der Minister ihn nicht allein aus, sondern zeigte die Sache auch noch dem Prinzen Conti an, der seinen intriganten Sekretär sofort aus dem Hause jagte. Sarrasin hat später nie wieder den Heirathsvermittler spielen wollen.   J.

www.ingramcontent.com/pod-product-compliance
Lightning Source LLC
Chambersburg PA
CBHW020054030726
47498CB00006B/1781